ullstein

Das Buch

Zufall oder Schicksal? Nachdem ihre Ehe gescheitert ist, zieht Pia nach Berlin. Sie hofft, hier einen Neuanfang wagen zu können. Als sie dem geheimnisvollen Rebus begegnet, fühlt sie sich sofort zu ihm hingezogen und erlebt mit ihm eine Nacht voller Lust und Begierde.
Doch Rebus will mehr: Ab sofort soll Pia sich nur noch ihm hingeben. Die attraktive Frau denkt aber gar nicht daran, auf andere Liebhaber zu verzichten. Und so beginnt ein leidenschaftliches Machtspiel, bei dem jeder die Oberhand behalten will.

Die Autorin

Jule Winter, geboren 1979, arbeitet als Übersetzerin und Autorin. Sie lebt in Bielefeld.

Von Jule Winter sind in unserem Hause bereits erschienen:

Fessle mich!
Die Liebesschaukel
Verbotene Lust

Jule Winter

Rote Fesseln

Erotischer Roman

Ullstein

Besuchen Sie uns im Internet:
www.ullstein-taschenbuch.de

MIX
Papier aus verantwortungsvollen Quellen
FSC® C014496

Originalausgabe im Ullstein Taschenbuch
1. Auflage Juni 2012

Umschlaggestaltung: ZERO Werbeagentur, München
Titelabbildung: Trevillion Images / © Ilona Wellmann
Satz: Pinkuin Satz und Datentechnik, Berlin
Gesetzt aus der Apollo MT
Papier: Pamo Super von Arctic Paper Mochenwangen GmbH
Druck und Bindearbeiten: GGP Media GmbH, Pößneck
Printed in Germany
ISBN 978-3-548-28384-5

1

Ihr Name war noch immer was wert in dieser Stadt. Man kannte sie, und als Pia sich der langen Warteschlange vor dem Club näherte, winkte ein Türsteher sie an den Leuten vorbei, die sie mit hasserfüllten Blicken streiften und sich zu ihren Freunden herüberbeugten.

Ist das nicht …?

Doch, sie war's.

Man kannte sie in Hamburg, und obwohl sie es früher genossen hatte, sich in der Aufmerksamkeit der Masse zu sonnen, verursachte es ihr jetzt Magenschmerzen. Pia drückte die Hand auf ihren Bauch und trat mit gesenktem Kopf durch die schwere Stahltür, die sich krachend hinter ihr schloss. An der Garderobe nahm man ihr den Mantel ab, und danach presste sie die Clutch beinahe verzweifelt gegen ihren Unterleib.

Auch hier waren die Blicke anders. Oder bildete sie sich das nur ein?

Sie trat in den großen Hauptraum des Clubs. Die Beats setzten sich in ihrem Leib fest und lösten die Anspannung. Sie richtete sich auf, warf das dunkle Haar zurück und ließ ihren Blick suchend über die Menge schweifen.

Sie suchte jemanden. Einen Mann, den sie nicht

kannte, der sie auch nicht kannte – das wäre ideal. Sie hatte eigentlich keine Lust, am nächsten Morgen die Zeitung aufzuschlagen und lesen zu müssen, was der Fick ihrer letzten Nacht der Hamburger Presse erzählt hatte.

Aber sie wollte sich wieder spüren. Sie wollte wieder Luft bekommen, ohne zu zittern oder zusammenzubrechen. Sie wollte sich das Leben nicht von anderen diktieren lassen.

Es war schlimm genug gewesen, als die Boulevardpresse ihre Scheidung so genüsslich ausgeschlachtet hatte. Jedes schmutzige Detail hatten sie ans Licht gezerrt. Bis zu dem Zeitpunkt hatte sie es recht gut geschafft, ihre Nähe zu Johannes vor der Presse geheim zu halten. Aber irgendjemand hatte einem Journalisten gegenüber erwähnt, sie sei sehr gut mit dem Mann bekannt, der vor gut anderthalb Jahren ihre Freundin Isabel erpresst hatte und dafür verurteilt wurde. Danach kannte die Meute kein Halten mehr. Es war egal, dass ihr Mann derjenige gewesen war, der sie betrogen hatte. Es war egal, dass die Scheidung im Einvernehmen erfolgte, weil Robert und sie begriffen hatten, dass eine lieblose Ehe beiden schadete. Niemanden interessierte es, dass Pia im Grunde froh war, endlich aus dieser unglücklichen Ehe ausgebrochen zu sein.

Die Leute entwickelten eine gewisse Erwartungshaltung. Sie glaubten, was die Zeitungen über Pia schrieben. Und schon bald ging sie dazu über, es selbst zu glauben.

Sie ging zur Bar hinüber, bestellte einen Wodka und wartete. Dann schob sie sich durch das Gedränge und suchte einen ruhigen Platz.

Sie spürte die Blicke. Den Neid der Frauen, die Gier der Männer, die glaubten, nur weil die Zeitungen über sie berichteten, könnte jeder mit ihr im Bett landen.

Irgendwie traurig. Früher hatte sie sich nicht darum geschert, was andere über sie dachten. Jetzt, wo sie endlich zur Vernunft gekommen war, sah alle Welt in ihr die Frau, die sie früher gewesen war.

Die sie nie mehr sein wollte.

Aber heute Nacht wollte sie nicht allein sein. Um nichts in der Welt.

An den Hauptraum des Clubs schlossen kleine Séparées an, eingerichtet mit teuren weißen Ledersofas und niedrigen Tischchen. Das gedämpfte Licht variierte von Rot über Violett bis zu Lagunenblau. Sie fand einen leeren Alkoven und setzte sich, stellte den Wodka vor sich ab, ohne ihn zu trinken. Sie saß auf der Sofakante und umschloss mit den Händen die Knie. Die Clutch lag neben ihr.

Sie wartete.

Früher hätte sie einfach einen Mann angesprochen, der ihr gefiel, und es hätte mit ihm geklappt oder auch nicht. Inzwischen war sie nicht mehr die stolze, selbstbewusste Frau von einst. Sie fühlte sich klein, obwohl sie eigentlich wusste, dass das, was sie jeden Morgen im Spiegel sah, der Traum eines jeden Mannes war. Üppige Kurven. Ein strahlendes Lächeln – wenn sie wollte. Volle Lippen, dunkles Haar … und dann fiel ihr ein, wie viel sie verloren hatte.

Aber eins war ihr geblieben: ihr gutes Aussehen. Es gab nur wenige Männer, die an ihr vorbeigehen konnten, ohne ihre Figur zu bewundern.

Nach zehn Minuten lehnte der Erste im Durchgang

zum Alkoven. Lässig stand er da, eine Hand in der Hosentasche, in der anderen ein Glas mit Cola, vielleicht sogar Cola mit Rum. Er musterte sie schweigend, und als Pia ihn anlächelte und ihre verkrampften Hände um die Knie löste, stieß er sich ab und kam zu ihr.

»Auch allein unterwegs?« Er machte zugleich eine fragende Geste, sie rückte beiseite, und er setzte sich zu ihr. »Hi, ich bin Marc.«

Marc sah gut aus. Groß, blond, blaue oder graue Augen; sie vermutete, dass sie blau waren, auch wenn sie das im Licht schwer erkennen konnte.

»Meine Freundin hat mich versetzt«, sagte sie.

Das war die Lüge, die diese Männer hören wollten. Ich hab keinen Mann, mit dem ich nachts um die Häuser ziehe, ich bin nur mit einer Freundin unterwegs. Oder auch nicht.

Er rückte näher. »Wir könnten ja zusammen ein bisschen Spaß haben.«

Sie kokettierte, sie zierte sich, aber nicht lange. Er war nicht abstoßend, machte einen netten Eindruck, und als er sich zu ihr herüberbeugte und sie küsste, schmeckte er tatsächlich nach Rum und Cola.

Sie holten ihre Jacken, und Marc winkte ein Taxi heran.

»Zu dir?«, fragte er, und sie wollte schon begeistert zustimmen, denn ihre kleine Wohnung war ihr Hort, dort fühlte sie sich wohl und sicher. Dann schüttelte sie jedoch den Kopf. Ihre leer geräumte Wohnung war kaum geeignet, um jetzt noch Besucher zu empfangen.

Also nannte er dem Taxifahrer seine Adresse. Sie sanken auf die Rückbank, seine Hand war sofort unter ihrem Rock, und er seufzte und streichelte sie durch das kleine Seidenhöschen, das schon ganz feucht war. Die Taxifahrt dauerte ewig. Pia spürte Marcs Enttäuschung, weil sie immer wieder seine Hand wegschob, die sich unter ihren Rock stahl. Sie lächelte in sich hinein; es erregte sie, ihn ein bisschen zappeln zu lassen.

Er wohnte weit außerhalb von Hamburg, in einer schicken Gegend. Das Taxi hielt vor einem Designerhaus, das jenen ähnelte, die Pia in vielen Hochglanzmagazinen gesehen hatte.

Er drückte dem Taxifahrer das Geld mit einem fröhlichen »Stimmt so« in die Hand und zog Pia aus dem Taxi. Kaum waren sie im Freien, zog er sie an sich. Sie fror unter dem dünnen Rock und der Seidenbluse, und er schob die Schöße ihres Mantels beiseite, als wollte er sie direkt hier, in seinem eigenen Vorgarten, vernaschen.

Doch er küsste sie nur und legte die Hände auf ihre Brüste. »Die sind ja echt«, murmelte er erstaunt, und sie lachte.

Jetzt war's einfach. Er zog sie zum Haus, schloss auf und führte sie vom offenen Eingangsbereich direkt ins Wohnzimmer. Lichter flammten auf, irgendwo begann leise Musik zu spielen, und sie drehte sich staunend im Kreis. Es war angenehm warm, sie streifte den Mantel ab und wollte ihn einfach zu Boden fallen lassen, aber Marc war zur Stelle und fing ihn auf.

»Mach's dir bequem«, sagte er. »Champagner?«

Champagner war eine wunderbare Idee. Er prickelte in ihrer Nase, und sie musste prusten, als sie hastig trank.

»Was machst du beruflich?«, fragte sie, und er setzte sich zu ihr, ganz entspannt und mit einem gewissen

Abstand, von dem beide wussten, dass er hieß: Ich will dich, aber wir lassen es heute langsam angehen.

»Ich bin Trader. Handle mit Wertpapieren. Diese Sekundengeschäfte, du weißt schon. Ich gehöre zu der Meute, von der behauptet wird, dass sie die internationalen Kapitalmärkte kaputtmacht.«

Die Frage, ob er davon gut leben konnte, erübrigte sich für sie. Vermutlich gab es irgendwo in diesem Haus ein großes Arbeitszimmer mit mehreren Computermonitoren und einer Klimaanlage, damit die PCs nicht überhitzten, die Tag und Nacht liefen.

Aber im Moment interessierte sie sich mehr fürs Schlafzimmer.

Seine Hand war nun wieder unter ihrem Rock, und sie ließ es geschehen. Die Finger ertasteten die Spitze ihrer Strümpfe, den Strumpfhalter. Er grinste zufrieden, seine Finger wanderten weiter nach oben, er wusste, was er wollte. Und er bekam es auch. Sie schnappte überrascht nach Luft und verschüttete etwas Champagner, als sein Finger unter ihr Seidenhöschen glitt.

Sanft, aber bestimmt nahm er ihr die Champagnerflöte aus der Hand. Dann legte er sich auf sie und küsste sie auf den Mund. Pia rutschte etwas tiefer, ihre Hände suchten seinen Gürtel, Reißverschluss, Haken. Sie wollte ihn in sich spüren, am liebsten sofort.

Aber er packte ihre Hände, hob sie nach oben über ihren Kopf und übernahm das Kommando. Mit einer Hand hielt er ihre Handgelenke umklammert, die andere riss ihre Bluse auf. Die Knöpfe sprangen in alle Richtungen, und hätte er nicht den BH hochgeschoben und so hart an ihrem Nippel gesaugt, dass ihr die Luft wegblieb, hätte sie ihn angefaucht, weil er ihre Lieblingsbluse ruinierte.

Sie ergab sich ihm. Er schien zu den Männern zu gehören, die bestimmen wollten, die sich am wohlsten fühlten, wenn die Frau unter ihnen lag und nichts zu melden hatte.

Kurz richtete er sich auf, riss sich das Hemd herunter und öffnete seine Hose. Dann war er wieder über ihr, und während Pia noch versuchte, sich endlich, endlich einfach fallen zu lassen, spürte sie schon seine Hand, die den Seidenslip beiseiteschob. Seine Finger tauchten in sie ein, und Pia seufzte.

Sie vergaß alles um sich herum. Nur ihn wollte sie, bedingungslos und ohne Vorbehalt.

Und sie bekam ihn.

Irgendwoher hatte er ein Kondom. Sie hörte die Verpackung knistern, als er sie aufriss, dann rollte er es sich über. Er kniete zwischen ihren Beinen, seinen Schwengel hielt er umfasst. Seine andere Hand ruhte auf ihrem Bauch, glitt wieder unter den Rock.

Es erregte sie ungemein, dass sie es so schnell taten. Dass er sich nicht mal die Mühe machte, sich komplett auszuziehen oder ihr wenigstens den Slip runterzuziehen.

Im nächsten Moment war er über ihr. Der erste Stoß tat beinahe weh, weil er so riesig war, doch schon nach dem zweiten hatte sie sich an ihn gewöhnt. Er fühlte sich gut an, gerade so, wie sie's brauchte. Pia legte die Hände leicht auf seinen Rücken, die Fingernägel kratzten an seinem Rückgrat hinauf, ganz leicht nur. Er verharrte einen Moment in ihr, und sie spürte das Pulsieren, das ihren Orgasmus ankündigte. Es überraschte sie, sonst war sie nicht so schnell, meistens brauchte es eine Menge Kunstfertigkeit, bis sie kam. Doch seine Härte und Unnachgiebigkeit trieben sie auf den Höhepunkt zu.

Es war ähnlich wie mit Johannes, dem das mit seiner direkten und fordernden Art ebenfalls immer sehr gut gelungen war.

Der Gedanke an ihn vertrieb jegliches Beben, jede aufwallende Lust. Ihre Hände sanken nieder, sie drehte den Kopf beiseite. Marc bewegte sich jetzt in ihr, erst langsam, dann immer schneller. Was sie noch vor wenigen Minuten zielsicher über den Gipfel gehoben hätte, war jetzt kaum mehr als ein Kitzeln, und sie schloss erschöpft die Augen.

»Gefällt es dir nicht?«, flüsterte Marc, und sie wusste, dass er sie jetzt besorgt musterte.

Ihr war zum Heulen zumute.

Aber sie riss sich zusammen. Hatte sie nicht ihrem Ehemann jahrelang etwas vorgespielt? Die Rolle der glücklichen Ehefrau hatte sie perfekt beherrscht, dann müsste ihr doch ein kleiner One-Night-Stand gelingen!

»Alles in Ordnung.« Sie schlug die Augen auf und lächelte. »Es ist nur so … schön.«

Männer ließen sich so leicht von Lügen einlullen, die sie glauben wollten.

Er erwiderte das Lächeln und begann, sich wieder zu bewegen. Ausdauernd pumpte er seinen harten Ständer immer und immer wieder in sie hinein, beschleunigte seinen Rhythmus, und sie war erstaunt über sein Stehvermögen. Irgendwie gelang es ihm sogar, die allzu finsteren Gedanken zu vertreiben, und als er kam, spürte sie ein leises Flattern in ihrem Unterleib.

Nur ein bisschen mehr, und sie wäre vielleicht auch gekommen.

So seufzte sie nur, als er auf ihr zusammenbrach. Sofort stützte er sich auf die Ellbogen, fragte besorgt, ob er ihr weh tue. Sie verneinte, und er zog sich aus ihr zurück, kümmerte sich um das Kondom und brachte seine Kleidung leidlich in Ordnung.

»Frierst du?«, fragte er, und sie schüttelte stumm den Kopf. Trotzdem gab er ihr eine Decke, und sie zupfte den Slip zurecht und schob den Rock nach unten, ehe sie sich zudeckte. Marc goss frischen Champagner ein und gab ihr ein Glas. »Ich kann auch den Kamin anmachen, wenn du willst.«

Wieder schüttelte sie stumm den Kopf. So viel Fürsorge war ihr unheimlich.

»Möchtest du lieber allein sein? Soll ich dich nach Hause bringen?«

»Bloß nicht.« Sie brach ihr Schweigen, doch dann fiel ihr auf die Schnelle nicht ein, wie sie ihm erklären sollte, warum ihre Wohnung für Männer tabu war. Sie stand auf, legte sich irgendwie die Decke um die Schultern – denn jetzt fror sie tatsächlich – und schlenderte durch das große Wohnzimmer, das zur Küche und zum Essbereich offen war. Die Fliesen unter ihren Füßen waren angenehm warm.

»Wohnst du alleine hier?« Das Haus musste schätzungsweise zweihundert Quadratmeter Wohnfläche haben.

»Es war nicht so geplant.« Er machte sich jetzt doch am Kamin zu schaffen. »Möchtest du was essen?«

Sie staunte. Er führte sie in die Küche, nachdem er das Feuer in Gang gebracht hatte, und sie durfte sich im

Kühlschrank und der Tiefkühltruhe etwas aussuchen. Ohne Zögern entschied sie sich für Miniflammkuchen, die er in den Ofen schob – nicht ohne sie zu necken, weil sie die Feinkost im Gefrierfach verschmähte.

Sie kam aus dem Staunen nicht mehr heraus, weil er so perfekt war. Später saßen sie einfach auf dem Sofa, kuschelten miteinander, aßen die Miniflammkuchen und tranken noch mehr Champagner. Marc fragte sie, ob Pia gerne einen Film schauen wolle, und er präsentierte ihr seine Blueray-Sammlung. Als sie vor der riesigen Auswahl stand und sich nicht entscheiden konnte, machte sie eine Bemerkung, dass er wohl viel Zeit habe.

»Ich bin oft allein«, meinte er daraufhin nur.

Sie entschieden sich für eine romantische Komödie, und nach dem Film gingen sie ins Bett. Im Badezimmer legte er ihr zwei Handtücher, Duschgel, Shampoo und eine Zahnbürste raus, und sie fragte sich, wie oft er das wohl machte. Wie oft er irgendwelche Frauen in Clubs aufgabelte und sie mit nach Hause nahm, um sich für eine Nacht nicht ganz so einsam zu fühlen.

Sie schlief ein, kaum dass ihr Kopf das Kissen berührte. Im Bad hörte sie das Rauschen der Dusche, und als sie mitten in der Nacht aufwachte, war das Bett neben ihr noch unberührt.

Leise stand sie auf, schaltete die Nachttischlampe ein und schlich vom Schlafzimmer in den Flur. Vom Arbeitszimmer am anderen Ende des Flurs drang bläuliches Licht durch den Türspalt, und sie ging darauf zu. Sie hörte ihn murmeln, dazu das stakkatoartige Tippen auf einer Tastatur, dann ein leises Klirren, als er eine Tasse absetzte.

Sie blieb in der Tür stehen und beobachtete ihn.

Ohne aufzublicken, sagte er: »Das ist die Schattenseite. Oder hast du wirklich gedacht, ich wäre perfekt?«

Sie schwieg. Seine Finger tanzten unablässig über die Tasten, seine Augen huschten hin und her, über die wilden Muster auf den Monitoren, die wohl nur er selbst wirklich durchschaute.

»Das hält keine Frau lange aus, glaub mir.« Er lehnte sich zurück, leerte die Espressotasse und stand auf. »Jetzt kann ich auch schlafen. Für zwei oder drei Stunden.«

Sie gingen wieder ins Bett, aber jetzt konnte Pia nicht einschlafen. Sie lag im Dunkeln und lauschte Marcs Atem.

Wie war das wohl, wenn man einfach zusammenlebte?

Also, wenn es *einfach* war?

2

Um neun kamen die Möbelpacker und nahmen die wenigen Sachen mit, die noch in ihrer Wohnung standen.

Erst wenige Minuten vorher war sie heimgekommen. Marc hatte angeboten, sie zu bringen, aber das wollte sie nicht. Sie würden sich nie wiedersehen, und das war okay. Für sie und hoffentlich auch für ihn.

Während die Möbelpacker ihr Sofa, das Bett und die Kartons in den Umzugswagen luden, ging Pia ein letztes Mal durch alle Räume. Sie hatte noch einen Koffer im Schlafzimmer stehen, in dem die wichtigsten Unterlagen und ein paar Sachen für die ersten Tage in Berlin waren.

Berlin ... Ob sie sich in der Hauptstadt irgendwann so heimisch fühlen würde wie hier?

»Klopf, klopf!«, rief jemand aus dem Flur. »Pia?«

»Im Schlafzimmer!«

Es war Isabel. »Ich dachte, ich schau noch mal vorbei, ehe du uns verlässt.«

Isabel. So hell und schön und schlank wie eh und je. Pia ließ die freundschaftliche Umarmung ebenso über sich ergehen wie den prüfenden Blick. »Alles in Ordnung?«

»Ja, alles bestens.«

Ich lauf ja nur vor meinem Leben weg.

Isabel hatte ihr eine Papiertüte mitgebracht, mit einem Thermobecher mit heißem Kaffee, einem Pastramisandwich und einem Apfel. »Komm gut in dein neues Leben. Ich wünsch dir, dass es gelingt.«

Sie umarmte Pia noch einmal.

Jetzt war ihr doch schwer ums Herz. Ausgerechnet der Abschied von Isabel rührte sie fast zu Tränen. Dabei hatte ihre Freundschaft gar nicht so verheißungsvoll begonnen vor über anderthalb Jahren.

»Ich geb mir Mühe«, versprach Pia.

Nach anderthalb Stunden Fahrt fuhr sie von der Autobahn auf einen Rastplatz und aß den Apfel und das Sandwich. Den Kaffee hatte sie längst getrunken. Er war heiß, stark und süß gewesen und hatte sie während der Fahrt wach gehalten.

Sie fühlte sich einsam.

Sie stieg aus ihrem Mini Cooper und lief zur Raststätte. Im Restaurant bestellte sie ein Schnitzel mit Pommes und Salat und eine Cola. Während sie sich nach einem freien Tisch umsah, bemerkte sie die Blicke der Männer.

Pharmavertreter und Lastkraftfahrer, und beide Spezies erkannte sie sofort. Die einen geschniegelt im Anzug, meist nicht mehr ganz jung, die anderen ebenfalls schon älter, mit dickem Wanst, Jeansweste und Dreitagebart.

Fast alle Tische waren besetzt. Schließlich fand sie einen freien Platz ganz weit hinten im Raucherbereich. Sie setzte sich aufatmend und wollte sich gerade über ihr Schnitzel hermachen.

»Is hier noch frei?«

Sie blickte überrascht auf. Weder Pharmavertreter

noch Lastwagenfahrer. Student vielleicht, groß und dürr und mit streng gescheitelten schwarzen Haaren. Er wartete auf ihre Antwort, und sie wies einladend auf den freien Stuhl.

»Wohin geht die Reise?«, fragte er freundlich.

»Nach Berlin.«

»Berlin, schick. Ich bin Walter.« Er gab ihr die Hand. Ein kräftiger Händedruck. Gepflegte Hände, stellte sie fest.

Er aß schweigend und sprach nicht weiter mit ihr.

»Und wohin fahren Sie?«, fragte Pia. Sie lächelte entschuldigend, als sein Kopf überrascht hochruckte. Hatte er wirklich nur einen freien Platz gesucht und wollte höflich sein? Hatte er sie nicht gezielt ausgewählt, weil er an ihr interessiert war?

»Auch Berlin, aber nicht lange. Danach muss ich weiter Richtung Osten. Ich mach eine Fotoreportage über die Wölfe, die langsam wieder nach Deutschland kommen.«

»Sie sind Fotograf?«

»Und ich schreibe. Für Magazine.« Er griff in seine Tasche, holte einen Flyer heraus und schob ihn ihr hin. »Vielleicht möchten Sie ja zu meiner Vernissage kommen. Oder sind Sie nicht so lange in Berlin?«

»Ich werde dort wohl länger bleiben«, gab sie zurück.

»Also kommen Sie?«

»Vielleicht …«

Warum eigentlich nicht? Er machte wirklich einen netten Eindruck. Der Blick, mit dem er sie maß …

»Ich würde Sie gerne fotografieren«, sagte er unvermittelt.

»Bitte was?«

Sie war vollkommen perplex.

Er hob entschuldigend die Hand. »Tut mir leid, das war wohl etwas zu forsch. Ich mache gerade eine Fotoserie. Menschen auf Rastplätzen. Ich bin viel unterwegs, darum bot sich das Thema an. Und ich glaube, Sie würden gut in diese Serie passen.«

»Und was passiert dann mit dem Foto?«, fragte sie misstrauisch.

»Meist mache ich eine ganze Serie. Ich weiß nicht, ich würde gern eine Ausstellung machen, aber das hängt von vielen Faktoren ab. Vielleicht auch einen Bildband mit Interviews und Rastplatzgesprächen.«

»Dafür müssten Sie mich ja interviewen.«

»Stimmt.« Er lachte. »Keine gute Idee, hm?«

»Sie dürfen mich gerne fotografieren«, sagte Pia. »Aber ich möchte auch eine Gegenleistung.«

Er hob gespielt erstaunt die Augenbrauen. »Was könnte ich Ihnen denn geben?«

Pia lächelte. Dann beugte sie sich vor. »Mach's mir mit der Zunge«, flüsterte sie ihm zu.

Er starrte sie sprachlos an. Dann, nach einem längeren Schweigen, das ihr peinlich wurde, je länger es andauerte – vielleicht hatte sie sich ja in ihm getäuscht –, räusperte er sich.

»Vielleicht sollten wir das nicht gerade hier machen«, schlug er vor.

»Woran denkst du?«

Sie hoffte, er würde jetzt nicht auf die Idee kommen, eine der Toiletten zu benutzen. Sie war vorhin schon unten gewesen. Die Toiletten waren leidlich sauber, aber dieser Geruch nach öffentlichen Klos war ihr in lebhafter Erinnerung geblieben. Kein allzu erotischer Ort.

»Hast du dich schon mal gefragt, was hinter den Raststätten ist?«, fragte Walter.

»Dahinter?«

»Komm mit. Wir holen nur gerade meine Kamera, dann zeige ich es dir.«

Pia hatte mit allem Möglichen gerechnet, aber sicher nicht damit, dass Walter ein schnittiges Mercedes-Coupé fuhr. Sie pfiff durch die Zähne, und er wirkte sichtlich verlegen.

»Na ja«, meinte er nur.

»Verdient man so gut als Fotograf?«, fragte Pia, während sie hinter ihm herlief.

Er lächelte nur verschmitzt, so dass sie sich ihren Teil denken konnte. Wahrscheinlich war er von Beruf Sohn, und die Fotografie war nur ein gutbezahltes Hobby für ihn. Aber was ging es sie schon an? Sie würde ihm doch auch nicht alles über sich erzählen.

Jetzt sah sie auch, was er mit »hinter dem Rastplatz« meinte. Hinter einer Leitplanke ging es eine Böschung steil nach oben, und dahinter fiel der Hügel sanft ab. Ein lichtes Wäldchen, und das Rauschen der Autos wurde zu einem Wispern. Das überfrorene Gras knirschte unter ihren Stiefeln.

Er hob kurz die Kamera, ließ sie dann aber wieder sinken und blickte sie einfach nur an.

Pia stand ganz still. Sie wusste, wie sie auf ihn wirken musste. Den Rock hatte sie hochgeschoben, den Slip nach unten, bis er zwischen den Knien hing. Sein Blick war wie gebannt auf das buschige Dreieck zwischen ihren Schenkeln gerichtet.

»Komm her«, lockte sie ihn leise.

Er hob die Kamera, sie hörte das leise Klicken. Und sie lächelte, weil es für sie in diesem Moment kein grö-ßeres Glück geben konnte, als von diesem Mann begehrt zu werden.

Er machte zunächst Dutzende Fotos, ehe er die Kamera zurück in die Tasche legte und zu ihr kam.

Pia blieb stehen, öffnete leicht die Beine und blickte ihn herausfordernd an.

Walter ging vor ihr auf die Knie. »Schön«, hörte sie ihn andächtig flüstern.

Seine Finger berührten ganz leicht ihr Schamhaar. Er fand ihre Perle darunter, und dann legte er den Finger darauf. Nass und kalt war er, und sie zuckte unwillkürlich zusammen. Doch sie blieb stehen und rührte sich auch dann nicht, als er mit beiden Händen ihre Schamlippen teilte und sich vorbeugte. Seine Zunge erkundete sie von hinten nach vorne, ganz langsam strich sie über Pias Spalte. Sie glaubte, die Knie müssten unter ihr nachgeben, und mit einem leisen, jammernden Laut klammerte sie sich an seine Schultern.

Er war geschickt mit der Zunge, und sie gab sich ihm ganz hin. So hatte sie früher …

Nein. Nicht daran denken, was früher mal gewesen war. Das war vorbei. Sie hatte Hamburg hinter sich gelassen, sie fing ein neues Leben an.

Pia schluchzte auf. Sie sank auf die Knie, und Walter fing sie auf.

»Was ist?«, fragte er leise, und weil sie nicht antwortete, sondern haltlos weiterweinte, wiegte er sie ungeschickt in den Armen. Der eiskalte, beißende Wind fuhr zwischen ihre Schenkel und traf auf ihre heiße, erblühte Scham. Sie erbebte. Konnte sie allein von einem Luftzug einen Orgasmus bekommen?

Bei diesem Gedanken musste sie trotz der Tränen lachen, und sie tastete blind nach Walter. Ihre Hände umfassten sein Gesicht, sie zog ihn zu sich heran und schmeckte ihr Aroma auf seinen Lippen. Er gab leise Geräusche von sich, beruhigende Laute, er murmelte etwas an ihrem Mund.

»Wir können auch zurückgehen«, flüsterte er, doch jetzt war dieser schreckliche Moment überwunden. Der Moment, wenn die Erinnerung an die Vergangenheit sie für wenige Sekunden überwältigte. Sie schüttelte stumm den Kopf, ihre Hände machten sich an seiner Hose zu schaffen, und er hatte nichts dagegen. Warum auch? Er war hart, was sie nicht verwunderte.

Pia beugte sich über ihn, und Walter saß nun auf dem Boden. Lange konnte er das nicht machen, ohne sich die Eier abzufrieren, aber lange sollte es ja auch nicht dauern. Sie befreite seinen Schwengel. Es war ein prächtiger Schwanz: groß, leicht nach oben gebogen, mit einer dunklen Spitze, auf der ein winziger durchsichtiger Tropfen glitzerte. Sie leckte ihn auf, drängte ihre Zunge in den winzigen Schlitz an der Spitze, während ihre Finger sich fest um ihn schlossen, und sie begann, ihn zu verwöhnen. Walter stöhnte leise, seine Hand vergrub sich tief in ihrem dunklen, lockigen Haar. Pia schob die freie Hand zwischen ihre Schenkel. Sie drang mit zwei Fingern in sich ein, mehr war nicht nötig. Nur seinen Schwanz in ihrem Mund und die Finger in ihrer Möse.

Sie brauchte nicht lange. Irgendwas an Walter hatte sie schon vorher erregt. Waren es seine Hände? Sein

Blick? Der überraschende Moment, als sie mehr in ihm sah als nur einen Typen, der sie plump anmachen wollte?

Sie schloss die Augen. Ihre Nase berührte sein krauses Schamhaar, und sie sog tief seinen Moschusgeruch ein. Er schmeckte gut. Und als sie das Prickeln spürte, das in seinem Schwanz aufstieg und sich schließlich in ihren Mund ergoss, ließ sie es geschehen.

Im nächsten Moment hatte Walter sich aufgerichtet, und seine Hand schob ihre Hand an ihrer Möse achtlos beiseite.

»Lass mich ...«

Und dann machte er etwas, das ihr völlig den Verstand raubte. Nur winzige, kreisende Bewegungen auf ihrer Klitoris, nur zwei Finger und kaum mehr als zehn Sekunden brauchte er, bis auch sie mit einer Gewalt kam, dass sie sich in seiner Schulter verbiss, um nicht laut zu schreien.

Danach sank sie nach hinten. Walter lächelte ihr aufmunternd zu, dann zog er sich rasch wieder an, und Pia folgte seinem Beispiel. Sie blieben noch ein wenig, und als er die Kamera hob und ein letztes Foto von ihr schoss, widerstand sie dem Impuls, abwehrend die Hand zu heben, weil sie glaubte, sie könnte vielleicht nicht fotogen sein.

Schließlich packte er seine Sachen wieder zusammen und half Pia hoch. »Wollen wir noch einen Tee trinken?«, schlug Walter vor.

»Warum nicht?«

Sie spazierten zurück zur Raststätte, sprachen jedoch beide nicht. Pia überlegte verzweifelt, worüber sie mit ihm reden könnte. Über seine Arbeit hatten sie sich bereits unterhalten, und eigentlich wollte sie ihm nichts über sich erzählen.

Das ging niemanden etwas an.

Walter suchte ihnen einen Platz direkt am Fenster. Die Sonne schien herein, und Pia bildete sich ein, dass es hier etwas wärmer war als weiter hinten. Während Walter den Tee holte, blieb sie einfach mit geschlossenen Augen sitzen. Ihre Möse zuckte – ein letztes Nachbeben des köstlichen Orgasmus.

Es ging ihr gut.

»Und was passiert jetzt?« Walter stellte einen Becher mit rotem Früchtetee vor sie, in dem noch ein Teebeutel schwamm. Er hielt ihr eine Packung Kekse hin, doch sie schüttelte den Kopf.

»Was soll denn passieren?«, erkundigte sie sich angriffslustig.

Kam jetzt dasselbe Spiel, das sie schon heute Nacht mit Marc ausgefochten hatte? Konnten die Männer nicht einfach kapieren, dass es ihr mit ihnen eben nicht um mehr ging? Und wieso nur geriet ausgerechnet sie an diese Typen, die nicht auf ein schnelles Abenteuer aus waren, sondern ihr direkt nach dem Fick signalisierten, dass sie nichts dagegen hätten, mit ihr mehr als nur eine Nacht oder eine Viertelstunde hinter einer Raststätte zu verbringen?

»Na ja. Vielleicht willst du mich wiedersehen.« Als Pia schwieg, riss Walter die Kekspackung auf. »Hätte ja sein können. Aber fühl dich nicht zu etwas gezwungen, also …«

Sie trank schweigend den Tee und verbrannte sich beim ersten Schluck jämmerlich die Zunge.

Als er ging, legte Walter seine Visitenkarte auf den

Tisch. »Falls du … du weißt schon.« Dann warf er ihr einen letzten prüfenden Blick zu, als wollte er sich ihren Anblick einprägen, und ging, ohne sich umzudrehen. Keine zwei Minuten später brauste der Mercedes mit überhöhter Geschwindigkeit Richtung Auffahrt.

Sie blieb sitzen, bis der Tee eiskalt war. Dann nahm sie die Karte und ging. Im Auto warf sie ihre Sachen auf den Beifahrersitz, legte die Arme aufs Lenkrad, vergrub den Kopf darin und weinte.

Wann nur war ihr Leben so aus dem Gleichgewicht geraten?

Ihre Ehe mit Robert war schon vor zwei Jahren nicht mehr das gewesen, was andere Menschen als glücklich bezeichnet hätten. Sie lebte von ihm getrennt, und wenn sie sich sahen, geschah es meist, weil er sie brauchte. Weil sie ihm nützlich war und er sich bei gesellschaftlichen Ereignissen gerne mit ihr »schmückte«. Sexuell war sein Interesse an ihr einfach erloschen, und sie hatte sich derweil nach anderen Männern umgeschaut, was Robert mit einer beinahe väterlichen Nachsicht tolerierte.

Als Johannes festgenommen und ein halbes Jahr später angeklagt wurde, hatte Robert kein Wort darüber verloren, dass er wusste, wie nahe Pia und Johannes sich standen. Erst als ein halbes Jahr später die Presse davon Wind bekam, erst da stellte er sie zur Rede.

Das Ganze war nur passiert, weil sie gedacht hatte, niemand würde sich dafür interessieren, wer Johannes im Gefängnis besuchte. Aber er hatte vor seiner Festnahme ebenso wie Pia und Robert nur in den besten Kreisen von Hamburg verkehrt. Natürlich hatte er wochenlang die Titelseiten der Klatschpresse dominiert. Frauen hatten sich zu Wort gemeldet und hanebüchene Geschichten über ihn erzählt, dass Pia nur den Kopf schütteln konnte.

Und dann, ein Jahr später, als sich die Wogen längst geglättet hatten, war ihr dieser Fehler unterlaufen. Einmal nicht aufgepasst, schon wusste alle Welt, dass sie alle zwei Wochen in die Justizvollzugsanstalt fuhr, um Johannes zu besuchen. Für diese dreißig Minuten lebte sie mittlerweile. Das Leben als reiche Gattin war ihr inzwischen egal, ebenso das Geld auf ihrem Konto. Die Empfänge, Bälle und Veranstaltungen, zu denen man sie einlud, interessierten sie nicht. Und seit Johannes' Festnahme hatte sie auch nichts mehr mit anderen Männern angefangen.

Sie glaubte wirklich, ihn zu lieben. Und sie wollte warten, bis er seine Strafe verbüßt hatte. Dann würde sie sich von Robert scheiden lassen.

Die ersten Zeitungsberichte erschienen ganz unscheinbar auf Seite drei, und Pia glaubte zunächst, es handelte sich um etwas, das an ihr vorbeiziehen würde. Bis eines Morgens Robert vor neun Uhr in ihrer Wohnung auftauchte, die neue Morgenpost auf ihren Frühstücksteller knallte und ihr verkündete, dass er auf dem Weg zum Anwalt sei, um die Scheidung einzureichen.

Natürlich schrieben die Schmierfinken von der Presse nur die Hälfte der Wahrheit und dichteten eine Menge dazu. Aus den halbstündigen Besuchen alle zwei Wochen wurden auf die Art »regelmäßige Besuche zweimal pro Woche, die sie zwei Stunden ungestört in einem Zimmer verbringen durften, das Eheleuten vorbehalten ist«. Ihr wurde eine Schwangerschaft angedichtet, eine Abtreibung vor drei Jahren und eine Fehlgeburt, als der Prozess gegen Johannes lief. Als sie Johannes danach das nächste Mal besuchte, war alles anders. Er hatte davon erfahren. Sein Blick ging ihr durch und durch, und sein Schweigen ätzte sich tief unter ihre Haut. Ehe sie ging, fragte er sie: »Und, stimmt es? Bist du schwanger?«

Sie war seither nicht mehr bei ihm gewesen. Es hatte nicht lange gedauert, bis sie dann endlich begriff, was sie getan hatte in den vergangenen Monaten. Sie hatte sich versteckt. Vor der Verantwortung, vor ihrem eigenen Leben, davor, einfach voranzuschreiten.

Hatte sie ihn überhaupt geliebt?

Vielleicht. Aber selbst wenn sie irgendwann diesen Mann geliebt hatte, war davon nichts geblieben außer der Enttäuschung, weil er lieber den Zeitungen glaubte und gar nicht ihre Version anhören wollte.

Seither war sie allein. Und es fiel ihr schwer, diese Enttäuschung zu überwinden. Darum all diese Männer. Die schnellen Affären, die kurzen Erlebnisse in fremden Häusern und an der Raststätte.

Sie spürte sich nicht mehr. Nur wenn sie mit anderen Männern zusammen war, flackerte ihre Leidenschaft auf, und dann glaubte sie für einen kurzen Moment, wieder lebendig zu sein.

In Wahrheit jedoch waren diese Augenblicke eine einzige Qual. Weil sie dann nicht war, wie sie sein wollte. Weil sie sich selbst so seltsam fremd war.

3

Nachdem sie ein bisschen geheult hatte, trocknete sie ihr Gesicht, frischte das dezente Make-up auf und fuhr wieder auf die Autobahn.

Eine Stunde später erreichte sie Berlin. Es dauerte eine Weile, bis sie die richtige Adresse in Mitte fand, die zukünftig ihr neues Zuhause sein sollte. Sie parkte den Mini am Straßenrand in zweiter Reihe und schaute an der frisch renovierten Fassade des Hauses hinauf. Jahrhundertwende, ein schönes Gebäude, das mit viel Liebe zum Detail renoviert worden war. Die Wohnung im zweiten Obergeschoss gehörte ihr. Holzdielen, drei Zimmer, Tageslichtbad, Küche, Balkon.

Als Pia die Wohnung besichtigt hatte, meinte die Maklerin nur: »Sie ist nicht nach den neusten Standards eingerichtet, vielleicht mögen Sie lieber eine der Neubauwohnungen ansehen?«

Aber Pia hatte die Wohnung sofort ins Herz geschlossen.

Der Möbelwagen parkte ein Stück weiter. Die drei Möbelpacker standen davor und rauchten. Als sie Pia sahen, schnippten sie die Zigaretten weg und drehten sich erwartungsvoll zu ihr um.

»Wir haben auf Sie gewartet. Wussten nicht, wohin mit den Sachen.«

Der Älteste trug eine blaue Latzhose und darunter einen grauen Pullover. Er war kultiviert und freundlich, nicht so maulfaul wie seine beiden Kollegen, die sich jetzt an der Laderampe zu schaffen machten.

»Kommen Sie mit nach oben, ich zeige es Ihnen.«

Sie würde den Männern ein besonders dickes Trinkgeld zahlen. Ursprünglich war geplant gewesen, dass Pia zeitgleich mit ihnen hier ankam und die Wohnung aufschloss, damit sie rasch alles ausladen konnten.

Sie stapfte die Stufen hoch und öffnete die Wohnungstür. Die drei Zimmer und die Küche waren kalt; nur im Bad hatte jemand den Handtuchtrockner voll aufgedreht, und die Luft war stickig und heiß. Sie riss das Fenster auf und zeigte dem Möbelpacker rasch, wo Wohnzimmer, Schlafzimmer und Arbeitszimmer hinkamen. Dann ließ sie die Männer ihre Arbeit tun.

Als eines der ersten Möbel kam ihr wuchtiger Schreibtisch in die Wohnung, und die beiden jüngeren Packer trugen ihn, als wöge er nichts. Den ließ sie sich unters Fenster schieben. Schon bald darauf erschien der dritte Möbelpacker mit ihrem Bürostuhl – einem roten Hocker, der in alle Richtungen wippte und auf dem sie keine Rückenprobleme bekam, wenn sie den ganzen Tag drauf saß. Das hatte zumindest die Verkäuferin ihr versprochen, als sie Pia den Hocker aufschwatzte. Ob es wirklich so war, würde sich herausstellen.

In den folgenden anderthalb Stunden dirigierte sie die Möbelpacker in den einzelnen Zimmern hierhin und dorthin, damit sie die wenigen Möbel richtig aufstellten. Die Kartons stapelten sich bald; darum konnte sie sich in aller Ruhe in den kommenden Tagen kümmern, wenn die anderen Möbel kamen.

Sie setzte sich zwischendurch auf den Hocker und wippte ein bisschen. Bequem war er jedenfalls. Das hatte sie nicht unbedingt erwartet.

»Toktok, jemand zu Hause?«

Pia sprang auf und trat in den Flur. »Hallo«, sagte sie überrascht.

»Ich hoffe, ich störe nicht. Dass Sie hier grad einziehen, ist ja nicht zu überhören, und ich dachte, ich bringe einen kleinen Willkommensgruß vorbei.« Der blonde Hüne streckte ihr ein Gläschen mit Salz und ein Brett entgegen, auf dem ein frisch gebackenes Brot einen unwiderstehlichen Duft verströmte. »Auf eine gute Zukunft in Ihrem neuen Heim.«

»Wie nett!« Sie nahm das Geschenk entgegen. »Ich heiße Pia Schwarz.« Nach der Scheidung hatte sie ihren Mädchennamen wieder angenommen.

»Frederick Wolff. Ich wohne im Stockwerk unter Ihnen. Wenn Sie also eine Vorliebe für laute Stöckelschuhe haben – ich werde es hören!« Er zwinkerte ihr zu und grinste, als wollte er den Worten die Schärfe nehmen.

Pia lächelte peinlich berührt. »Möchten Sie … also …« Sie wusste überhaupt nicht, wie man sich in dieser Situation richtig verhielt. Bisher hatte sie nur Nachbarn gehabt, die froh waren, wenn sie nichts von den anderen Bewohnern im Haus – oder in der Straße – sahen.

»Nein, nein, ich will mich nicht aufdrängen! Aber falls Sie keine Küche haben und heute Abend Hunger bekommen, könnte ich Ihnen ja unten in meiner bescheidenen Kochnische etwas kochen.«

»Das ist sehr freundlich von Ihnen, aber …«

»Aber Sie kennen mich nicht, schon klar. War auch nur ein Angebot, also … kein Problem.« Er lächelte wieder dieses gewinnende Lächeln, dessen Charme sie sich kaum entziehen konnte.

Ich kenne niemanden in der Stadt, dachte sie. Wenn ich Freunde finden will, sollte ich damit auch irgendwann anfangen.

»Na gut«, gab sie nach.

»Wunderbar! Sagen wir um halb acht?«

»Halb acht passt mir sehr gut.«

Sie gaben sich die Hand, und Frederick verließ den Flur. In der Tür stieß er mit einem der Möbelpacker zusammen.

»Das war's jetzt«, meinte dieser. »Alles hier.«

»Echt, schon?« Erstaunt blickte Pia sich um. Sie hätte gedacht, es würde länger dauern.

»Müssen Sie nur noch quittieren.«

»Natürlich, einen Moment.«

Sie ging ins Schlafzimmer, wo sie vorher ihre Handtasche und die Jacke abgelegt hatte, um ihr Portemonnaie zu holen und das Trinkgeld zu zahlen. Auf dem Boden lag das Bett – in Einzelteilen.

»Moment, da stimmt was nicht …« Sie eilte zurück in den Flur. »Das Bett ist nicht aufgebaut.«

Der Möbelpacker guckte auf seinen Auftrag. »Davon steht hier nix. Sehen Sie? Nur Möbel abbauen, nach Berlin karren, ausladen. Aufbauen ist nicht im Preis inbegriffen.«

»Aber Sie können doch nicht … Also, ich zahl's Ihnen auch, wenn Sie mir das Bett noch aufbauen.«

»Tut mir leid, Lady.« Der Möbelpacker streckte ihr das Klemmbrett entgegen, damit sie den Auftrag quittierte. »Stand nicht in unserem Auftrag, und wir müssen noch weiter nach Friedrichshain heute Abend und den nächsten Umzug einladen, der morgen früh zurück nach Hamburg geht.«

»Aber …«

Alles Flehen half nichts. Pia quittierte widerstrebend den Auftrag und gab jedem Möbelpacker einen Zwanziger. Dann waren die drei auf und davon, und sie stand in ihrer halbleeren Wohnung.

Ohne Bett.

Auf die Schnelle fiel ihr nur einer ein, der ihr beim Aufbauen helfen könnte. Sie ging nach unten und suchte an den vier Türen nach Namensschildern. Hinter einer wohnten »Tine, Paul, Leonie und Lars«, hinter der anderen hörte sie einen Fernseher dröhnen, und hinter zweien war es ruhig.

Sie versuchte es mit der Tür, die der Treppe am nächsten lag. Eine alte Frau mit lila Haaren und Lockenwicklern öffnete. »Entschuldigen Sie, ich bin die neue Nachbarin. Ich suche eigentlich Frederick Wolff.«

»Den Herrn Wolff, wa? Juter Mann, da vorne müssen Se hin, Kindchen.«

Die alte Frau zeigte auf die Tür schräg gegenüber. Pia bedankte sich. Während sie klingelte und wartete, dass Frederick öffnete, blieb die Alte in der offenen Tür stehen und starrte neugierig herüber.

»Ist grad einkaufen gegangen, glaube ich«, meinte sie, als niemand öffnete. »Soll ich was ausrichten?«

»Nein, nicht nötig, vielen Dank. Ich dachte nur …«

Sie schlich wieder nach oben. Inzwischen fühlte sie sich ganz erschlagen. Aber so ein doofes Bett aufzubauen konnte doch unmöglich so schwer sein! Sie versuchte es einfach allein. Und wenn gar nichts half, musste sie eben die erste Nacht im neuen Heim auf dem Fußboden schlafen.

Eine halbe Stunde später war Pia den Tränen nahe. Sie hielt sich eigentlich nicht für dumm oder unfähig, aber alleine, ohne eine Anleitung geschweige denn Werkzeug einen großen Bettrahmen aufzubauen, überstieg ihre Fähigkeiten bei weitem. Sie hockte sich auf den Dielenboden und starrte ins Leere.

Ich hab mein Leben ganz schön an die Wand gefahren, dachte sie. Jetzt hab ich nicht mal jemanden, der mir hilft, meine Möbel aufzubauen. Oder mit dem ich einfach nur reden könnte.

Pia lachte auf. »Du meine Güte«, murmelte sie. Nicht nur, dass sie sich in Selbstmitleid erging, jetzt fing sie auch noch an, mit sich selbst zu reden.

In diesem Moment klingelte es an der Tür, und es war Frederick. »Tut mir leid, ich war nicht zu Hause«, fing er sofort an, »aber Frau Timmerberg von schräg gegenüber meinte, du seist bei mir gewesen. Ich musste noch mal los, weil ich keine Venusmuscheln im Haus hatte.«

»Venusmuscheln?«

»Fürs Abendessen.«

Pia bat ihn herein und erklärte ihm ihr Problem. »Das kriegen wir schon hin«, sagte Frederick sofort, und er bot ihr an, sie könne derweil etwas anderes machen, er brauchte sie nicht dafür. Nur widerstrebend stimmte Pia zu.

»Gehen Sie baden und entspannen sie sich!«, rief Frederick aus dem Schlafzimmer. Dann hörte sie ein lautes Krachen.

Es war Pia zu blöd, sich in die Badewanne zu legen, während Frederick ihr Bett zusammenbaute. Sie ging stattdessen in ihr Arbeitszimmer und begann, die Bücher aus den Kartons zu sortieren und auf dem Boden zu stapeln. Die Regale kamen nächste Woche.

Sie hatte in ihrer alten Wohnung kein Arbeitszimmer gehabt, und auch die Bücher hatte sie aus der Wohnung verbannt und eingelagert. Nachdem Robert die Scheidung eingereicht hatte und sie sich wie betäubt einige Tage die Augen aus dem Kopf geheult hatte – was im Grunde Unsinn war, wie sie fand, schließlich hatte die Ehe schon vorher nur noch auf dem Papier bestanden –, hatte sie sich überlegt, was sie nun anfangen wollte. Natürlich zahlte Robert Unterhalt, und dank des Ehevertrags war ihr auch eine satte Abfindung sicher, weshalb sie nicht arbeiten musste.

Aber der Gedanke, sich weiterhin nur dem süßen Nichtstun zu widmen, war einfach schrecklich. Sie war nicht mehr die alte Pia, die von einer Party zur nächsten tanzte oder sich von Johannes im Séparée eines Nobelkaufhauses vögeln ließ. Sie war vielleicht endlich ein bisschen erwachsen geworden. Aber dieses neue Leben schmerzte.

Allein zu leben war nicht leicht. Selbständig alle Entscheidungen zu treffen fühlte sich fremd an. Darum wollte sie jetzt endlich etwas Neues erschaffen. Etwas Eigenes, das nur ihr gehörte. Lange hatte sie darüber nachgedacht, was sie konnte und wer sie war, bis sie schließlich auf die Idee kam, ihre alte Lieblingsbeschäftigung zu ihrem Beruf zu machen, weil sie sonst nichts anderes beherrschte.

Sie wurde Shoppingberaterin.

Während sie die aktuellen Modezeitschriften sortierte, verschwand Frederick kurz in seiner Wohnung und kam mit einem Werkzeugkoffer zurück. Es dauerte keine halbe Stunde, bis ihr Bett stand, und gemeinsam wuchteten sie die große Matratze auf den Lattenrost.

»Es bleibt bei halb acht?«, fragte Frederick.

»Wenn es Venusmuscheln gibt …? Obwohl ich natürlich jetzt in Ihrer Schuld stehe und Sie wohl einladen sollte …«

»Kommt nicht in Frage! Das machen Sie einfach beim nächsten Mal. Sobald Sie sich eingerichtet haben.« Er packte sein Werkzeug zusammen und ließ sie allein.

Inzwischen war es dunkel geworden, und bei all der Aufregung hatte Pia vergessen, dass sie sich um einen Elektriker hatte kümmern wollen, der ihre Lampen aufhängte. Jetzt blieben ihr nur die nackten Glühbirnen unter der Decke. Sie ging ins Badezimmer und ließ sich Wasser in die Badewanne ein. Bis zu ihrem Abendessen bei Frederick waren es noch anderthalb Stunden.

Das warme Wasser umschmiegte Pia, und eine wohlige Hitze machte sich in ihr breit. Sie seufzte und rückte das Handtuch unter ihrem Nacken zurecht. Alles war noch provisorisch, aber ihr Bett stand, und sie hatte sogar ihre Badeperlen in einem Karton gefunden. Im Badezimmer hing der Duft von Jasmin, und winzige getrocknete Blütenblätter tanzten auf der Wasseroberfläche.

Sie träumte sich einfach fort. In eine Zukunft, in der schon alles seinen Platz gefunden hat – auch sie. Denn jetzt war sie noch so haltlos und verloren wie die Blütenblätter auf dem Wasser.

Ihre Fingerspitzen tanzten über ihre nackten Brüste, den straffen, leicht gerundeten Bauch und ihre festen Oberschenkel. Sie erlaubte ihrer rechten Hand, einzutauchen in das Riff aus krausem Haar, das sich sanft im Wasser bewegte. Ihre Fingerspitzen ertasteten ihre heiße, feuchte Spalte. Sie seufzte wohlig, und in ihrem Unterleib erwachte dieses leise Ziehen, das mit steigender Erregung in ein gieriges Pochen übergehen würde.

In den letzten vierundzwanzig Stunden hatte sie zwei Männer gehabt. Vielleicht kam heute Abend mit Frederick ein dritter hinzu? Er war nett, hatte ein freundliches Wesen und war hilfsbereit.

Sie schloss die Augen und stellte sich den weiteren Abend vor. Wie er sie erst bekochte und anschließend verführte. Wie sie in seinem Bett landeten, wie er sie verwöhnte und streichelte, küsste und bedrängte, bis sie sich ihm hingab.

Pia öffnete die Beine. Jetzt war sie in ihrem Element. Sie wollte diese unerträgliche Spannung in ihrem Innern lösen, bevor sie nach unten ging und womöglich von Frederick enttäuscht wurde.

Sie stellte sich vor, wie sie auf die Muscheln verzichteten und sofort zum Nachtisch kamen. Wie er sie auf dem festlich gedeckten Esszimmertisch in seiner Wohnung nahm. Ihre Stirn drückte er auf die harte Holztischplatte, während er von hinten in sie eindrang. Die andere Hand packte ihre Hüfte, und er trieb sich mit Gewalt in ihre enge Passage.

Ihre Finger rieben jetzt immer heftiger die Klit. Sie fuhr mit dem Zeigefinger vorsichtig in ihre Möse und spürte das heiße Pochen, das gegen ihren Finger brandete. Dann schloss sie die Augen und ließ sich völlig gehen. Es gab nur noch sie und die Vorstellung davon, wie Frederick sich von ihr einfach nahm, was er wollte …

Der Orgasmus kam schneller als erwartet. Sie keuchte auf, ihre Arme und Beine zuckten unkontrolliert, und sie legte den Kopf in den Nacken. Dabei rutschte sie tiefer in die Wanne, und das Wasser schwappte über den Rand. Aber sie konnte jetzt nicht aufhören, nicht jetzt, so kurz vor dem schmerzlichen, erlösenden Ziehen, das sich dann wie eine Welle in ihrem Körper ausbreitete …

Ihre Türglocke schrillte.

Nein, nein, nein! Ich brauche nur noch einen winzigen Moment!

Ein zweites Klingeln. Es klang eindringlich, geradezu drängend. Ihm folgte ein Klopfen, und sie hörte aus dem Hausflur eine Stimme. »Pia, sind Sie da?«

Frederick.

Kurz überlegte Pia, ihn einfach zu ignorieren. Sie konnte später immer noch nach unten gehen und behaupten, sie sei nicht da gewesen oder habe das Klingeln nicht gehört. Doch dann erhob sie sich aus der Wanne, angelte nach ihrem Handtuch und ging zur Tür, begleitet von einem ständigen Klopfen und Rufen.

Hoffentlich ist es dringend, dachte sie grimmig.

»Oh, tut mir leid! Wenn ich gewusst hätte, dass Sie grad unter der Dusche stehen, wäre ich später noch mal gekommen.« Er lächelte entschuldigend. Sein Blick klebte an ihrem Gesicht, als wollte er unter allen Umständen vermeiden, ihren Körper im Handtuch anzusehen.

Seine Augen sind grün, fuhr es ihr durch den Kopf.

»Nein, ist schon gut. Ich war in der Badewanne, darum hat es gedauert.«

Er wirkte jetzt ehrlich zerknirscht. »Echt, wie doof von mir. Dabei ist es gar nicht dringend. Ich wollte nur fragen, ob Sie eine Nussallergie haben oder so was.«

»Eine Nussallergie? Ich dachte, es gibt Muscheln?«

»Die Muscheln gibt's zu dem Salat, den ich als Vorspeise zubereite. Die Nüsse sind für das Schweinefilet. Mit Kräuter-Nuss-Kruste«, fügte er erklärend hinzu.

Pia verwarf die Idee, Frederick jemals im Gegenzug zu sich einzuladen. Bei ihr gäbe es ja höchstens Bratkartoffeln mit Spiegelei.

»Nein, ich hab keine Nussallergie.«

»Gut! Sehr gut.« Er schien ehrlich erleichtert. »Dann bis gleich.«

»Ja, bis gleich.«

Sie schob die Tür wieder zu. Irgendwie musste sie lächeln. Er war schon komisch, ihr neuer Nachbar. Aber sie mochte ihn.

Leider war ihr durch seine Störung die Lust daran vergangen, sich vorzustellen, wie er sie auf dem Esszimmertisch vernaschte. Das schien ihr nach dieser Begegnung nämlich gänzlich unwahrscheinlich.

Um fünf vor halb acht betrachtete Pia sich ein letztes Mal prüfend im Spiegel. Ihr gefiel, was sie sah.

Sie trug einen knielangen Rock aus kariertem Flanell. Sie trug gerne Röcke, nicht nur weil sie praktisch waren, wenn es mal wieder schnell gehen musste. Sie standen ihr auch besser als jede Hose. Dank ihrer etwas üppigeren Formen sah sie in Hosen, die für Magermodels entworfen und dann für alle Größen geschneidert wurden, meist aus, als stecke sie in einer Wurstpelle. Zu dem Rock trug sie eine schwarze Strumpfhose und schwarze Stiefeletten, darüber dicke wollweiße Stulpen und einen weinroten Pullunder mit einem wollweißen Langarmshirt darunter. Sie trug große, glitzernde Ohrringe und hatte dezent Parfüm aufgetragen. Das lockige brünette Haar hatte sie einfach ausgebürstet, mehr Pflege brauchte es nicht.

Sie mochte ihr Aussehen. Ein bisschen konservativ, aber das war egal. Frederick schien kein besonders moderner Typ zu sein. Vielleicht war es auch ganz gut, wenn sie schnell mit ihm Freundschaft schloss. Sie hatte den Eindruck, er könnte ihr bestimmt hilfreich sein, wenn sie irgendwelche Probleme hatte. Sie ging nach unten und klingelte bei ihm.

Er riss die Tür auf, als hätte er direkt dahinter auf sie gewartet. Auch er hatte sich umgezogen. Die verwaschene Jeans und der Pullover hatten einer schwarzen Stoffhose und einem weißen Hemd Platz gemacht. Er trug eine Schürze.

»Komme ich zu spät?«, fragte Pia besorgt.

»Nein, nein, genau passend.« Er bat sie herein, und sie überreichte ihm etwas unbeholfen eine Flasche Wein, die sie bei ihren Küchenvorräten gefunden hatte. Er blickte anerkennend auf das Etikett und pfiff leise durch die Zähne. »So ein guter Tropfen! Den müssten wir eigentlich noch heute trinken.«

So wie Frederick das Weinetikett prüfend gemustert hatte, schaute Pia sich nun in seiner Wohnung um. Sie taxierte ihn. Er war sehr schick eingerichtet; diese beinahe lässige Mischung aus alt und neu, klaren Linien und verspieltem Plüsch gefiel ihr. Vor einem kleinen Zimmerofen stand ein alter brauner Ohrenbackensessel mit neuem Samtbezug.

»Ein Erbstück meiner Großmutter.« Frederick blieb etwas hinter ihr, während sie vom Wohnzimmer ins angrenzende Esszimmer ging. Der Tisch war festlich gedeckt, wie sie's erwartet hatte. Weißes Tischtuch, Silberbesteck, schlichtes Geschirr. In der Mitte des Tischs eine Vase mit Tulpen, die gerade erst ihre Köpfe zaghaft öffneten.

»Tulpen? Um diese Jahreszeit?«

»Anfang Februar gibt's schon welche. Ich liebe Tulpen, Sie nicht?«

»Doch, ich mag sie auch.«

»Wie wär's mit einem kleinen Aperitif?«

»Da sag ich nicht nein.«

Sie folgte ihm, als er in die Küche ging. Anders als im Wohnzimmer und Esszimmer, wo vor allem alte Möbel das Bild bestimmten, war hier alles neu und glänzend. Hochglanzfronten, die weiß schimmerten, eine Granitarbeitsfläche und eine Spüle aus schwarzer Emaille. Auf der Anrichte standen zwei Teller mit Frühlingssalaten.

»Ich hoffe, Sie haben Hunger mitgebracht.« Frederick reichte ihr ein Glas Prosecco, der genau die richtige Temperatur hatte.

Sie stießen mit einem kleinen, dezenten »Pling« an. Sogar die Gläser waren von einer auserlesenen Qualität.

»Wollen wir uns nicht duzen?«, fragte Pia. »Wir sind ja jetzt Nachbarn, und mir kommt das Gesieze immer schrecklich steif vor.«

Kurz huschte ein Schatten über Fredericks Gesicht,

und sie fürchtete schon, sie hätte etwas falsch gemacht. War sie zu forsch? Aber dann lachte er und nickte. Darauf stießen sie ein zweites Mal an.

Dann widmete Frederick sich wieder dem Essen. Er stellte eine Pfanne auf den Herd und schaltete ihn ein. Im Backofen garte bereits das Schweinefilet mit Kräuternusskruste und verströmte einen köstlichen Duft. Bevor Frederick die Muscheln anbriet, schob er noch ein Blech mit selbstgemachten Herzoginkartoffeln zu dem Filet in den Ofen.

Insgeheim fragte Pia sich, wann er das alles vorbereitet hatte. Und es kam ihr auch etwas zu aufwendig vor, was er da zauberte. Es war doch nur ein kleiner Willkommensgruß. Sie waren sich im Grunde fremd. Womöglich verstanden sie sich überhaupt nicht und würden für den Rest ihrer Zeit in diesem Haus nur noch schweigend aneinander vorbeigehen und peinlich berührt an diesen Abend zurückdenken.

»Du musst mich für ziemlich verrückt halten«, sagte Frederick. »Bitte, setz dich doch.«

Pia rutschte auf einen Barhocker hinter der Frühstückstheke. »Warum?«, fragte sie.

»Nun ja, da lade ich eine Fremde zum Essen ein und tische so ein Menü auf.« Er lachte auf. »Wahrscheinlich denkst du, ich bin entweder schwul oder verrückt.« Er schaute kurz über die Schulter. »Ich bin nicht schwul. Und was das Verrücktsein angeht …«

Er sprach nicht weiter.

»Man ist es heutzutage einfach nicht gewohnt, dass die Leute freundlich zu einem sind«, half Pia ihm. »Als ich meinen Freunden erzählte, dass ich nach Berlin ziehen will, haben sie geradezu die Hände über dem

Kopf zusammengeschlagen. Ob ich verrückt sei. Ausgerechnet Berlin, die Stadt, in der die Einwohner per se total unfreundlich sind. Da bist du wohl die rühmliche Ausnahme. Oder die Hamburger sollten ihr Bild über Berliner mal überdenken.«

Er lächelte dankbar. Dann wandte er sich wieder ab, hantierte mit Pfanne und Pfannenwender, ließ die Muscheln auf das Bett aus Frühlingssalaten gleiten und beträufelte alles mit einer dunklen Salatsauce. »Nimmst du die Gläser?«

Er ging voran ins Esszimmer, und sie folgte ihm mit den Gläsern.

Das Essen war – wie nicht anders zu erwarten – hervorragend. Er holte einen Wein dazu, einen spritzigen Cabernet Sauvignon, und Pia war schon bald ein bisschen beschwipst. Sie unterhielten sich über Berlin, ihre neue Aufgabe – Frederick fand die Idee sehr interessant und versprach, sie all seinen weiblichen Bekannten zu empfehlen, obwohl Pia bezweifelte, dass diese sich ihre Dienste leisten konnten –, über den harten Winter und andere Themen. Eins kam zum anderen, und sie genoss den Abend sehr.

»Und womit verdienst du dein Geld?«

Sie waren bei der zweiten Flasche Wein angelangt, das Schweinefilet war köstlich, das Wintergemüse ein Gedicht, die Herzoginkartoffeln außen kross und innen fluffig. Pia hatte sich von allem nachgenommen und glaubte, jetzt keinen Bissen mehr herunterzubringen.

»Ach, so dies und das. Noch ein Stück Filet?«

Sie lehnte dankend ab. Während Frederick den Tisch abräumte und den Nachtisch holte, lehnte sie sich zurück.

Dieser Mann ist perfekt, dachte sie. Klug, nett, witzig …

Nur leider sexuell so gar nicht anziehend.

»Wenn du möchtest, können wir gerne mal zusammen ins Theater gehen. Ich hab ein Abo mit zwei Karten.«

»Oh.« Das Angebot überraschte sie sehr. Pia hatte sich in Hamburg immer wieder vorgenommen, ins Theater zu gehen, aber letztlich war es daran gescheitert, dass sie keine Lust hatte oder keine Zeit oder es einfach nicht schaffte, sich Karten zu besorgen. »Aber ich möchte nicht, dass deine übliche Begleitung dann nicht mitkommen kann, also …«

»Ist schon in Ordnung.« Er lächelte gewinnend. »Ich hab das Abo für zwei aus purer Gewohnheit. Weil …« Seine Miene verdüsterte sich wieder wie zuvor, als sie vorgeschlagen hatte, sie könnten sich duzen.

Sie fragte nicht nach. Irgendwie hatte sie das Gefühl, auf vermintes Gelände geraten zu sein.

»Schmeckt das Eis? Ich hab's gar nicht probiert …«

Eilig nahm Pia einen Löffel und versicherte ihm, das Eis sei ganz hervorragend. Überhaupt sei der Abend rundum gelungen, und sie könne sich gar nicht genug bei ihm bedanken, dass er ihr einen so herzlichen Empfang in Berlin bereitet habe.

»Dann sehen wir uns bald wieder?«, fragte er, als er sie etwas später zur Tür begleitete.

Es war schon nach zehn, und Pia war müde. Nur widerstrebend ließ Frederick sie gehen.

»Bestimmt«, versicherte sie ihm, obwohl sie sich da nicht so sicher war.

Frederick beugte sich etwas vor.

Jetzt will er mich küssen, dachte Pia noch. Sie drehte den Kopf leicht zur Seite, und sein Kuss landete nicht auf ihrem Mund, sondern an ihrem Ohr.

»Entschuldige«, murmelte sie.

»Nein, ich muss mich wohl entschuldigen.« Er machte einen Schritt nach hinten und öffnete die Wohnungstür.

Zu perfekt, dachte sie traurig, während sie die Stufen nach oben hinaufstieg. Er ist einfach nicht so, wie ich mir einen Mann wünsche.

Hätte er sie zwischen Schweinefilet und Pistazieneis gegen den Tisch gedrängt und sich einfach genommen, was er wollte …

Sie hätte es ihm gegeben.

4

»Nein, Sie hören mir jetzt mal zu.« Pia atmete tief durch.

Herrje, immer musste irgendwas dazwischenkommen. Konnte nicht *einmal* etwas glattlaufen?

Die Liste ihrer Fehlversuche und gescheiterten Pläne war in den ersten acht Tagen als Neuberlinerin stetig länger geworden. Ob es ihre Versuche waren, sich zurechtzufinden, ihr Gewerbe anzumelden, einen fähigen Webdesigner zu finden, der ihr eine Homepage für ihre Dienste als Shoppingberaterin baute, oder all die anderen großen und kleinen Dinge des Alltags – überall rannte sie gegen eine Wand.

Frederick hatte sie ausgelacht, als sie ihm ihr Leid klagte.

»Lass dir Zeit«, meinte er. »Du bist doch erst vor einer Woche hergezogen. Wem willst du was beweisen?«

Vor allem wollte sie sich selbst etwas beweisen. Dass sie es schaffen konnte. Dass sie auf das Geld ihres Exmannes nicht angewiesen war.

Darum verbrachte sie schon den halben Vormittag damit, verschiedene Webdesigner abzutelefonieren, und hoffte inständig, irgendwer könnte ihr die Webseite nicht erst in drei oder vier Monaten zur Verfügung stellen, sondern – wenn möglich – innerhalb von vier Wochen.

»Nein, die Grafiken und Entwürfe liegen vor.« Die hatte sie bei einer Hamburger Agentur in Auftrag gegeben. »Das ist schön, dass Sie so was auch können, aber ich brauche diese Sachen nicht.«

Sie rollte verzweifelt mit den Augen. Himmel! Wenn dieser Blödmann so stur war, dann konnte sie mindestens genauso stur sein.

Sie unterbrach ihren Gesprächspartner. »Wissen Sie was? Wenn Sie das alles können, haben Sie sicher keine Probleme, Auftraggeber zu finden. Aber ich habe Ihnen bereits gesagt, dass ich kein Interesse an Ihrem Design-Gesamtpaket habe. Guten Tag!«

Entschlossen legte sie auf. Das war zwar grob unhöflich, aber es schien zum guten Berliner Ton zu gehören.

Einen Namen hatte sie jetzt noch auf ihrer Liste stehen. Seufzend beugte Pia sich vor, tippte die Internetadresse ein und klickte sich durch die Webseite des Anbieters.

»Rebus« stand schlicht rechts oben in der Ecke, darunter tat sich nach einem Mausklick das Portfolio auf. Pia überlegte nicht lange; die Seite gefiel ihr.

Sie wählte die Nummer und stellte sich insgeheim wieder auf einen dieser verrückten Hinterhof-Webdesigner ein, die mit überhöhten Preisvorstellungen und Fertigstellung »so in drei bis vier Monaten, wa?« winkten.

»Hallo, hier spricht Rebus.«

Eine dunkle, warme Stimme. Eine Stimme, die ihr direkt bis tief in den Unterleib fuhr.

Pia räusperte sich. »Pia Schwarz, guten Tag. Ich suche einen Webdesigner. Haben Sie einen Moment Zeit?«

»Natürlich. Was brauchen Sie?«

Erleichtert atmete sie auf. Mit wenigen Sätzen skizzierte sie, was sie sich vorstellte, und sie hörte, wie Rebus auf der anderen Seite »hmhm« machte und mitschrieb. Dann stellte er ihr ein paar gezielte Fragen, auf die Pia sofort eine Antwort wusste.

»Gut«, sagte er schließlich. »Ich schlage vor, Sie bringen mir die Unterlagen vorbei oder schicken mir die Entwürfe per Mail. Mir wäre es lieber, Sie kämen vorbei«, fügte er hinzu. »Dann könnten wir die Entwürfe noch mal durchsprechen, und eventuelle Änderungsvorschläge stimme ich dann mit der Hamburger Agentur direkt ab.«

Sie wollte schon Widerspruch einlegen, verkniff sich aber einen Kommentar. Vermutlich sollte sie einfach froh sein, dass sie mit diesem Mann endlich mal vernünftig reden konnte.

»Wann?«, fragte sie.

»Kommen Sie einfach heute Nachmittag vorbei. So gegen drei Uhr?«

»Das passt.« Pia war richtig froh. Endlich funktionierte mal etwas!

Als sie am Nachmittag um halb drei das Haus verließ, lief sie Frederick über den Weg.

»Kalt da draußen«, warnte er sie.

Pia verlangsamte ihre Schritte. Seit ihrem ersten Abend in seiner Wohnung hatte sie sich immer wieder gefragt, warum sie nur so ein Problem mit ihm hatte.

Dieser Gedanke ging ihr einfach nicht aus dem Kopf.

»Alles okay?«, fragte sie. Frederick leerte geräuschvoll seinen Briefkasten.

»Alles bestens. Du solltest dir wirklich was anderes anziehen, da draußen holst du dir sonst den Tod.«

Sie blickte an sich herunter. »Ich mag die Sachen«, erwiderte sie trotzig. »Und ich friere nicht so leicht.«

Er zuckte mit den Schultern. »War nur ein gutgemeinter Rat.«

Er wollte schon die Treppe hochgehen, da rief sie ihm nach: »Bist du mir böse?«

Er blieb auf der untersten Stufe stehen. »Wieso sollte ich?«

»Na ja …« Sie zögerte. Irgendwie kam sie sich albern vor. »Dachte nur. Weil du nach dem Abendessen …«

»Weil ich dich küssen wollte«, vollendete er ihren Satz, als sie nicht weitersprach. »Ja, das war ein bedauerlicher Irrtum. Ich habe wohl einen Augenblick lang geglaubt, dass wir zwei …«

Jetzt war er es, der betreten schwieg.

Pia schaute verlegen auf ihre Stiefelspitzen. Ihr war entsetzlich kalt. Vielleicht hätte sie doch nicht den kurzen Rock anziehen sollen.

»Du sendest einfach diese Signale aus …«

Ihr Kopf ruckte hoch. »Was denn für Signale?«, fragte sie.

Frederick zuckte mit den Schultern. »Ein bisschen ist es so, als wolltest du gefragt werden. Als sollten die Männer dich verführen. Wenn du verstehst, was ich meine.«

Irgendwie schon.

»Danke«, murmelte sie verwirrt und trat in die Februarkälte hinaus. Sie vergrub das Gesicht in ihrem dicken Schal und marschierte Richtung U-Bahn.

Vielleicht hatte Frederick recht. Sie sendete Signale aus. Eigentlich wollte sie das gar nicht.

Andererseits: Sie hatte ja auch nichts gegen das eine

oder andere Abenteuer einzuwenden, solange sie nicht gebunden war.

Rebus bewohnte ein Loft in einem schicken Fabrikgebäude im Westen der Stadt.

Auf ihr Klingeln öffnete niemand, und sie verbrachte geschlagene fünf Minuten damit, vor der Tür auf und ab zu trippeln und sich zu fragen, warum zum Teufel sie ans andere Ende der Stadt gefahren war – noch dazu mit der U-Bahn und nicht mit dem Auto –, wenn dieser Blödmann sie jetzt auch noch hängen ließ.

Schließlich war sie so wütend, dass sie die Klinke herunterdrückte.

Die Tür ging nach außen auf. Ein Schwall warmer Luft schlug ihr entgegen, und sofort streifte Pia ihren Schal ab. Mit einem dumpfen Knall fiel die Tür hinter ihr ins Schloss.

»Hallo?«, rief sie.

Es gab keinen Eingangsbereich, man stand sofort im Büro. Oder im Wohnraum oder was auch immer das hier war. Staunend blickte Pia sich um.

Es war tatsächlich ein Loft, wie man es nur aus Einrichtungszeitschriften kannte. Der riesige, hohe Raum – sie überlegte lieber nicht, was es wohl kostete, den bei diesen eisigen Temperaturen warm zu halten – war geschickt aufgeteilt. Einzelne Wohnbereiche – Küche, Wohnzimmer, Esszimmer und ein großzügiger Arbeitsbereich – waren nur mit Regalen in verschiedener Höhe voneinander getrennt. Die Innenwände waren nicht verputzt, sondern zeigten das nackte Mauerwerk. Trotzdem fühlte sie sich hier sofort wohl.

»Hallo?«, rief sie noch mal. »Jemand zu Hause?«

Sie blieb direkt hinter der Tür stehen und wartete. Irgendwo im Gebäude hörte sie eine Tür knallen, dann kam jemand eine Treppe herunter.

Dieser Jemand kam um die Ecke und raubte ihr den Atem.

»Hallo«, hauchte sie. Ihre Knie wurden weich.

»Hallo!« Er strahlte sie an. Lächelte. Ebenmäßige strahlend weiße Zähne. Augen so blau wie ein Gebirgssee im Winter. Pechschwarzes Haar, das ihm lässig in die Stirn fiel, und ein Dreitagebart.

Herrje, er war doch einfach nur ein gutaussehender Mann.

Nein, korrigierte sie sich: ein *verdammt* gutaussehender Mann.

»Hallo«, krächzte sie.

»Das sagten Sie bereits.« Er lächelte weiter, kam auf sie zu. Er war mindestens anderthalb Köpfe größer als sie (aber das war keine Kunst, sie war nun mal klein). Als er ihr die Hand gab, fielen ihr die gepflegten Fingernägel auf. Das Hemd stand ihm gut. Hellblau. Die Jeans passte auch zu ihm, dazu trug er braune Schuhe und einen passenden Gürtel.

Er sah umwerfend aus.

Pia riss sich zusammen.

»Pia Schwarz«, stellte sie sich vor.

Er hob spöttisch die Augenbrauen. »Sagen Sie bloß.«

»Und Sie sind Herr Rebus.«

»Nein«, sagte er sanft. »Nur Rebus. Mein Vorname lautet Rebus.«

»Ach so.«

Konnte es eigentlich noch peinlicher werden?

»Möchten Sie einen Kaffee?«

»Danke, gerne.«

Sie folgte ihm verwirrt in die offene Küche, und er zog einen Stuhl vom Tisch weg. »Setzen Sie sich.«

»Leben Sie allein hier?«

Sie biss sich auf die Zunge. Normalerweise war sie besser darin, ein Gespräch mit einem Fremden zu führen.

Er musterte sie über die Schulter. Kein flüchtiger Blick, sondern er betrachtete sie herausfordernd und selbstsicher. »Darf ich nicht?« Er klang belustigt.

»Doch, natürlich.« Sie senkte den Kopf. Vermutlich war es das Beste, wenn sie von nun an den Mund hielt und nur noch sprach, wenn er ihr Fragen stellte.

Er stellte einen Cappuccino vor sie. »Zucker?«

»Nein danke.«

»Haben Sie die Entwürfe dabei?«

Pia nickte und holte die Mappe mit den Entwürfen ihrer Webseite aus der Tasche. Es gab auch eine CD und einen USB-Stick, auf dem alle Grafiken gespeichert waren.

»Moment, ich hole mein Notebook.« Seine Schritte verklangen in der Größe des Lofts.

Pia glaubte, irgendwo eine Stimme zu hören, die etwas fragte. Eine weibliche Stimme. Rebus antwortete darauf, dann war wieder alles still.

Natürlich lebte er allein hier. Aber anscheinend nicht die ganze Zeit …

Sie verbrannte sich am Cappuccino die Zunge. Und dann war er schon zurück. Geschmeidig glitt er neben ihr auf einen Stuhl, schob seine eigene Tasse ein Stück nach links und klappte das Notebook auf, das er in die Mitte es riesigen Tischs gestellt hatte.

Pia überlegte sich währenddessen, wie es wäre, an diesem Tisch Dinnerpartys auszurichten, mit mindestens zwölf Gästen, die problemlos Platz finden würden. Doch ihre Phantasie bekam Flügel, und aus der Dinnerparty wurde schnell eine wilde Orgie, bei der Rebus und sie im Mittelpunkt der Aufmerksamkeit standen.

Frederick hatte recht. Sie sendete nicht nur Signale aus, sie schien zugleich auch noch anfällig dafür zu sein, sich immer wieder aufs Neue in irgendwelche fremden Männer zu verknallen, mit denen sie dann unbedingt ins Bett steigen wollte.

Obwohl »verknallen« nicht das richtige Wort war. Sie fiel diesen Männern einfach in den Schoß.

»Dann wollen wir mal sehen.«

Wortlos hielt sie ihm die Mappe hin und wich seinem Blick aus. Rebus blätterte darin und nickte beifällig.

»Hübsch«, kommentierte er. »Sie sind dann also eine Art …«

»Beraterin«, sagte sie hastig. »Meine Klientel wird von mir in Stilfragen beraten, genau. Deutschlandweit möchte ich meine Kundinnen erreichen, aber einkaufen sollen sie vor allem hier in Berlin. Weil Berlin hip ist, weil es eine Stadt ist, in der Trends geboren werden.« Sie holte tief Luft. Über dieses Thema konnte sie stundenlang reden, wenn man es ihr erlaubte, aber sie fürchtete, er könnte sie wieder so spöttisch anlächeln.

»Und weiter?«, ermunterte er sie.

Also erzählte sie weiter. Was sie sich wünschte, was sie erhoffte. Warum sie nach Berlin gekommen war, verschwieg sie. Aber er bemerkte es, denn irgendwann tippte er auf das Logo der Agentur, die ihr Firmenlogo entworfen hatte.

»Kommen Sie aus Hamburg?«

Sie nickte. Plötzlich waren alle Worte einfach fortgewischt.

»Und wieso machen Sie das nicht in Hamburg, Frau Schwarz?«

»Das geht Sie nichts an«, fuhr sie ihn wütend an.

»Doch, tut's schon. Wenn ich die Texte für Ihre Webseite schreibe – und das werde ich, diese Agentur hat nämlich keine gute Arbeit geleistet, wenn Sie mich fragen –, muss ich mehr über Sie, Ihre Persönlichkeit und Ihre Hintergründe wissen, damit ich treffend formulieren kann.«

»Vielleicht brauchte ich ja einfach einen Tapetenwechsel«, giftete sie ihn an.

»Ja, manchmal braucht man das.« Sein Blick war so intensiv, dass Pia erzitterte. Verlegen senkte sie den Kopf.

Irgendwie hatte sie das Gefühl, dass er sie durchschaute.

»Nun gut, ich denke, damit kann ich arbeiten. Wenn Sie das wollen«, fügte er hinzu, und wieder ging ihr sein Blick durch und durch.

»Natürlich«, sagte sie leise.

»Gut. Ich schicke Ihnen per Mail den Kostenvoranschlag. Wenn Sie den absegnen, mache ich mich an die Arbeit.«

Nachdem sie noch den zeitlichen Ablauf besprochen hatten, der zu Pias großer Erleichterung ganz in ihrem Sinne war, beendeten sie das Gespräch. Er stand auf und brachte sie zur Tür. Seine Bewegungen waren ganz entspannt, doch sie spürte, dass es bei ihm unter der Oberfläche brodelte.

Als er die Tür öffnete, fegte ein eisiger Wind in das Loft.

»Dann bis bald«, sagte sie leise.

»Ich melde mich«, versprach er.

Die Tür schloss sich hinter ihr mit einem Knall. Pia zuckte zusammen. Sie blieb einen Moment vor der geschlossenen Tür stehen, als hoffte sie, er könnte es sich noch mal anders überlegen. Dann ging sie langsam davon und drehte sich nicht um.

* * *

Rebus kehrte zurück in die Küche, holte die Mappe und trug sie zu seinem Schreibtisch. Er tippte die Maus an, und der Bildschirm erwachte zum Leben.

Dann setzte er sich hin und begann zu recherchieren.

Eine halbe Stunde später wusste er alles über Pia Schwarz. Woher sie kam, mit wem sie lange Jahre verheiratet gewesen war und mit wem sie zwischendurch noch das Bett geteilt hatte. Jedes schmutzige Detail.

Oder zumindest die schmutzigen Details, die er herausfinden konnte.

Er fertigte rasch einen Kostenvoranschlag an und schickte ihn per Mail an Pia. In die Mail schrieb er nur: »fyi, Rebus«, mehr nicht. *For your information*.

Er hätte gern mehr geschrieben. Dass er sie wiedersehen wollte oder wie sehr sie ihn faszinierte. Selten hatte eine Frau es geschafft, ihn nach nur wenigen Minuten so in ihren Bann zu schlagen. Sie hatte etwas

Hilfloses, Verlorenes an sich, das ihn reizte. Und dann dieses trotzige Funkeln in ihren Augen … Als wüsste sie, was sie wollte, dürfte es ihm aber nicht zeigen.

Die Zusammenarbeit mit ihr würde bestimmt spannend werden.

Er räumte das Geschirr in die Spülmaschine und wischte die Arbeitsfläche ab. Erst dann ging er zurück ins Schlafzimmer, das im oberen Stockwerk des Lofts lag.

»Ich glaube, ich habe dich vorhin gehört«, sagte er, als er das Zimmer betrat.

Sie stand in der Zimmerecke, das Gesicht zur Wand. Er war so leise hinaufgekommen, dass sie ihn nicht bemerkt hatte. Aber sie war brav gewesen.

Er hatte sie vorhin nackt ausgezogen und ihre Hände hinter dem Rücken gefesselt. Ihr Torso war eingeschnürt, an ihren Nippeln waren Klemmen angebracht, die schmerzen mussten, was sie ihm erst erlaubt hatte, nachdem er ihr versicherte, dass diese Klemmen keine sichtbaren Spuren hinterließen. Aber sie drehte sich nicht zu ihm um, als sie seine Stimme hörte.

»Brav«, flüsterte er, als er zu ihr trat. »Du bist so ein braves Mädchen, nicht wahr?«

Sie nickte ganz leicht.

Rebus trat zurück. Er begann, sich auszuziehen. »Mein braves Mädchen hat sich jetzt eine Belohnung verdient.«

Vor Erregung knickten ihre Knie ein, aber tapfer hielt sie sich auf den Beinen. Sie drückte den Kopf in die Zimmerecke und versuchte, eingerahmt von den beiden Wänden, aufrecht stehen zu bleiben für ihn.

Was eine Dreiviertelstunde doch mit ihr anrichten

konnte, erstaunte ihn immer wieder. Wenn er sie so allein ließ – weil es zum Spiel gehörte, weil er Kundengespräche im Erdgeschoss führte, oder einfach, um ein Stündchen zu arbeiten –, wartete sie gehorsam. Sie wartete und rührte sich nicht vom Fleck.

Für ihn war sie inzwischen die perfekte Sklavin, die perfekte Dienerin seiner Lust.

Er trat hinter sie. Seine flache Hand klatschte auf ihren nackten Arsch.

»Dreh dich um.«

Sie gehorchte.

Er hatte darauf verzichtet, ihr einen Knebel anzulegen. Sie hatte einen schönen Mund, und meistens wusste sie auch, sich zu beherrschen. Heute hatte sie seit langem das erste Mal einen Laut von sich gegeben, während er unten war und mit Pia Schwarz redete.

Er legte die Hand auf ihre Wange. Meike hatte große blaue Augen, und das glatte blonde Haar trug sie lang. Ihr Körper war sehr schmal.

Eigentlich mochte er diesen androgynen Typ Frau, aber als er jetzt die Hand auf ihren Scheitel legte und sie runterdrückte, damit sie sich vor ihn kniete, dachte er daran, wie es wäre, wenn eine andere Frau so vor ihm kniete. Eine dunkelhaarige mit großen braunen Augen. Mit einem sinnlichen Körper. Eine *richtige* Frau.

Allein die Vorstellung war für ihn schon fast zu viel, und es hätte nicht viel gefehlt, dass er seinen Schwanz einfach in Meikes Mund gerammt hätte.

Er wusste, wie gern sie sich ein wenig sträubte, bevor sie ihn lutschte. Es war ein ewiges Spiel aus Weigerung und Gehorsam, das sie um diesen Liebesdienst spielten. Meist gewann er, und manchmal ließ er ihr auch ihren Willen. Aber heute ging es ihm um die schnelle Befriedigung.

Meikes Lippen zitterten, als sie sich seinem Schwanz näherten. Rebus ermutigte sie nicht; seine Hände ruhten bloß auf ihrem Hinterkopf, und er wartete.

Langsam streckte sie leicht ihre Zunge hervor und fuhr über den winzigen Schlitz an seiner Schwanzspitze.

Rebus schloss die Augen. Es war nicht mehr Meike, die ihn mit dem Mund verwöhnte und ihn jetzt vorsichtig mit den Lippen umschloss. Nicht Meike saugte hart an ihm. Es war nicht Meikes heißer Mund, in den er jetzt kräftig hineinstieß.

Sie legte die Wange an seinen Oberschenkel und blickte zu ihm auf, während ihre Zunge seine Hoden leckte. Rebus packte fester zu. Er zwang sie, seinen Schwengel tief in den Mund aufzunehmen, bis sie die Nase in seinem Schamhaar vergrub. Meike gab einen erstickten Laut von sich, aber das machte nichts; sie tat gerne so, als könnte sie ihn nicht schlucken. Dabei war es das, was sie am besten konnte.

Nun ja, auch wenn sie sich manchmal zierte.

Er ertrug ihre Blicke nicht länger. Grob zog er sie hoch und schob sie zum Bett. Seine Hand fuhr zwischen ihre Beine, und er rammte drei Finger auf einmal in ihre Möse. Sie war tropfnass und belohnte ihn mit einem überraschten Quieken für diesen Angriff. Er kniete sich hinter sie, umfasste ihre Arschbacken mit beiden Händen und riss sie auseinander. Wieder ein Quieken. Sie fiel nach vorne und stützte sich mit Schultern und Gesicht auf die Matratze.

Ihr rosiges, runzliges Arschloch wartete nur darauf,

dass er eindrang. Er wusste, wie sehr sie auf Analsex stand. Immer wieder bettelte sie, er möge sie nur recht heftig in den Arsch ficken – wenn er ihr denn gestattete zu reden. Heute hatte er sie zum Schweigen verdammt.

Seine Finger fuhren feucht über ihre Kimme nach oben. Er spürte ihr lustvolles Beben und ertrank förmlich in ihren Säften, die ihr aus der Möse tropften.

»Das willst du, hm?«

Sie gab keinen Laut von sich. Er spürte aber, wie sich ihr Körper entspannte. Sie war für ihn bereit.

Mit dem Zeigefinger drang er in ihr Arschloch ein. Er weitete es, fuhr mit dem Finger langsam vor und zurück. Meike stöhnte. Sie reckte ihm den Arsch noch höher entgegen, und er drang mit zwei Fingern ein. Ihr Zucken erfasste seine Finger, und ihm wurde heiß und kalt zugleich.

So musste eine Frau sich hingeben.

So wollte er Pia haben.

Er packte Meikes Hüften. Sie seufzte, doch als er mit einem einzigen Stoß in ihre Möse drang, wurde aus ihrem Seufzen ein enttäuschter, wütender Schrei.

»Halt die Klappe«, zischte er.

Sie wollte den Kopf heben, doch er drückte sie unnachgiebig auf die Matratze. Er wusste, dass sie jetzt vermutlich heulte, aus Enttäuschung und Wut, weil er ihr nicht gab, was sie wollte. Aber er spürte im selben Moment, wie ihre Muskeln sich um ihn anspannten. Sie kam.

Er zog sich aus ihr zurück und atmete schwer. »Wage es ja nicht zu kommen«, zischte er und versetzte ihr mit der flachen Hand einen Klaps auf den Hintern. »Ich verbiete es dir, hörst du?«

Sie jammerte leise. Auch wenn sie im Moment hilflos war, ließ Rebus sich davon nicht täuschen. Sie kam durchaus auf ihre Kosten. Gerade wenn er sie so grob behandelte, empfand sie besonders große Lust.

Rebus stand auf. Er massierte seinen harten Schwanz, während er das Bett umrundete und sich vor sie kniete. Er riss sie an den Armen nach oben und drückte ihren Mund gegen seinen Schwanz. Zugleich tastete er auf dem Nachttisch nach dem Vibrator.

Den sie so gerne im Arsch spürte.

Gehorsam nahm sie ihn wieder in den Mund. Er ließ sie ein bisschen saugen und lutschen, ehe er den Vibrator auf niedrigster Stufe einschaltete und gegen ihre Rosette drückte. Meike rutschte auf Knien so neben ihn, dass er sie mit dem Vibrator gut am Arschloch stimulieren konnte, während sie hingebungsvoll seinen Schwanz lutschte.

»Siehst du«, flüsterte er. »Wenn du brav bist, bekommst du, was du willst.«

Sie blickte zu ihm auf. In ihren Augen war so viel Sehnsucht, so viel Bewunderung, dass es ihn für einen winzigen Moment beinahe abstieß.

Meike war ein Naturtalent. Sie hatte sich ihm vom ersten Moment an unterworfen, ohne jemals irgendwelche Bedingungen zu stellen. Schnell fand er heraus, was sie mochte und was ihr nicht so gefiel, und schon bald hatten sie sich eingespielt. Es machte Spaß, mit ihr ins Bett zu gehen.

Aber sie war keine Herausforderung.

Ob Pia sich wehren würde? Ob sie Widerstand leistete, ehe sie sich ihm endlich ergab?

Erbarmungslos drehte Rebus den Vibrator auf. Meike verschluckte sich fast an ihm, fasste sich aber schnell wieder. Der Orgasmus, auf dem sie ritt, musste nach der langen Wartezeit gigantisch sein, aber sie quiekte nur einmal kurz auf, schloss verzückt die Augen und wurde im nächsten Moment wieder ganz still. Sie widmete sich mit Feuereifer der Aufgabe, ihn so weit zu bringen, dass er in ihr Gesicht abspritzte.

Schließlich gelang es ihr. Er schloss einen Moment die Augen und sah nicht Meike, die mit halbgeöffnetem Mund seine Sahne empfing, sondern Pia. Er warf den Vibrator achtlos beiseite, sank aufs Bett und packte Meikes Kopf. Ein letztes Mal drückte er sie auf seinen Schwanz nieder, dann schob er sie grob von sich und tastete nach den Knoten ihrer Fesseln.

Er war ihrer überdrüssig. Schon lange, nur hatte er das bisher nicht gewusst.

Als sie eine halbe Stunde später ging, war ihr Blick verschleiert und ihre Augen verheult. Sie wollte nicht begreifen, was er ihr gesagt hatte: dass beide ein neues Ziel brauchten, dass er keine Zeit mehr für sie hatte. Es ging nicht in ihr Spatzenhirn, dass sie aus seinem Leben verschwinden sollte.

Rebus kehrte ins Schlafzimmer zurück und zog mit ruckartigen Bewegungen das Bett ab. Er versuchte, ihren waidwunden Blick zu vergessen, als er ihr zwanzig Euro fürs Taxi in die Hand gedrückt hatte.

Er fürchtete, dass er es falsch angefangen hatte. Er fürchtete, sie würde das, was er getan hatte, als neue Spielart begreifen. Meike war so. Jede Grausamkeit, die er ihr zufügte, war für sie nur der Beginn eines neuen Erregungszustands, der zwangsläufig in seinem Bett endete.

Es war inzwischen früher Abend. Er warf die Bettwäsche in die Waschmaschine im Bad, ging nach unten und bestellte beim Chinamann was zu essen. Dann setzte er sich an den Schreibtisch, zog die schwarze Mappe heran und blätterte sie durch. In der Zwischenzeit hatte Pia auf seinen Kostenvoranschlag geantwortet. Sie gab ihm ihr Okay.

Er machte sich sofort an die Arbeit.

5

Eine Woche später hatte Pia ihre erste Kundin.

Sie holte Rita Busch vom Zug ab. Es war noch immer bitterkalt, und über Nacht hatte es geschneit. Rita trug ihren kleinen Chihuahua in einer Tasche mit sich herum und war über fünfzig. Ihr Mann war im Vorstand eines großen Energieunternehmens, und sie verbrachte den lieben langen Tag damit, sein Geld zu verprassen.

Zuerst lud Pia ihre Kundin zum Frühstück ins Café Einstein Unter den Linden ein.

»Das gehört zu einem guten Berlinbesuch einfach dazu«, verkündete Pia, als sie aus dem Taxi sprangen und die wenigen Schritte zum Café schnatterten. »Das ist richtige Kaffeehauskultur, Rita.«

Rita kam aus Hamburg. Sie wollte zwei Tage bleiben und im Adlon Kempinski nächtigen, wohin Pia ihr Gepäck – zwei mittelgroße Koffer – vom Taxifahrer hatte bringen lassen.

»Ich will vor allem shoppen«, verkündete Rita. »Meine Freundinnen schwärmen mir immer vor, wie toll man in Berlin shoppen kann. Und als ich dann erfuhr, dass Sie nun hier leben und man Sie als … nun ja«, sie geriet ins Stottern.

»Einkaufshilfe?«, versuchte Pia es. Aber beide spürten, wie falsch das klang.

Der Kellner brachte ihnen den Milchkaffee in Bols. Während Pia Zucker einrührte und das Madeleine zum Milchkaffee sofort vertilgte – sie war ohne Frühstück aus dem Haus gehetzt, und das rächte sich jetzt –, verfütterte Rita ihr Madeleine an den Hund in der Tasche, den sie zärtlich Puperl nannte.

Verschwörerisch beugte sich Rita vor: »Sie müssen mir alles erzählen, Pia. Ich bin ja so neugierig!«

Die erste Woche in Berlin hatte ihre Vergangenheit vollständig in den Hintergrund treten lassen, weshalb Pia etwas verwirrt war.

»Was soll ich Ihnen denn erzählen?«, fragte sie höflich.

»Na ja, wie das war. Mit diesem Psychopathen. Sie hatten doch eine Affäre mit ihm.«

Pia wurde eiskalt. Sie umklammerte mit zitternden Fingern die Bol. »Da gibt es nichts zu erzählen«, murmelte sie.

»Schade, ich glaube, Sie wollen wirklich nicht darüber reden.«

Pia atmete durch. Also war ihrer Kundin noch ein letzter Rest Verstand geblieben.

»Wenn es Ihnen nichts ausmacht«, sagte sie mühsam beherrscht.

»Ach nein! Wir sind ja auch eigentlich hier, um gemütlich ein bisschen zu shoppen.«

Der Rest des Frühstücks verlief ohne weitere Zwischenfälle. Pia dachte darüber nach, warum alle Welt glaubte, über Johannes Bescheid zu wissen.

Er hatte das alles für *sie* getan. Nur weil er sie liebte und ihr die Welt zu Füßen legen wollte – was seine finanziellen Mittel ihm nicht erlaubten –, hatte er die

Gelder ihrer Cousine Isabel veruntreut. Und als Isabel ihm auf die Schliche kam, hatte er sich nicht anders zu helfen gewusst. Er hatte versucht, sie einzuschüchtern, und als das nicht half, hatte er eine Verzweiflungstat begangen. Dass die Medien ihn deshalb zum Psychopathen abstempelten und Pia gleich noch zur Geliebten, die mit ihm gemeinsame Sache machte, war nicht fair.

Aber wann war das Leben schon fair?

Nach dem Frühstück begann die ausgedehnte Shoppingtour. Pia durfte sogar die Handtasche mit Puperl tragen, während Rita sich ins Getümmel stürzte. In jedem Laden, den sie betraten, brach sie in wahre Begeisterungsstürme aus und versicherte Pia, dass man so was in Hamburg garantiert nirgends bekäme. Pia lächelte nur müde und sorgte dafür, dass Rita – die eher ein Sommertyp war – nicht ihrer Vorliebe für alles Rostfarbene frönte.

Mittags nahmen sie einen Imbiss bei Nordsee ein (einfach weil Pia wissen wollte, ob Rita auch das in Hamburg nicht bekam), und anschließend führte Pia ihre Kundin auf ausdrücklichen Wunsch in einen der überfüllten, mit Kitsch vollgestopften Souvenirläden unweit von Madame Tussauds.

Auch hier kannte Ritas Begeisterung keine Grenzen. Während sie sich nicht zwischen den verschiedenen »I ♥ Berlin«-T-Shirts entscheiden konnte, schaute Pia auf ihr Handy. Ein Anruf in Abwesenheit, eine unbekannte Nummer.

Sie stellte die Tasche mit Puperl auf den Boden und wählte die Nummer. Sie wusste, dass Rebus ihre Webseite in den nächsten Tagen online schalten wollte, und vielleicht hatte ja schon die nächste Kundin Interesse an ihrem Angebot.

Nach dem zweiten Klingeln sprang die Mailbox an. »Hier ist Rebus, hinterlassen Sie eine Nachricht.«

Sie legte vor Schreck auf. Seine Stimme ging ihr durch und durch, und sie spürte, wie ihre Knie weich wurden. Das Herz schlug ihr bis zum Hals.

Seit ihrem Besuch in seinem Loft vor einer Woche hatte sie ihn nicht mehr gesehen. Sie hatte sich immer wieder dabei ertappt, wie sie an ihn dachte, doch hatte sie diese Gedanken jedes Mal schnell beiseitegeschoben, weil es ihr unangenehm war.

Herrje, sie verhielt sich wie ein verliebter Teenager. Und wieso?

Weil sie in Berlin einsam war.

Sie beschloss, Rebus später anzurufen. Falls er sich vorher noch einmal meldete, stellte sie das Telefon laut, um seinen Anruf nicht wieder zu verpassen. Dann nahm sie die Tasche mit Puperl und folgte Rita, die inzwischen ein Dutzend T-Shirts ausgewählt hatte und frohgemut zur Kasse schritt.

Modisch war das nicht, was sie da kaufte, aber Pia beschloss, in diesem Fall mal Nachsicht zu zeigen.

Nach einem Abstecher über eine berühmte Currywurstbude und eine Buchhandlung, in der Rita allerdings nichts kaufte, brachte Pia ihre Kundin am frühen Abend in ihr Hotel. Für den morgigen Tag hatte sie etwas Ruhigeres geplant – weniger Boutiquen, dafür einen Besuch bei einem Starfriseur mit anschließendem Mittagessen, ehe sie Rita wieder zum Zug brachte.

Fürs Erste war Pia erleichtert, dem ständigen Schnattern ihrer Kundin für eine Weile entfliehen zu können. Zum gefühlt hundertsten Mal schaute sie auf ihr Handy. Rebus hatte sich nicht mehr gemeldet.

Sie rief ihn an. Sie war begierig, seine Stimme zu hören.

Er ging nach dem zweiten Klingeln dran, klang jedoch abwesend.

»Sie hatten mich angerufen.«

»Ah ja, genau. Ihre Webseite ist fertig. Ich würde sie Ihnen gerne zeigen, ehe wir sie online stellen. Am besten noch heute Abend.«

»Heute?« Sie zögerte. Ihre Füße schmerzten, sie war müde und vermutlich auch etwas zerzaust nach diesem Tag. »Können wir das nicht morgen Nachmittag machen?«, versuchte sie es.

»Nein. Heute.«

Er duldete keinen Widerspruch. Irgendwie gefiel ihr das, doch zugleich regte sich auch ihr Widerstand. »Na gut«, sagte sie schließlich. »Aber ich kann nicht lange bleiben. Ich muss morgen früh raus, ich hab zu tun.«

»Natürlich.« Seine geschmeidige Stimme sandte ihr einen Schauer über den Rücken. »Nehmen Sie ein Taxi, ich zahle.«

So weit kommt's noch, dass er mir das Taxi bezahlt, dachte Pia erbost. Aber ein Taxi war tatsächlich keine schlechte Idee. Sie trat an den Bordstein, und der Portier vom Hotel war sogleich zur Stelle, um den nächsten Wagen in der Reihe für sie heranzuwinken und ihr die Tür aufzuhalten.

Nach zwanzig Minuten hielt das Taxi vor dem alten Fabrikgebäude. Im selben Moment trat Rebus aus der

Tür. Er war schneller als sie und bezahlte den Taxifahrer, während Pia noch nach ihrem Geldbeutel kramte.

Sie stieg aus und funkelte ihn wütend an. »Ich kann ganz gut selbst für mich sorgen«, erklärte sie ihm.

»Ich weiß«, erwiderte er sanft und ging wieder ins Gebäude.

Ihr blieb nichts anderes übrig, als ihm zu folgen.

Inzwischen hatte wieder leichter Schneefall eingesetzt, und es war dunkel. Während sie sich aus dem dicken Mantel schälte und ihn aufhängte, verschwand Rebus in den unendlichen Weiten seines Lofts.

»Rotwein?«, rief er von irgendwo, vermutlich aus der Küche.

Sie wollte sich von ihm auf keinen Fall einlullen lassen. Er war dreist und benahm sich einfach unmöglich! Sobald ihre Webseite hochgeladen und freigeschaltet war, würde sie ihren Kontakt mit ihm auf ein Minimum reduzieren müssen.

Eigentlich schade.

Sie wusste später selbst nicht mehr so genau, wie es dazu kam, aber als sie sich zu ihm in die Küche gesellte, sich neben ihn an die Anrichte lehnte und er Rotwein in zwei Gläser goss, legte sie die Hand auf seine, damit er ihr Glas nicht so voll goss. Er quittierte diese irritierend intime Berührung lediglich mit hochgezogenen Augenbrauen, stellte die Flasche aber erst weg, nachdem ihr Glas genauso voll war wie seins. Dann gab er es ihr und spazierte teilnahmslos zu seinem Schreibtisch, als wäre sie ihm nicht gerade unangemessen nah gekommen. Der riesige Monitor erwachte zum Leben, und er präsentierte ihr die finalen Entwürfe ihrer Webseite.

Später dachte sie oft darüber nach, ob ihr seine Arbeit auch dann gefallen hätte, wenn sie nicht auch ihm hätte gefallen wollen. So nickte sie beifällig, rang sich ein paar kritische Bemerkungen ab – hier etwas zu hell, dort die Schrift zu schnörkelig –, woraufhin er ihr lapidar antwortete, er habe sich schon was dabei gedacht, sie solle ihm doch einfach vertrauen.

Sie trank zu schnell zu viel vom Wein. Er nahm ihr das Glas ab, als fürchtete er, der Alkohol könnte ihr Urteilsvermögen trüben.

»Langsam«, flüsterte er, und er stand so dicht vor ihr, dass sie den Kopf an seine Brust lehnen konnte, wenn sie nur wollte.

Sie wollte, tat es aber nicht.

Sie standen bestimmt zwei Minuten einfach nur so voreinander, die sexuelle Energie, die zwischen ihnen in der Luft lag, sprühte Funken. Das Blau des Bildschirms war in diesem Teil des Lofts die einzige Lichtquelle und verlieh dem Moment eine unwirkliche, aber dennoch intime Atmosphäre.

Dann hörte sie ein Auto vorfahren, jemand stieg aus dem Wagen, Türen knallten. Rebus machte einen Schritt zurück.

»Unser Abendessen«, sagte er und lächelte.

Sie war verunsichert, trank noch einen Schluck Wein. Rebus öffnete dem Lieferdienst, Geld und eine Tüte wechselten den Besitzer, er kam zurück. »Ich hoffe, du magst chinesisches Essen.«

Sie zuckte mit den Schultern.

»Es liegt nicht so schwer im Magen«, fügte er hinzu und zwinkerte verschmitzt, als wäre das ein wichtiges Detail.

Es *war* ein wichtiges Detail. Schon bald sollte sie erfahren, dass Rebus nichts dem Zufall überließ.

Es war nämlich auch kein Zufall, dass sie mit dem Taxi kommen sollte, denn nun schenkte er ihr Rotwein nach. Auch das Essen kam nicht zufällig zum rechten Zeitpunkt, da sie nicht wusste, wohin das führte und ob sie überhaupt wollte, dass es irgendwo hinführte.

Ihr Verstand war strikt dagegen, aber der hatte nichts zu melden, wenn ihr Herz so laut klopfte und ihr Bauch sich sacht zusammenzog, wenn er sie anlächelte.

Sie ahnte, worauf es hinauslaufen würde. Und wenn sie vernünftig wäre, müsste sie jetzt das Weite suchen. Vor dem Essen. Sie müsste sich ein Taxi bestellen und in der Kälte warten, dann heimfahren und hungrig ins Bett kriechen.

Liebeshungrig.

Er setzte sich neben sie. Nicht übereck, nicht gegenüber an dem riesigen Tisch, sondern direkt neben sie. Und als seine Hand sich besitzergreifend auf ihr Knie legte, während er ihr mit der anderen Hühnchen Chop Suey auftat, schob sie die Hand nicht weg, sondern wünschte sich plötzlich, sie hätte an diesem Tag kein Höschen an.

Sie wollte ihn.

* * *

Letztlich war er doch überrascht, wie leicht es ging. Sie ließ sich von ihm führen, und auch wenn er den Widerspruch geradezu spürte, der aus jeder ihrer Bewegungen sprach – der Neigung ihres Kopfs, ihr prüfender Blick, während sie überlegte, ob sie ihm so viel Kontrolle gestatten sollte –, wusste er zugleich, dass sie verloren hatte.

Er lächelte zufrieden.

Das Schlafzimmer hatte er ebenso akribisch vorbereitet wie alles andere, und er fragte sich gespannt, was sie davon halten würde, wenn er sie mit nach oben nahm. Der Gedanke daran, wie er sie ans Kreuz band, ließ ihn hart werden. Die Vorstellung gefiel ihm. Wie sie sich erst verzweifelt dagegen wehrte, weil sie »so was« noch nie gemacht hatte. Sie wäre nicht die Erste, die er davon überzeugte, dass sie es wollte.

Das Essen war vorzüglich, und sie nahmen es schweigend ein, seine Hand auf ihrem Oberschenkel. Als er sie behutsam nach oben schob, wehrte sie ihn nicht ab, aber sie ermunterte ihn auch nicht.

Gut. Er mochte keine Frauen, die es ihm zu leicht machten. Meistens verlor er dann recht schnell das Interesse an ihnen. So war es ihm mit Meike ergangen.

Nachdem sie gegessen hatten, bot Pia an, das Geschirr abzuspülen. Er ließ sie gewähren, und während sie an der Spüle stand und heißes Wasser in das Becken ließ, trat er hinter sie. Er drängte seinen Unterleib gegen ihren und ließ sie spüren, was er wollte.

Ihr Körper fiel ihm zu wie eine reife Frucht vom Baum. Er umfasste sie, spürte durch ihren Pullover ihre vollen Brüste. Die Rundung ihres Hinterns drückte gegen seinen harten Schwanz, und sie seufzte, während er ihren Hals küsste. Ihre Finger krallten sich in die Granitarbeitsplatte, und sie gab einen leisen Laut der Enttäuschung von sich, als er von ihr abließ.

»Erst spülen«, murmelte er, und sie verstand.

Gehorsam wusch sie Teller und Besteck ab, suchte danach ein Geschirrhandtuch, stellte das blitzsaubere Geschirr neben die Spüle und drehte sich dann zu ihm um. Ihre Rehaugen funkelten, und sie wollte mit zwei Schritten die Entfernung zwischen ihnen überwinden.

Rebus hob die Hand. »Nicht!«, sagte er scharf.

Verunsichert blieb sie stehen.

Es war an der Zeit, ihr die Regeln zu erklären.

»Ich vermute, du denkst jetzt, dass wir Sex haben könnten. Das können wir auch, sehr gerne sogar.« An dieser Stelle grinste er, weil ihr Gesicht aufleuchtete. Oh, wie sie sich darauf freute! »Aber es gibt ein paar Regeln, die du beherzigen solltest«, fügte er hinzu.

»Regeln? Ich dachte, wir haben einfach ein bisschen Spaß ...« Er konnte gar nicht so schnell gucken, wie sie vor ihm stand und ihm die Arme um den Hals legte. Ihr warmer, biegsamer Körper drückte sich gegen seinen.

Sanft machte er sich los. »Regeln«, wiederholte er und hielt ihre Handgelenke umklammert, damit sie nicht auf die Idee kam, es könnte sich um einen Scherz handeln. »Erstens: Ich bestimme, was wir machen.«

Sie zog eine Schnute. Gott, er würde am liebsten auf die Regeln pfeifen und sie auf diese vollen geschürzten Lippen küssen und gierig daran knabbern. Und sie dann direkt auf dem Küchenfußboden nehmen ...

»Ich bestimme«, wiederholte er. »Verstanden?«

»Na gut«, gab sie nach. Sie dachte vermutlich, dies sei nur ein kleines Machtspiel, dem sie sich beugte, damit sie endlich bekam, was sie wollte.

»Zweitens: Wenn es dir zu viel wird, sagst du das Safeword.«

Er wusste, dies war ein heikler Moment. Er hatte schon vielen Frauen seine Regeln diktiert, und beim zweiten Punkt hatte er die vielfältigsten Reaktionen erlebt: von einem aufgeregten In-die-Hände-Klatschen über ein verwirrtes Stirnrunzeln bis hin zu einem »Du spinnst wohl!«.

Pia runzelte die Stirn. »Ein Safeword?«

»Denk dir eins aus. Glaub mir, du wirst es irgendwann brauchen.«

»Dann … dann … ich weiß nicht.«

»Gut, dann sage ich dir, wie es lautet.« Er ließ ihre Hände los, beugte sich zu ihr hinab und flüsterte in ihr Ohr: »Du sagst ›Rot‹, wenn du nicht mehr willst, und dann höre ich sofort auf.«

Sie lachte ihn an. »Das werde ich bestimmt nicht tun.«

Ach, sie war so köstlich ahnungslos …

»Drittens: Wenn wir jetzt nach oben gehen, will ich kein Wort mehr von dir hören, verstanden? Kein Wort.«

Diese Regel schließlich drang zu ihr durch. Sie machte einen Schritt nach hinten und verschränkte fröstelnd die Arme vor der Brust. »Ich glaube …«

Ach ja, dachte er belustigt. Verbietet man den Frauen das Reden, werden sie doch etwas aufmüpfig.

»Das ist nichts für dich?«, fragte er und grinste.

»Ich werde es schon aushalten«, erwiderte sie hochmütig.

Das werden wir dann ja sehen.

Er trat ganz nah an sie heran. »Bist du bereit?«

Sie nickte.

Aber er bezweifelte, dass sie wusste, worauf sie sich einließ.

6

Einen Moment lang hatte sie überlegt, ob er ein Spinner war und ob sie nicht lieber schleunigst das Weite suchen sollte. Diese Regeln und dann auch noch das Sprechverbot … Es schien ihm ernst damit zu sein, aber – das erstaunte Pia am meisten – der Gedanke erregte sie.

Er nahm ihre Hand und führte sie nach oben. Das Schlafzimmer hatte ein Bett mit zwei Nachtkästchen, am Fußende stand eine gepolsterte niedrige Bank. Die Bettwäsche war blütenweiß und frisch. Eine Tür führte in einen begehbaren Kleiderschrank, dahinter gab es ein großes Badezimmer.

Als sie sich umdrehte und das Schlafzimmer aus einem anderen Blickwinkel betrachtete, fiel ihr das Kreuz auf. Geformt wie ein Andreaskreuz an Bahnübergängen, stand es an der Wand gegenüber vom Bett, mindestens zwei Meter groß. Aus dunklem Holz gefertigt, und an den vier Enden baumelte jeweils eine Ledermanschette nach unten.

»Was ist das?«, fragte sie.

»Pia, du enttäuschst mich. Verstößt du etwa schon jetzt gegen die erste Regel?«

Sie biss sich auf die Lippen und schaffte es gerade noch, sich für diesen Fauxpas nicht zu entschuldigen.

Rebus stand direkt hinter ihr, und sie spürte die Hitze seines Körpers. Seine Hände glitten unter ihren Pullover – sie schmolz in seinen Armen dahin. Sie wollte sich ihm hingeben.

Allein der Gedanke war absurd. Bisher hatte sie einfach mit den Männern Sex haben wollen – schnell, flüchtig, im Vorbeigehen geradezu, ehe sich ihre Wege wieder trennten. Und in einer Großstadt wie Berlin lief man sich garantiert kein zweites Mal über den Weg.

Aber Rebus' Hände waren unnachgiebig. Gierig. Suchend. Unnatürlich warm. Sie quiekte, zuckte vor ihm zurück.

Da packte er fester zu, schob sie zu dem Andreaskreuz. Schon hatte er ihre Hände nach oben gerissen, und sie spürte die weiche, gepolsterte Ledermanschette um ihr linkes Handgelenk. Sie schüttelte stumm den Kopf, ließ ihn jedoch gewähren.

Sie hatte nie verstanden, warum manche Leute auf diesen BDSM-Kram standen. Warum sie glaubten, Sex wäre damit anders, »besser«, als wäre der Sex, den sie hatte, nicht gut.

Aber ihr Widerstand schmolz dahin. Sie ließ geschehen, dass er erst ihre Linke, dann die Rechte festschnallte. Die ganze Zeit dachte sie das Safeword. Ob er sie wohl abschnallte und einfach wilden, schmutzigen Sex mit ihr haben würde, wenn sie es aussprach?

Sie war zappelig. Sie wollte ihn sofort! Wieso musste er sie fesseln? Sie stellte sich vor, wie sie vor ihm kniete, seinen Schwanz aus der Hose holte und mit ihren Lippen umschloss. Das würde er doch sicher auch mögen, es gab keinen Mann, der daran keinen Gefallen fand!

Sie bewegte stumm die Lippen. Aber auch das bemerkte er, und es schien irgendwie gegen sein Redeverbot zu verstoßen, denn er packte ihre Locken, riss ihren Kopf schmerzhaft nach hinten und versetzte ihr einen Schlag auf den Mund.

»Glaubst du, das merke ich nicht?«, herrschte er sie an. »Glaubst du, ich merke nicht, wie du die Lippen bewegst? Muss ich deutlicher werden? Willst du, dass ich deinen Mund zuklebe?«

Sie starrte ihn entsetzt an. Die Vorstellung, wie er Klebeband auf ihren Mund drückte, war so entsetzlich und brutal … und herrlich. Ihre Knie gaben nach, und wären ihre Hände nicht festgebunden gewesen, wäre sie dieses Mal wohl tatsächlich einfach zu Boden gesunken.

»Bitte«, flüsterte sie erregt.

Er entfernte sich von ihr. Pias Zunge fuhr über ihre Lippen, die leicht brannten von seinem Schlag.

»Hier.« Er drückte ihr etwas in die Linke. Ein roter Ball. »Du wirst gleich nicht mehr sprechen können. Du warst ziemlich ungezogen.«

Er drängte sie gegen die Wand. Seine Erektion drückte gegen ihren Po, und Pia versuchte, sich an ihm zu reiben.

Wieder ein Klaps. Dann zwängte er etwas in ihren Mund. Groß und rund. Ein Knebel, geformt wie eine Kugel, gehalten von Lederriemen. Diese verschloss Rebus an ihrem Hinterkopf, und er scherte sich nicht drum, dass er dabei ein paar Haare einklemmte und sie wimmerte. Tränen schossen ihr in die Augen, und sie blickte zu dem roten Schaumstoffball in ihrer Linken. Sie grub die Fingernägel hinein. Jetzt wollte sie nicht mehr loslassen. Auf keinen Fall wollte sie loslassen.

»So ist's brav«, sagte Rebus zufrieden.

Er bewegte sich im Raum, und Pia folgte ihm mit Blicken. Er kramte in einer Kiste, aus der eine kurze Reitgerte ragte. Die Vorstellung, er könnte sie damit züchtigen, war im Moment noch zu groß. Fast hätte sie einfach den Ball fallen gelassen, nur um zu sehen, ob er dann wirklich sofort mit alldem aufhörte.

Aber sie war auch neugierig.

Und wenn sie ehrlich war, konnte sie sich nicht erinnern, wann sie zuletzt allein vom Vorspiel so verflucht nass geworden war. Ihr ganzes Höschen schien geflutet zu sein.

Rebus kam wieder zu ihr, mit leeren Händen, wie sie erleichtert feststellte. Seine Hände glitten über ihre breiten Hüften hinauf. Er berührte sie zärtlich. Sie drängte sich gegen die Beule in seiner Hose, und er lachte leise.

»Möchtest du mehr? Soll ich dich ausziehen, kleine Pia?«

Sie nickte stumm. Der Ballknebel saß zu stramm, aber das war vermutlich Absicht. Sie schluckte schwer.

Rebus öffnete ihren Rock, der mit einem leisen Wispern zu Boden glitt. Dann rollte er aufreizend langsam ihre Strümpfe nach unten. Sie schloss die Augen. Seine Hände öffneten Reißverschlüsse, er half ihr aus den hohen Stiefeln.

»Tut mir leid«, flüsterte er ihr ins Ohr.

Sie trug jetzt nur noch den Pullover, darunter Hemd und BH. Und ihr Höschen, das teure, feine Seidenhöschen, das vermutlich ruiniert war von so viel Mösensaft.

»Soll ich weitermachen?«

Sie nickte heftig. O ja, natürlich! Er sollte nicht aufhören, was immer er auch mit ihr tun wollte!

Das Nächste, was sie spürte, war … ein feiner Luftzug. Eine Feder, die ihre nackten Oberschenkel sanft berührte. Sie hielt die Luft an und musste einen Seufzer der Erregung unterdrücken.

»Das gefällt dir, hm? Kann ich verstehen.«

Doch die Feder verschwand wieder. Sie atmete heftiger.

Er ließ sie warten.

Und warten.

»Du zappelst schon wieder.« Seine Stimme erklang ganz dicht an ihrem Ohr.

Sie schwieg. Vermutlich wollte er sie provozieren, dass sie trotz des Knebels etwas sagte. Damit er sie wieder zum Schweigen bringen konnte. Damit er sie bestrafen konnte.

Pia schloss die Augen und wartete.

Als der erste Schlag kam, zuckte sie am ganzen Körper zusammen. Es war schlimmer als alles, was sie sich je ausgemalt hatte. Der Schmerz ließ nach, und eine Welle der Lust durchströmte sie.

Er war direkt bei ihr, öffnete die Manschetten. Ein Arm hielt sie fest, während die freie Hand an den Schnallen herumfingerte. Dann zog er sie an sich, barg sie in seinen Armen und flüsterte ihr zu, alles werde gut.

Erst da bemerkte sie, dass sie vor Schreck den roten Schaumstoffball fallen gelassen hatte.

Sie machte sich ungeduldig los, schüttelte den Kopf und bückte sich. Sie nahm den Ball und krallte die Fingernägel hinein.

Er lachte. »Komm. Wir ziehen dich vorher aus.«

Langsam und beinahe vorsichtig entledigte er sie ihrer restlichen Sachen, um sie danach wieder ans Andreaskreuz zu binden.

Nun war sie nackt und er noch vollständig bekleidet. Dieses Ungleichgewicht erregte sie ungemein. Sie umklammerte den Ball mit aller Kraft und schwor sich, ihn dieses Mal nicht loszulassen.

»Bereit?«, fragte er.

Sie nickte.

Er verließ das Zimmer.

Im ersten Moment dachte sie, er wollte irgendwas holen. Aber er blieb lange weg. Fünf Minuten verstrichen. Sie konnte den Radiowecker neben seinem Bett sehen. Die Zeit verging langsamer … sechs Minuten. Acht. Elf.

Pia wurde unruhig. Sie ruckelte an den Fesseln, aber sie hatte keinen Spielraum. Ihre Nippel waren hart. Sie schloss die Augen. Lauschte. Im Haus war alles still. Hin und wieder hörte sie ein Knacken, ein Rauschen in den alten Kupferleitungen, dann wieder Stille. Irgendwo im Fabrikgebäude klingelte ein Telefon, und sie hörte Rebus' Stimme.

Und obwohl ihre Erregung von Minute zu Minute wuchs, wurde sie langsam wütend. Was fiel ihm eigentlich ein? Inzwischen stand sie seit dreizehn endlosen Minuten hier, und er? Was machte er? Hatte er keine Lust mehr auf sie? War es das? Sollte sie so begreifen, dass er im Grunde überhaupt kein Interesse an ihr hatte?

Die Zeit war nicht ihr Freund, und als er nach achtzehn Minuten endlich wieder ins Schlafzimmer kam, gutgelaunt und in einen Seidenbademantel gehüllt, wusste sie nicht, ob sie ihm wütend den Ball ins Gesicht schleudern oder dankbar aufschluchzen sollte, weil ihre Lust nun endlich befriedigt wurde.

»Geht's dir gut?«, fragte er, während er den Morgenmantel abstreifte.

Bei seinem atemberaubenden Anblick konnte sie nur stumm nicken. Ein Lächeln brauchte sie sich nicht zu verkneifen, das verhinderte ohnehin der Knebel.

Den Gefallen tu ich dir nicht. Glaub nicht, dass du mich wie Dreck behandeln darfst und ich dich danach mit offenen Armen empfange.

Nackt war er noch beeindruckender als angezogen. Und damit meinte sie nicht unbedingt seinen harten Schwanz, der sich leicht nach oben bog und an der Spitze feucht glänzte. Auch nicht seinen muskulösen Oberkörper oder die dezente Bräune, die seine Haut überzog.

Er war einfach richtig. Ein Mann, der wusste, wie er auf sie wirkte.

Er trat zu ihr. Sein Schwengel stieß gegen ihren Bauch, und Pia zuckte zusammen, als hätte er sie geschlagen.

»Ganz ruhig«, flüsterte er. Seine Finger strichen über ihre Wange, er berührte sanft ihre Lippen, die ganz trocken und spröde waren. »Wirst du jetzt brav sein? Wenn ich dir den Knebel abnehme?« Und weil sie ihn nur trotzig anstarrte, fügte er hinzu: »Ich habe nämlich unbändige Lust, dich jetzt zu küssen.«

Ihr Widerstand schmolz dahin, und das spürte er. Sein wissendes Lächeln war fast zu viel für sie.

Er löste den Riemen. Pia hustete trocken, und er verschwand kurz im Bad. Als er mit einem Glas Wasser zurückkam, das ihre raue Kehle befeuchtete, war sie dankbar. Nach zwei Schlucken nahm er ihr das Glas wieder weg, und sie schluchzte beinahe auf.

Seine Lippen waren kühl, als sie sich auf ihre legten. Er schmeckte gut, nach Zimt und etwas Frischem, Klarem.

So schmeckt Schnee, dachte sie.

Und dann dachte sie gar nicht mehr.

Seine Hände erkundeten sie. Zum ersten Mal berührte er ihre Scham, er tauchte in ihre Hitze ein und seufzte zufrieden. Seine Finger fuhren ein paarmal in sie hinein, und viel hätte nicht gefehlt, dann wäre sie in diesem Moment schon gekommen. Pia drückte das Kreuz durch, sie kam ihm entgegen. Sie wagte es sogar, einen Fuß zu heben, streichelte seine Wade mit den Zehen, während er die Finger tief in ihr vergrub. Er beraubte sie. Erst setzte ihre Atmung aus, dann war sie nichts mehr außer einem Körper, der die Vereinigung mit einem anderen Körper ersehnte. Sie jammerte leise, aber diesmal strafte er sie nicht, weil es ein tonloses Jammern war.

Seine Hände packten ihre Oberschenkel. Sie fühlte sich hochgehoben, instinktiv klammerte sie die Beine um seine Hüften, und dann war er in ihr, ganz leicht. Gerade so, als gehörte er zu ihr und sie zu ihm.

Im ersten Moment erschrak sie, weil er so … groß war, weil sie damit nicht gerechnet hatte. Sein erster Stoß war beinahe sanft, als müsste er sich erst ausprobieren.

Der zweite ging tiefer. Bis in ihr Innerstes und darüber hinaus erschütterte er sie. Pia seufzte. Sie wollte ihr Gesicht an seiner Schulter vergraben, doch ließ er dafür keinen Platz.

Und dann fickte er sie. Nicht kunstvoll, nicht erst langsam, dann schnell, nein … Er rammte sich in sie, schnell und hart, immer schneller, immer härter. Und schon beim zweiten, dritten Stoß wusste sie, dass das, was sich in ihr aufbaute und zugleich schon löste, der beste, herrlichste und unaussprechlich wunderschönste Orgasmus war, den sie seit langem erlebt hatte.

Es dauerte nicht lange, bis sie kam. Sie schrie erstickt auf, riss an den Manschetten und wollte die Fingernägel in seinen Rücken krallen. Er hielt einen Moment inne; dann, als sie glaubte, diese Anspannung kurz vor der Erlösung nicht länger zu ertragen, gab er ihr, was sie wollte.

Pure, reine Erfüllung ihrer Lust.

Er kam wenige Sekunden nach ihr. Sein Stöhnen vermischte sich mit ihrem Wimmern, und er ließ sie auf dieser Welle reiten, bis sie vollends verebbt war.

Erst dann ließ er sie runter. Ihre Knie gaben nach, und er öffnete den Knebel, danach die Manschetten, hob sie auf und trug sie zum Bett. Er legte sie auf das blütenweiße Laken, und während ihr die Tränen über die Wangen liefen, schwor sie sich, dass es das letzte Mal war.

Noch mal hielt sie das hier jedenfalls nicht aus – es war zu viel. Zu intensiv und anders als bei den Männern, die sie zuletzt gehabt hatte.

Nein, auf keinen Fall ertrug sie das ein zweites Mal, sie verlor sich sonst darin.

* * *

Danach schlief sie ein. Sie atmete ganz leise, und er zog die Bettdecke bis zu ihren Brüsten hinauf und hielt sie im Arm. Ihr Körper drückte sich weich gegen seinen, und er spürte, wie sein Schwanz schon wieder hart wurde.

Sie war ein Naturtalent, wie er es sich gedacht hatte.

Was ihn am meisten erstaunte, war ihre Unwissenheit. Hatte denn noch kein anderer Mann erkannt, dass sie sich unterwerfen wollte?

Andererseits konnte er es verstehen. Sie hatte etwas Trotziges, beinahe Hartes an sich, das vermutlich die meisten Männer glauben ließ, sie wäre nur auf ein schnelles Abenteuer aus. Ihn würde es nicht wundern, wenn sie gleich aufwachte, sich hastig von ihm verabschiedete und floh.

Es musste irgendwas passiert sein, dass sie keine Nähe zuließ. Dass sie die Männer verführte und danach weiterzog.

Das musste ein Ende haben, beschloss er. Sie sollte sich ihm hingeben. Nicht nur dieses eine Mal, sondern immer und immer wieder.

Er stahl sich aus dem Bett und ging nach unten. Wenn sie schlief, konnte er sich derweil genauso gut seiner Arbeit widmen.

* * *

Er hatte sie fortgeschickt. Für immer.

Sie wollte sich damit nicht zufriedengeben. Sieben Monate lang war sie sein gewesen, und kein einziges Mal hatte er ihr das Gefühl gegeben, dass ihn etwas an ihr störte. Oder dass sie ihn nicht glücklich machte.

Sie hatte sogar schon überlegt, ihr Studioapartment in Mitte zu kündigen und zu ihm zu ziehen. Sie war so selten in der Stadt, zog immer von einer Fashion Week zur nächsten, war ständig in New York, Mailand und Paris. Die Laufstege dieser Welt waren ihr Zuhause.

Bei Rebus, hatte sie gehofft, würde sie einen Hort finden. Einen Fluchtpunkt, zu dem sie zurückkehren durfte, wann immer sie von der Welt da draußen genug hatte. Er hatte ihre submissive Seite zum Leuchten gebracht. Erst als er sie in die Finger bekommen hatte, war sie aufgestiegen. Unaufhaltsam hatte ihre Karriere an Fahrt aufgenommen, obwohl es dafür eigentlich schon zu spät war. Mit zweiundzwanzig musste ein Model sich überlegen, was es nach der Karriere machte. Wenn du es nicht geschafft hast in diesem Alter, kannst du auch gleich wieder in irgendeine Burgerschmiede zurückkehren, sagten sich die Mädchen immer. Wer mit zweiundzwanzig nicht im Big Business angelangt war, sollte sich schleunigst einen Mann suchen, der den teuren Lebensstil finanzierte, und die Schönheits-OPs, die spätestens mit dreißig fällig waren, weil man nie zufrieden sein würde mit dem eigenen Aussehen.

Rebus hatte sie erweckt. Er hatte in ihr das Feuer entfacht, das nun die Fotografen, die Booker und all die anderen sahen. Sie war jemand. Sie strahlte. Jeden Tag, wenn sie mit ihrer Agentin telefonierte, löste sich der Knoten in ihrem Bauch ein bisschen mehr. Statt wie früher zu hören, dass es keinen Job für sie gab, fand sich jetzt immer was. Und ihre Tagesgagen stiegen unaufhaltsam.

Das alles hatte sie nur Rebus zu verdanken. Doch jetzt ließ er sie fallen, von einem Moment auf den nächsten. Und sie wusste, diesmal war es nicht eine Laune, nicht Teil des Spiels, das sie so gerne gespielt hatten.

Das hier war ernst. Das hier war das Leben.

Sie parkte auf der gegenüberliegenden Straßenseite. Sie wartete. Das Licht im Schlafzimmer brannte, und sie stellte sich vor, wie er dort mit einer anderen zusammen war, wie er diese andere fickte.

Ihre dünnen Finger krampften sich um das Lenkrad des alten, klapprigen Golfs, den sie seit zwei Jahren fuhr.

Diese Schlampe werde ich …

Sie wusste nicht, was.

Erst nach elf verließ die andere das Loft. Sie blieb kurz stehen, ein Taxi fuhr vor. Sie stieg ein. Sie schaute nicht zurück, sondern verschwand in der Nacht.

Meike folgte ihr.

Es hatte erneut zu schneien begonnen. Der Scheibenwischer quietschte, und die Scheiben beschlugen von innen. Sie schaltete die Lüftung hoch, und während sie das Taxi vor sich nicht aus den Augen ließ, wuchsen ihr Zorn und ihre Eifersucht.

Elendes Miststück. Du nimmst ihn mir nicht weg. Verschwinde! Lass ihn in Ruhe! Er gehört zu mir, hörst du?

Sie folgte dem Taxi, bis es vor einem Haus in Mitte hielt. Die andere stieg aus. Wieder parkte Meike auf der anderen Straßenseite und ließ das Seitenfenster herunter. Ihre Finger tasteten nach der Zigarettenschachtel.

Dick war die andere Frau. Ein richtiges Moppelchen. Was dachte er sich dabei, sie mit ihren Traummaßen gegen so eine Vettel einzutauschen? Ob sie hübsch war, konnte Meike aus der Entfernung nicht sehen. Sie bezweifelte es.

Sie ließ den Golf in zweiter Reihe stehen, nachdem die Frau verschwunden war. Durch den Hof kam man zum Hinterhaus, wo sie wahllos eine Klingel drückte.

»Hallo?« Eine Männerstimme schnarrte aus der Gegensprechanlage.

»Hallo! Ich will zu Ihrer Nachbarin, ich glaub, ich hab auf den falschen Klingelknopf gedrückt.«

Kurze Stille. Dann: »Zu welcher denn?«

»Na ja, ich weiß nicht, vielleicht kennen Sie sie auch gar nicht. Sie ist grad nach Hause gekommen, aber ich seh ihren Namen gar nicht auf dem Klingelschild.«

»Ach, Sie meinen bestimmt Pia. Pia Schwarz. Sie ist grad erst eingezogen.«

Der Name kam ihr entfernt vertraut vor.

»Kennen Sie sie?«, fragte sie.

»Kommen Sie doch einfach rauf. Ich sag Pia Bescheid, dass Sie da sind ...«

Sie trat zurück. Nein.

Meike rannte zurück durch den Hof, überquerte die Straße und stieg in ihren Wagen. Sie fuhr los, ohne zu wissen, wohin. Zu Rebus? Sie zweifelte, ob er sie hereinlassen würde. Er hatte sie schon häufiger einfach vor der Tür stehen gelassen, obwohl er da war.

Sein Spiel. Seine Regeln.

Sie hatte ihn damals dafür geliebt. Jetzt aber hasste sie ihn, und sie wollte irgendwas kaputtschlagen. Am liebsten das Gesicht seiner neuen Freundin. Sie sollte dafür büßen, dass Rebus sich von Meike abgewandt hatte.

7

Am nächsten Morgen schleppte Pia sich mit Müh und Not zu ihrem Termin ins Adlon Kempinski und holte Rita ab. Sie wusste nicht, wie sie diesen zweiten Tag überstehen sollte – zumal Rita ausnehmend guter Laune war, das Puperl am liebsten von Pia herumgetragen werden wollte und ihr jeder einzelne Knochen im Leib schmerzte nach der vergangenen Nacht. Zwischendurch, während Rita in einer Umkleide verschwand, um sich etwas überzuwerfen, von dem sie glaubte, es stünde ihr ganz hervorragend, rief Pia ihre Mails ab. Alle zwei Minuten. Sie erhoffte sich irgendeine Reaktion von Rebus. Ein Lebenszeichen, irgendwas, damit sie begreifen konnte, dass das Geschehene tatsächlich passiert und es sich nicht nur um einen unglaublichen Traum handelte.

Weil sie mit ihren Gedanken nicht ganz bei der Sache war, kaufte Rita ein paar Oberteile, die ihre dicken Arme unvorteilhaft betonten, sowie eine Hose, die viel zu eng um ihren Bauchspeck saß. Aber sie war glücklich mit den Sachen, und Pia gab es auf, ihre Kundin belehren zu wollen. Vielleicht ging es bei der Shoppingberatung gar nicht darum, die passenden Sachen aus der Vielfalt auszuwählen, sondern einfach nur die Vielfalt zu filtern und die passenden Geschäfte auszuwählen. Lästige Diskussionen wie am Vortag waren jedenfalls passé, und als sie Rita am Nachmittag in den Zug setzte, versicherte diese ihr, sie würde bei ihren Freundinnen kräftig für Pias Dienste werben, und sie fragte, ob Pia wohl auch Kleingruppen von drei oder vier shoppingwütigen Frauen für drei Tage zu betreuen bereit sei. Während Pia in Gedanken überschlug, was sie in den drei Tagen verdienen würde, schwärmte Rita, wie toll es doch gewesen sei, Pia kennenzulernen.

Als sie endlich daheim war, warf sie sich erschöpft aufs Sofa. Sie war völlig erschlagen und wünschte, sie könnte einfach schon ins Bett gehen.

Keine zehn Minuten später klingelte es.

Vor der Tür stand Frederick, halb verborgen hinter einem riesigen Blumenstrauß.

»Die wurden für dich abgegeben«, sagte er statt einer Begrüßung. Pia machte ihm Platz, und er trug den Strauß in die Küche. »Hier.« Er streckte ihr das Kärtchen wie eine Waffe entgegen.

»Danke.« Sie legte es beiseite. Später. Sie glaubte zu wissen, von wem die Blumen kamen, und ihr Herz machte einen aufgeregten Hüpfer.

»Du warst heute schon früh unterwegs.«

»Mh, ich hatte eine Kundin. Magst du einen Kaffee? Ich hab die Maschine immerhin schon eingeschaltet, aber weiter bin ich nicht gekommen. Ich wäre fast auf dem Sofa eingeschlafen.«

Während sie eine zweite Tasse aus dem Schrank nahm, setzte Frederick sich auf einen Barhocker.

»Arbeitest du zu Hause?«, fragte sie.

»Wieso?«

»Weil du die Blumen annehmen konntest.«

»Ach so, nein. Ich war heute früher daheim, darum.«

Der Kaffee weckte Pias Lebensgeister, und sie nahm all ihren Mut zusammen und öffnete den kleinen Umschlag.

Fredericks Neugier entging ihr nicht, aber sie machte ein kleines Spiel daraus, neckte ihn und behauptete, er würde ihrem Verehrer vielleicht auflauern, wenn er seinen Namen erfahre, und dann würde sie ihn kalt und tot zwischen den Stockwerken auf dem Treppenabsatz finden.

»Kann schon sein«, meinte er ernst.

Ich hoffe, du vergisst unsere Verabredung nicht. Walter.

»Walter …«

Verwirrt ließ sie die Karte sinken. An Walter hatte sie seit einer Woche keinen Gedanken mehr verschwendet – seit sie ihm ihre Visitenkarte geschickt hatte mit der Bitte, ihr eventuell Abzüge der Fotos zu senden. Ob er überhaupt noch in der Stadt war? Wo hatte sie noch mal den Flyer hingelegt, den er ihr mitgegeben hatte?

Frederick bemerkte ihre verhaltene Reaktion. »Was denn, nicht von deinem Verehrer?«, fragte er neckend.

»Moment, warte mal.« Sie lief in die Diele. Irgendwo in den Tiefen ihrer großen Tasche fand sie den Flyer zu Walters Vernissage, die am heutigen Abend stattfand. Ausgerechnet.

Eigentlich hatte sie sich vorgenommen hinzugehen. Aber jetzt verspürte sie keine Lust mehr. Rebus steckte ihr in den Knochen. Er hatte sich in ihrem Verstand festgesetzt und beseelte sie mit der Erinnerung an etwas, das sie noch nicht so recht begriff. Was hatte er nur mit ihr angestellt, dass sie sich so vergaß? Wie hatte er es geschafft, sie zu etwas zu bringen, das sie noch nie zuvor getan hatte?

Er hatte sie einfach vor vollendete Tatsachen gestellt. Peng. Sie hatte keine Wahl gehabt. Sie wollte ihn, und sie bekam ihn nur nach seinen Regeln.

Aber sie war nicht der Typ Frau, der sich einfach ergab. Nein, da musste Rebus schon mehr tun, als sie an ein Andreaskreuz zu fesseln und durchzuvögeln. Allein der Gedanke daran erregte sie schon wieder. Vielleicht war es gar keine schlechte Idee, auf die Vernissage zu gehen und sich ein bisschen abzulenken.

»Hier.« Sie gab Frederick den Flyer und schenkte sich noch einen zweiten Kaffee ein. Frederick studierte das Faltblatt und pfiff durch die Zähne.

»Nicht schlecht!«, meinte er. »Das ist eine ziemlich renommierte Galerie. Gehst du hin?«

»Wieso nicht?«

»Dann komm ich mit, darf ich?«

Darüber hatte sie noch gar nicht nachgedacht. Aber vermutlich keine schlechte Idee: Wenn sie mit Frederick dort auflief, konnte Walter jedenfalls nicht denken, er hätte leichtes Spiel mit ihr. Ein bisschen zappeln lassen wollte sie ihn schon.

Frederick war wie ein kleiner Junge, nachdem sie ihm sagte, er dürfe sie gerne zu der Vernissage begleiten. Er lief ganz aufgekratzt herum, lehnte einen zweiten Kaffee ab und verabschiedete sich für eine halbe Stunde, damit er sich umziehen konnte.

»Sollen wir vorher noch irgendwo was essen?«, fragte er atemlos.

»Meinetwegen gern«, gab Pia nach. Wenn sie ehrlich war, hatte sie einen Bärenhunger nach diesem Tag.

»Gut, dann gehen wir zum Vietnamesen in der Oranienburger Straße«, verkündete er fröhlich. »Da brauchen wir nicht so lange und sind rechtzeitig bei der Vernissage.«

Schon war er aus der Tür.

Pia trank den zweiten Kaffee, checkte noch mal ihr Handy (keine SMS, kein Anruf, keine Mail von Rebus, nichts), dann ging sie ins Bad. Sie duschte und machte sich ausgehfein. Die längste Zeit verbrachte sie vor ihrem Kleiderschrank und fragte sich, wo sie das eine dunkelblaue Seidenkleid verstaut hatte, das sie der Kälte zum Trotz anziehen wollte.

Es fand sich schließlich, ebenso die braunen Schuhe und ein leichter silberner Schal, den sie sich um die Schultern legte. Der Mantel musste sie wärmen – oder Frederick.

Er war ein Gentleman, durch und durch. Als Pia vorschlug, sie könnten mit ihrem Wagen fahren, protestierte er und bestellte ein Taxi, das sie zunächst zum Vietnamesen in die Oranienburger Straße brachte. Dort angelangt, mussten sie etwa eine Viertelstunde warten, ehe sie eingelassen wurden, und Pia bereute zum ersten Mal an diesem Abend, dass sie nicht nur auf ihr Höschen verzichtet, sondern auch nur halterlose Strümpfe angezogen hatte. Mit Slip und Strumpfhose wäre sie jedenfalls nicht so durchgefroren gewesen, als sie endlich reingehen durften und ein flinker, freundlicher Kellner ihnen einen winzigen Tisch mit minimalistischen Hockern als Platz anbot.

Keine zwei Minuten später hatten sie die Getränke bestellt, die fast augenblicklich serviert wurden, und es dauerte danach nicht mal zehn Minuten, ehe jeweils eine Schüssel mit dampfend heißem Curry vor ihnen stand.

»Stäbchen?«, fragte Frederick.

Sie schüttelte den Kopf. Ihr war eine Gabel lieber, weil sie um ihr Seidenkleid fürchtete.

Auch das Abkassieren ging schnell, kaum dass sie ihre Schüsseln geleert hatten. Draußen wurde die Schlange immer länger, und irgendwie verstand Pia, warum all die Leute in dieses kleine, beengte und spartanische Restaurant wollten: Das Essen war nämlich wirklich ausgezeichnet.

Sie verließen das Restaurant und machten für zwei neue Nachtschwärmer Platz, die sich stärken wollten, bevor sie die Stadt eroberten.

Zur Galerie war es nur noch ein Katzensprung, und obwohl Frederick ihr wiederholt versicherte, sie könnten auch ein Taxi nehmen, genoss Pia es, ein bisschen zu Fuß zu laufen. Ihr wurde schnell warm, und sie freute sich schon, mit vom eisigen Wind geröteten Wangen in die Galerie zu kommen und Walter wiederzusehen.

Die Galerie lag in einem Hinterhof. Schon als sie den Torbogen durchschritten, hörten sie das Lachen und ein Scheppern. Jemand hatte ein Tablett mit Champagnergläsern runtergeworfen, und in diese allgemeine Aufregung hinein betrat Pia die Bühne. Sie spürte Fredericks Hände, der ihr, kaum dass sie den überhitzten Hauptraum der Galerie betraten, den Mantel von den Schultern nahm. Schwerer Zigarettenrauch hing in der Luft, und durch die Rauchschwaden wandten sich die Gesichter neugierig zu ihr um. Manche lächelten, andere staunten, doch die meisten wichen unwillkürlich einen Schritt zurück und machten ihr Platz.

Pia durchschritt die Galerie auf der Suche nach Walter. Sie fand ihn bald. Er stand in einer Ecke mit einem älteren Mann. Glatze, Schildpattbrille, ein teurer Anzug – vermutlich der Galerist.

Als Walter sie bemerkte, erhellte ein Lächeln seine Züge. Er sagte etwas zu seinem Gesprächspartner und kam ihr entgegen. Sie blieben voreinander stehen.

»Du hast es geschafft«, sagte er, beugte sich vor und küsste sie auf die Wange.

»Hast du etwas anderes geglaubt?«, fragte sie, und er schüttelte den Kopf. »Danke für die Blumen. Sie kamen … zum rechten Zeitpunkt.«

»Das freut mich.« Er grinste, doch dann ging sein Blick an ihr vorbei und blieb an Frederick hängen. »Soll ich dich ein bisschen herumführen?«

Pia zögerte. Da Walters Gesprächspartner unruhig wurde und sie ja mit Frederick hier war, kam es ihr unhöflich vor, Walter jetzt in Beschlag zu nehmen.

»Vielleicht später«, meinte sie.

»Ja, vielleicht später.« Seine Hand berührte ihr Handgelenk, und diese winzige Berührung durchzuckte sie wie ein Stromstoß. Doch der Moment war schnell vorbei, und sie ließ sich von Frederick zu den Bildern führen.

In diesem Moment spürte sie in ihrer Clutch das Vibrieren ihres Handys, und sie wusste, es war Rebus.

* * *

Ich will dich. Ganz und gar. Ich will, dass du dich nicht mehr mit anderen Männern triffst, sondern heute Nacht zu mir kommst.

Er schickte die Nachricht ab und tauchte wieder im Gedränge unter. Zeit, zu verschwinden.

Es war gar nicht so schwer, Pia auf Schritt und Tritt zu folgen. Ihn hatte überrascht, dass er nach nur wenigen Stunden Schlaf am Morgen aufgewacht war und sich nach ihr gesehnt hatte. So sehr, dass er auf das Frühstück verzichtet hatte und in die Stadt gefahren war. Er wollte sie sehen. Beobachten. Ihr auf den Fersen bleiben, bis sie abends allein zu Hause war. Und dann wollte er zu ihr gehen und mit ihr reden. Es gab da nämlich ein paar Regeln, an die sie sich halten sollte.

Sie antwortete prompt, und er lächelte, als er ihre Nachricht las.

Glaubst du allen Ernstes, du könntest mich so leicht haben?

»O ja, das glaube ich«, flüsterte er.

Er hatte gesehen, wie sie heute diese dickliche Frau begleitet hatte. Wie sie vor Umkleidekabinen gewartet hatte, oder in der Schlange bei Starbucks, und immer hatte sie ihr Handy zur Hand gehabt und darauf herumgetippt. Als erwartete sie einen Anruf. Als erhoffte sie ihn.

Der Anruf war nicht gekommen. Er musste kein Hellseher sein. Er wusste, sie wartete auf ein Lebenszeichen von ihm. Und jetzt, da er ihr gegeben hatte, was sie wollte, wurde sie regelrecht kratzbürstig und wehrte sich mit Händen und Füßen gegen das, was beide im Grunde bereits wussten.

Sie waren füreinander bestimmt.

* * *

Eine halbe Stunde später stand Walter hinter ihr. Sie spürte seine Hand auf ihrer Hüfte, und sie ließ sich nur zu gerne von ihm mitziehen. Frederick war in ein angeregtes Gespräch mit zwei Frauen vertieft, die ihm zu erklären versuchten, was an Walters Fotografien keine Kunst war, während Frederick ebenso vehement die Kunst zu verteidigen wusste.

»Komm«, flüsterte Walter, nahm ihre Hand und führte sie durch die enge Teeküche ins angrenzende Treppenhaus. Er suchte den Lichtschalter und fand ihn.

Seine Hände umfassten ihre Taille, sein Mund suchte ihren. Pia seufzte. Walter drängte gegen sie, seine Hand glitt weiter unter ihr Kleid und fand, was er suchte. Sie zog ihn an sich, während er mit einer Hand seine Hose öffnete.

»Du bist so geil«, flüsterte er. »Verdammt, ich muss eigentlich da drin stehen und diesen Leuten erzählen, warum sie meine Bilder kaufen sollen, aber …«

»Fick mich«, stöhnte sie.

Nachdem Rebus sie den ganzen Tag hatte zappeln lassen und ihr zum Schluss auch noch verboten hatte, sich mit anderen Männern zu treffen, brauchte sie dringend einen ordentlichen Fick. Einen Mann, der nicht spielte. Der einfach nur tat, was sie wollte.

Seine Hände hoben ihren Hintern leicht an. Er nahm sie da auf der Treppe, und es kümmerte ihn nicht, dass es dunkel war. Pia klammerte sich an ihn, und sie erstickte ihre eigenen Schreie in seinem Mund.

Vielleicht hatte sie ihn zu heißgemacht. Vielleicht hätte sie ihn lieber bremsen sollen. Es war viel zu schnell vorbei, und als er mit einem erstickten Laut in ihr kam und sich im nächsten Moment schon aus ihr zurückzog, blieb nur ein schales Gefühl der Fremdheit zurück.

»Tut mir leid«, hörte sie ihn im Dunkeln murmeln, während er an seinen Sachen herumnestelte. »Normalerweise bin ich nicht so …«

»Schon okay.« Sie lächelte.

»Sorry, Baby.« Er beugte sich vor, sein Kuss landete irgendwo an ihrer Schläfe.

Sie brachte ihre Sachen in Ordnung und spürte, wie sein Samen an der Innenseite ihres Oberschenkels herablief und in ihrem halterlosen Strumpf versickerte. Kein unangenehmes Gefühl, wie sie fand.

So kehrten sie zur Party zurück. Frederick versuchte immer noch, die beiden Frauen zu beeindrucken, und Pia schnappte sich ein weiteres Glas Champagner, um in aller Ruhe die Bilder zu betrachten.

* * *

Sie gehörte ihm. Ihm ganz allein.

Wenn sich jemand ihr näherte, bekam er das sofort mit, und dann musste er sich beherrschen, um nicht vorzustürzen und den anderen Mann aus dem Weg zu schubsen. Aber er wusste, dass er Geduld haben musste. So einfach war es nicht.

Nein, er musste auf seine Chance warten.

Irgendwann würde sie erkennen, was er ihr zu bieten hatte. Dass sie bei ihm mehr fand als nur eine schnelle, lieblose Affäre. Dass er bereit war, sie so auf Händen zu tragen, dass sie nicht durch die Teeküche in einem zugigen Treppenhaus verschwinden musste, um sich dort von einem mittelmäßigen Fotografen, der die Dreistigkeit besaß, sich Künstler zu nennen, durchvögeln zu lassen. Nach nur zehn Minuten erschien sie wieder, etwas zerzaust, mit leicht geröteten Wangen, aber völlig gefasst.

Bei mir wird dir das nicht passieren, Geliebte. Sieh nur, ich werde dir meine Welt zu Füßen legen.

Er lächelte sie an und schritt langsam auf sie zu.

Sieh mich an, Geliebte. Ich werde dir nie etwas derartig Abgeschmacktes zumuten.

* * *

Plötzlich stand er vor ihr.

Er erschien wie aus dem Nichts, und im ersten Moment wich Pia einen Schritt zurück, weil sie erschrak. Sie legte die Hand auf die Brust.

»Hast du mich erschreckt!«, rief sie, und einige andere Besucher drehten sich zu ihnen um.

Nur zwei alte Bekannte, dachten sie, nichts Wichtiges. Nichts Schlimmes.

Er packte ihren Oberarm. »Du stinkst«, sagte er lapidar.

Pia lachte ihm ins Gesicht. »Wonach denn? Magst du mein Parfüm nicht?«

Er war wütend, das sah sie, und schon bereute sie ihren frechen Spruch. Denn es stimmte, sie roch nach Sex. Nach Sex mit einem anderen Mann.

»Ich habe dir doch …« Er bemerkte die Blicke einiger Besucher und senkte die Stimme. »War ich nicht deutlich genug?«

»Was meinst du?«, zischte sie. »Als du mich mitten

in der Nacht ins Taxi gesetzt hast? Mit diesen freundlichen Worten … Wie war das noch gleich? ›Ich mag es nicht, neben einer Fremden aufzuwachen.‹ So war's doch, oder?« Jetzt funkelte sie ihn wütend an.

Er erwiderte ihren Blick ungerührt.

»Macht es dir Spaß? Mit den Frauen zu spielen?«, fauchte sie. Ihr war danach, ihm den Champagner ins Gesicht zu schütten, aber sie beherrschte sich. Sie drehte sich um und wollte gehen.

»Halt. Pia …«

Seine Hand lag auf ihrer Schulter und brannte sich wie ein Brandeisen in ihre Haut. Jede seiner Berührungen versengte sie, und wären sie in diesem Moment allein gewesen, hätte sie sich zu ihm umgedreht und ihn geküsst, ohne sich darum zu kümmern, was danach passierte. Sie hätte sich gewünscht, dass er grob werden würde, sie hart anpackte und herumkommandierte. Dass er sie – wenn's denn sein musste – fesselte und bestrafte, weil sie unartig war.

Pia schloss für einen winzigen Augenblick die Augen. Das wäre jetzt grad das Richtige, dachte sie. Von ihm genommen zu werden.

Die Erinnerung an den gestrigen Abend war verschwommen, und sie wusste nicht, ob sie ihr trauen konnte. Hatte sie diesen Knebel tatsächlich klaglos erduldet? Hatte sie gewartet, was er tat, bis er's tat?

»Lass mich in Ruhe.« Unwillig machte sie sich von ihm los und stürmte an ihm vorbei aus der Galerie. Sie hörte jemanden ihren Namen rufen – Walter? Frederick? –, aber sie drehte sich nicht um.

Sie lief, so schnell es ihre Pumps zuließen, und schaute weder links noch rechts, bis die Gegend schmuddliger wurde. Der Bürgersteig war hier rissig und uneben.

»Ey, was willste?« Eine schrille Frauenstimme.

Autos fuhren langsamer, jemand pfiff ihr hinterher. Es dauerte nicht lange, bis Pia begriff, dass sie anscheinend auf einem Straßenstrich gelandet war.

Na, wunderbar.

Sie schaute sich suchend um. Zurückgehen wollte sie nicht, da wartete sicher nur Rebus auf sie mit seinen absurden Forderungen. Sie lachte in den eiskalten Winterhimmel. Als würde sie sich von ihm einfach so herumkommandieren lassen!

»He, was kostet die ganze Nacht?«, rief einer aus dem Auto, und zwei Nutten in billigem Flitter schauten Pia wütend an, weil sie durch ihr Revier spazierte. Sie ging unbeirrt weiter und hielt nach einem Taxistand Ausschau.

Wer hierherkam, brauchte kein Taxi.

Wütend und frustriert heulte Pia auf. Das durfte doch nicht wahr sein!

Und dann hörte sie ihn. Seine Stimme rief sie, aber nicht aus weiter Ferne, wie sie's erwartet hätte, weil er hinter ihr herlief, sondern von der Straße, aus seinem Wagen, einem dunklen Mercedes. Pia marschierte weiter, während er im Schritttempo neben ihr herfuhr.

»Komm schon, Süße. Dreihundert für die Nacht?«, rief er, und sie hasste ihn dafür. Hasste ihn, weil er sie zu diesem dreckigen Spiel trieb, bei dem sie seine Nutte war.

Aber noch etwas passierte mit ihr: Sie wünschte es sich. Sie wollte das mit ihm machen, sie wollte an seinen Wagen treten, mit dem Arsch wackeln und Kaugummi kauen, während sie darüber redeten, wie viel er zahlte und was er machen wollte.

Sie schwenkte nach links, auf seinen Wagen zu. Seine Augen blitzten vergnügt auf, und die beiden Nutten, die es sich am Bordstein bequem gemacht hatten, funkelten Pia wütend an, als sie an ihnen vorbeispazierte.

»Verschwinde, sonst sag ich's meinem Macker«, zischte die eine, und die andere packte sogar in Pias Haar, woraufhin Pia aufkreischte und sie zur Seite schubste. Pias Kopfhaut brannte so heftig, dass sie tränenblind auf Rebus' Auto zustolperte.

»Was kostet die ganze Nacht mit dir, meine Schöne? Dreihundert?« Er grinste. Ihn schien das alles unheimlich zu amüsieren.

»Fünfhundert«, erwiderte sie schnippisch und maß seinen Wagen mit einem prüfenden Blick. Mit Webdesign konnte man jedenfalls nicht so viel verdienen.

»Steig ein.«

»Ich will das Geld schon jetzt.« Sie spitzte die Lippen, hauchte einen Luftkuss zu ihm herüber und beugte sich vor, so dass ihre Brüste schwer gegen den knappen Ausschnitt ihres Seidenkleids drückten.

»Kein Problem.« Aus der Hosentasche zog er ein Bündel Hunderter und warf drei Scheine auf den Beifahrersitz. »Den Rest gibt's erst später. Und jetzt steig schon ein.«

Die anderen Huren schrien ihr Obszönitäten nach, als sie sich auf den Beifahrersitz fallen ließ.

»Armes Mädchen«, murmelte Rebus, während er beschleunigte. »Da hast du dich auf den Strich verirrt, und keiner merkt, dass du keine Nutte bist.«

Verlegen zupfte sie ihr Kleid zurecht. »Du kannst

mich zu Hause absetzen«, gab sie kühl zurück. »Oder stehst du wirklich drauf, mit einer Nutte zu schlafen? Ist es das? Willst du diese Rollenspiele machen?«

Sein Blick war beinahe mitleidig. »Und du meinst, damit es richtig schön authentisch ist, hast du dich vorher mal von einem anderen ficken lassen?« Er schüttelte den Kopf. »Manches ekelt mich sogar richtig an.«

Sie schwieg betreten.

»Ich bring dich nach Hause, und wir vergessen die ganze Sache. Einverstanden?« Als sie nickte, fuhr er fort: »Aber eins musst du mir versprechen. Nie mehr, nie wieder wirst du mit einem anderen Mann schlafen. Sonst bist du mich sofort los.«

Warum war er nur so sicher, dass diese Drohung ihr etwas ausmachte?

Sie ließ sich nichts vorschreiben, von niemandem. Sie hatte sich schon einmal von einem Mann herumkommandieren lassen, hatte seine dreckigen Spiele mitgespielt. Sie war bereit, für Rebus vieles zu tun, doch dass sie ihm bedingungslos gehorchte, konnte er vergessen!

8

Sie wachte auf. Das Erste, was sie wusste, war: Es ist mitten in der Nacht. Das Zweite: Sie bekam keine Luft mehr.

Hustend richtete Pia sich auf. Benommen tastete sie nach ihrem Morgenmantel. Schwerer Rauch hing in der Luft, und auch, wenn sie nicht wach war, kannte sie nur ein Ziel: bloß raus hier. Schleunigst verschwinden.

In diesem Moment begann das Hämmern an ihrer Wohnungstür. Jemand schrie ihren Namen, und sie stolperte in die Richtung, ohne einen klaren Gedanken fassen zu können. Bei jedem Atemzug brannte der Rauch in ihren Lungen, und ihr wurde schwindelig. Sie stolperte und kroch auf allen vieren zur Wohnungstür.

»Pia! Komm da raus!« Aus dem Hämmern wurde ein beständiges Stakkato, das sich in ihrem Kopf festsetzte.

Sie musste aufstehen. Sie musste ihm die Tür aufmachen … Aber sie konnte nicht. Der Gedanke war so flüchtig …

Schließlich gelang es Pia, sich an der Tür hochzuziehen und dabei die Klinke herunterzudrücken. Sofort sprang die Tür auf, und zwei Feuerwehrleute drängten in die Wohnung. Einer war sofort bei Pia, beugte sich zu ihr herunter und hob sie auf, als wöge sie nichts. Er trug sie in den Hausflur, während der andere Feuerwehrmann sich an ihr vorbeizwängte und nach dem Brandherd suchte.

Als sie durchs Treppenhaus nach unten getragen wurde, sah sie das Flackern von Blaulicht. Sie hörte die entsetzten Schreie der Menschen und spürte sogar den Herzschlag des Feuerwehrmanns, der sie vor dem Haus auf eine Trage legte. Ein Sanitäter setzte ihr eine Sauerstoffmaske auf, sie musste husten und spuckte schwarzen Schleim.

»Sofort in die Charité mit ihr«, hörte sie, und dann ging ihr Blick nach oben. Golden schimmerte die Hauswand, als die Flammen an ihr hochleckten.

Sie lächelte. Es sah unglaublich schön aus.

Die Trage ratterte über die Straße, und sie wurde in einen Krankenwagen geschoben. Ein Notarzt kam hinzu, er setzte sich neben sie, leuchtete ihr in die Augen, fühlte ihren Puls und überprüfte ihre anderen Vitalfunktionen. Der Krankenwagen rauschte durch die goldene Nacht.

Sie war gerettet. Sie wusste nur überhaupt nicht, was genau da passiert war.

Man behielt sie über Nacht im Krankenhaus. Sie hatte eine leichte Rauchvergiftung, ansonsten fehlte ihr nichts. Man müsse sie zur Beobachtung dabehalten, hieß es, mindestens bis morgen. Sie protestierte und zeterte. Das wenige, was ihr geblieben war, befand sich in ihrer Wohnung. Glaubten diese Leute allen Ernstes, dass sie einfach im Krankenhausbett hockte, fade Suppe löffelte und wartete, bis man sie gnädig entließ?

Keine Chance.

Sie versuchte, Frederick zu erreichen. Er versprach,

sofort zu kommen. Und keine halbe Stunde später stand er in ihrem Krankenzimmer: übernächtigt, erstaunlich zerzaust und ehrlich um sie besorgt.

»Kannst wenigstens du mir sagen, was passiert ist?«, fragte Pia.

Sie wurde noch verrückt, wenn man sie weiterhin so im Dunkeln tappen ließ!

»Es hat einen Brand gegeben. Das Feuer ist wohl in deiner Wohnung ausgebrochen.« Frederick zog einen Stuhl heran, der über das Linoleum quietschte. »Es sieht wohl schlimmer aus, als es ist. Die Küche war betroffen, sonst sind die meisten Räume wohl unversehrt.«

»Um die Küche ist's nicht schade, ich hab ohnehin nie gekocht. Aber wie konnte das passieren?«

Fieberhaft überlegte sie. Hatte sie nach ihrer Heimkehr vielleicht noch einen Tee gekocht? Hatte sie irgendwas nicht ausgeschaltet, bevor sie zu der Vernissage gegangen war?

Frederick zuckte mit den Schultern. »Die Feuerwehr ermittelt wohl, und sie werden dich vermutlich auch befragen wollen.«

Pia nickte.

»Man vermutet, dass es der Feuerteufel war«, fügte Frederick hinzu.

»Der Feuerteufel?«

»Liest du keine Zeitungen? In Berlin geht seit Monaten ein Feuerteufel um. Er zündet immer wieder Häuser an, teilweise alte Gebäude, manchmal aber auch Wohnhäuser. Zuletzt kam ein kleines Mädchen in den Flammen um.«

Pia erschauderte. »Gott, das ist ja schrecklich.«

Und erst da begriff sie, wie viel Glück sie gehabt hatte, dass sie gerettet worden war …

»Deine Wohnung wird fürs Erste unbewohnbar sein. Du kannst gerne vorübergehend bei mir unterschlüpfen«, schlug Frederick vor.

Für längere Zeit zusammen mit ihm in einer Wohnung? Das kam ihr ganz und gar unmöglich vor.

Sie schüttelte heftig den Kopf. »Nein, das kann ich nicht. Nichts gegen dich, aber …«

»Schon okay. Ich muss ja auch erst mal schauen, ob meine Wohnung unbeschadet geblieben ist und ob man den Brandgeruch überhaupt ertragen kann.«

Sie nickte abwesend. So sehr hatte sie sich auf ihr Leben in Berlin gefreut. Sie hatte ganz von vorne anfangen wollen, und was war ihr davon geblieben? Eine zerstörte Küche und eine unbewohnbare Wohnung.

Sie erinnerte sich jetzt wieder an den gestrigen Abend. An Rebus, der sie auf dem Straßenstrich aufgegabelt und nach Hause gebracht hatte. Der ihr zum Abschied sogar einen Kuss verweigert hatte, weil sie nach einem anderen Schwanz stank, wie er's ausdrückte. Sie hatte den Rücklichtern seines Wagens nachgeblickt, und dann war sie ins Haus gegangen. Dort hatte sie etwas gehört …

Sie kniff konzentriert die Augen zusammen und versuchte, sich zu erinnern.

Ein Geräusch? Schritte im Treppenhaus vielleicht und das Klappern eines Schlüssels … Nein, das war's nicht. Jemand zog eine Wohnungstür zu, genau. Und auf ihrem Stockwerk gab es nur zwei Wohnungen. Ihr war niemand entgegengekommen, als sie die letzte Treppe nach oben kam …

Sehr mysteriös. Aber auch irgendwie beängstigend. War der Mieter von gegenüber etwa nach oben gegangen statt nach unten? Oder – und der Gedanke war viel erschreckender – war jemand in ihrer Wohnung gewesen?

Pia wollte nur noch nach Hause. Aber sie hatte kein Zuhause.

Komisch, der Ort, der ihrem Zuhause am nächsten kam, lag im Westen der Stadt in einem alten Fabrikgebäude. Aber sie grollte Rebus, weil er sie behandelte, als wäre sie sein Eigentum.

In Ermangelung einer Alternative ließ Pia sich schließlich von Frederick überzeugen, vorerst im Krankenhaus zu bleiben und wenigstens das Urteil ihres Arztes abzuwarten.

Gegen Mittag kamen zwei Polizeibeamte und befragten Pia. Sie waren sehr freundlich, und als sie ihnen von ihrer Beobachtung erzählte, dass sie jemanden gehört, aber nicht auf ihrem Stockwerk gesehen habe, blickten die beiden einander an. Dann fragte der Jüngere behutsam nach. »Kann es sein, dass Sie sich verhört haben?«

Darüber hatte Pia auch schon nachgedacht. »Nein, ganz bestimmt nicht«, erklärte sie.

»Gut.« Der Ältere schrieb etwas auf. Er wirkte ehrlich besorgt.

»Was ist denn los?«, fragte Pia. Die beiden sahen nicht gerade so aus, als wäre das, was sie ihnen erzählte, in irgendeiner Weise gut.

Die beiden wechselten erneut einen Blick. Dann sagte der Jüngere: »Wir vermuten, der Feuerteufel könnte dahinterstecken.«

»Das Feuer brach in der Küche aus, wie bei vielen bisherigen Bränden«, fügte der Ältere erklärend hinzu. Er strich über seine Halbglatze. »Jedes Mal sah es wie ein Versehen aus, als hätte jemand die Herdplatte angelassen oder eine Kerze. Aber jedes Mal fanden wir auch Brandbeschleuniger. Wer auch immer das tut, lässt es erst wie einen unglückseligen Zwischenfall aussehen. Und wenn das Feuer erst in Gang ist, kommt es zu einer schnellen Ausbreitung des Brands. Ziemlich perfide, wenn Sie mich fragen. Sie haben verdammt großes Glück gehabt.«

»Wann kann ich wieder in meine Wohnung?«, fragte Pia.

»Vorerst nicht. Sie dürfen heute noch mal hin, wenn man Sie entlässt, um Ihre persönlichen Sachen zu holen. Danach wird die Wohnung bis auf weiteres versiegelt. Polizeiliche Ermittlungen, das verstehen Sie sicher.«

»Ja, natürlich.«

Sie war tatsächlich heimatlos. Pia schluckte. Sie kämpfte mit den Tränen.

Später kam der Arzt zu ihr, untersuchte sie und erlaubte ihr zu gehen. Sie bekam eine Tüte mit den Dingen ausgehändigt, die sie in der Nacht bei ihrer Einlieferung bei sich gehabt hatte: ein Seidennachthemd und ein dünner Bademantel.

Sie musste jemanden bitten, ihr etwas zum Anziehen zu besorgen. Frederick wollte sie nicht schon wieder anrufen, also wählte sie nach kurzem Zögern Rebus' Telefonnummer.

»Rebus hier.« Seine dunkle Stimme schoss direkt in ihren Unterleib und entfachte eine sehnsüchtige Hitze.

»Rebus? Ich bin's, Pia.«

Er schien sofort am Klang ihrer Stimme zu hören, dass etwas nicht stimmte.

»Was ist los?«, fragte er.

Sie schluchzte auf. »Meine Wohnung. Es hat gebrannt.«

»Wo bist du?«

»In der Charité, aber ich hab nichts anzuziehen und kann nirgends hin und …«

»Ich komme. Gib mir eine Dreiviertelstunde.«

Er legte auf. Sie legte sich wieder in ihr Krankenhausbett und schloss erschöpft die Augen. Hatte er sie richtig verstanden? Sie hoffte es so sehr.

* * *

Als sie an diesem Morgen aus purer Gewohnheit vor dem Haus entlangfuhr, in dem diese dreckige Schlampe hauste, war die Hofeinfahrt mit Flatterband versperrt, und im zweiten Stockwerk waren ein paar Fenster von Rauch geschwärzt. Eins war sogar geborsten, wenn sie es richtig sah.

Meike fuhr im Schritttempo am Haus vorbei.

Die Schlampe hatte also gekriegt, was sie verdiente!

Sie fuhr in die Agentur und war den ganzen Tag bester Laune, die nicht mal dann getrübt werden konnte, als ihre Agentin ihr ein geradezu dreistes Jobangebot vorlegte.

»Ein Fotograf braucht dich für irgendwelche künstlerischen Fotos. Er sucht nach einer jungen blonden Frau, die … äh …«, Sandra räusperte sich verlegen, »deren Busch komplett entfernt ist. Seine Worte.«

Meike lächelte. »Kein Problem. Was zahlt er?«

Die Gage war nicht besonders hoch, aber der Kunde wollte sie sofort heute buchen, und sie hatte sonst keine Aufträge für diesen Tag. Übermorgen ging es nach New York.

Wenn ihre Karriere weiter so steil bergauf verlief, konnte es nicht schaden, ein paar künstlerische Fotos in der Mappe zu haben.

Das Shooting fand im Süden der Stadt in einem Industriegebiet statt. Außer ihr waren noch zwei andere Models und drei Männer gebucht. Die Männer waren ziemlich knackig und muskulös, die anderen Models kannte Meike nicht. Sie sahen ziemlich abgerissen aus.

Der Fotograf begrüßte sie mit Handschlag. »Klasse, dann sind wir komplett. Ich bin Walter, die Namen der anderen brauchst du nicht zu wissen. Geh doch schon mal rüber zu meiner Assistentin, sie wird dich zurechtmachen. Wir fangen derweil schon mal an.«

Er klatschte in die Hände, und die beiden Frauen kamen zu ihm. Wie gehorsame Hündchen liefen sie hinter ihm her. Die eine hatte ein Nietenhalsband um, ihre Brüste wurden von einem Korsett hochgedrückt, und dazu hatte sie nur ein Höschen und Sandalen an. Ihr Make-up war grell, glitzrig – nuttig.

»Schau einfach nicht hin«, riet Walters Assistentin ihr. Sie hatte sich als Kerstin vorgestellt. »Er hat einen ziemlich miesen Tag. Der Erfolg steigt ihm zu Kopf.«

Meike konnte sich der Faszination trotzdem nicht entziehen. Der Fotograf rauchte eine Zigarette nach der nächsten, und gerade forderte er das eine Model auf, sich vor einen der Männer zu knien, der seine Hose aufknöpfte. Das andere Mädchen stand hinter ihm.

»Was hat das mit Kunst zu tun?«, fragte Meike. Für sie war es eher Pornographie.

»Frag mich nicht.« Kerstin seufzte. »Manchmal hat er diese komischen Anwandlungen.«

Meike bekam ebenfalls ein nuttiges Outfit verpasst und wurde grell geschminkt. Damit stöckelte sie zu Walter, der sie interessiert betrachtete.

Doch er schickte sie zurück. »Was hab ich gesagt, Kerstin? Ich will eine Cracknutte, nicht das blühende Leben!«

Kerstin und Meike zuckten zusammen.

»Mach dir nichts draus«, flüsterte Kerstin, während sie Meike neu schminkte.

Doch, Meike machte sich was draus. Sie war ein Model, keine Cracknutte. Und schon gar nicht war sie ein Stück Fleisch, das er nach Belieben auf seinem Tableau hin- und herschieben konnte. Dieser Fotograf wusste gar nicht, was in ihr steckte. Sie verschwendete ihre Zeit mit ihm.

Trotzdem ließ sie sich von Kerstin zurechtmachen und stellte sich seinem prüfenden Blick. Dabei schob sie eine Hüfte leicht nach vorne und streckte ihm ihre Brüste entgegen.

»Hm«, machte er nur. »Ja, stell dich so lange da hinten hin, bis ich dich brauche.«

Meike schäumte vor Wut. Was fiel ihm ein? Sie war mehr als nur ein billiges Model, und er konnte froh sein, dass sie sich überhaupt die Zeit für ihn genommen hatte!

Das wird er mir büßen, dachte sie. Er wird schon sehen, dass er sich mit der Falschen eingelassen hat …

* * *

Rebus war nach vierzig Minuten da. Er hatte ihr eine Tüte mit Klamotten gebracht: eine Jeans, einen Pullover, Unterwäsche, Socken und ein Paar grobe Wanderstiefel. An den Kleidungsstücken hingen noch die Etiketten von H&M, und Pia musste sich beherrschen, um ihn nicht anzubrüllen, weil er ihr so einen billigen Scheiß gekauft hatte.

Sie war eigentlich nur dankbar, dass er so schnell gekommen war. Also schluckte sie ihren Stolz herunter und bat um eine Schere.

Als Pia sich angezogen hatte, verließen sie das Krankenhaus und fuhren zu ihrer Wohnung. Die Feuerwehrleute sicherten das Haus, aber man ließ sie problemlos durch. Rebus musste allerdings unten warten.

Ein Feuerwehrmann begleitete sie in die Wohnung. Die Flammen hatten die Wände geschwärzt, und vom Löschwasser war alles durchweicht, auch im Schlafzimmer. Sie fand auf dem Nachttischchen ihr Handy und im Arbeitszimmer die Mappe mit ihren wichtigsten Dokumenten. Ihre Tasche hing an der Garderobe im Flur am Haken, Portemonnaie und die Make-up-Notfallausrüstung hatten das Unglück vollends unbeschadet überstanden.

Wenn sie ehrlich war, brauchte sie nicht mehr. Alles andere war überflüssig.

»Danke, das war's«, sagte sie leise. »Brauchen Sie mich hier noch?«

»Sonst haben wir alles.« Der Feuerwehrmann stapfte hinter ihr aus der Wohnung und brachte das Siegel wieder an. »Das ist jetzt Sache der Polizei.«

»Wissen Sie schon, wie lange es dauert, bis ich zurück in meine Wohnung kann?«

Er zuckte mit den Schultern. »Könnt' schon ein paar Wochen dauern.«

Ein paar Wochen gleich. Vermutlich war es das Beste, wenn sie sich in der Zwischenzeit eine andere Bleibe suchte.

Pia seufzte. Als hätte sie nicht schon genug Sorgen.

* * *

Wäre sie nicht so verflucht stur, er hätte sie vermutlich längst zum Teufel gejagt.

Walter war genervt. Das Model, das die Agentur ihm geschickt hatte, war wirklich perfekt. Sie bewegte sich gut, befolgte seine Anweisungen, und fotogen war sie auch. Die ersten Fotos, die er auf sein MacBook zog und schon mal während des Shootings anschaute, waren vielversprechend.

Trotzdem brachte sie ihn schier um den Verstand.

Es begann mit Kleinigkeiten. Wie sie sich anfangs an ihn drückte, während er versuchte, ihr die richtige Haltung zu zeigen. Wie sie die Lippen spitzte oder beleidigt einen Schmollmund zog. Einmal trat sie einem der Männer mit voller Absicht auf die Hand. Sie beteuerte zwar, es sei ein schreckliches Versehen gewesen, doch riss sie dabei die Augen so gespielt entsetzt auf, dass er ihr kein Wort glaubte.

Er beendete das Shooting für diesen Tag, nachdem sie einem anderen Model den pinken Kaugummi ins Gesicht geblasen hatte, wo dieser mit einem lauten Knall zerplatzte. Da er im selben Moment abdrückte, war das Foto genial. Künstlerisch völlig unbrauchbar, aber absolut genial.

»Schluss für heute! Meike, du bleibst.«

Das selbstsichere Lächeln, mit dem sie zu ihm herüberstolziert kam, verhieß nichts Gutes. Sie wusste, dass er sauer war, und es machte ihr absolut nichts aus.

Während sich rings um die beiden alle entspannten, einige sogar klatschten und johlten, packte er ihr Handgelenk. Sie protestierte nicht. Ihre blauen Augen blieben auf ihn gerichtet.

»Kommst du mit?«, fragte er sie leise.

»Und wenn nicht?« In ihren Augen blitzte etwas auf, das er nicht auf Anhieb zu deuten wusste.

»Dann nicht«, erwiderte er verlegen. »Ich dachte nur …«

Sie war ihm jetzt ganz nah. Ohne dass die anderen es sehen konnten, berührte sie ihn im Schritt. Er wurde augenblicklich hart. Ihr Atem strich heiß über sein Ohr.

»Wenn ich mich wehre, mach einfach weiter. Ich will mich wehren, aber wir wissen beide, dass ich dir nicht widerstehen kann.«

Sie trat einen Schritt nach hinten.

Er ließ sich seine Verwirrung nicht anmerken, musterte sie, dachte nach.

Sie gab sich einen Ruck, wandte sich halb ab. Er fürchtete, sie würde mit den anderen verschwinden, und weil er das nicht wollte, packte er sie wieder.

»Komm mit.«

»Und wenn ich nicht will?«, fragte sie erneut.

»Dann … dann …« Er überlegte. Dieses Spiel war ihm nicht vertraut. Bisher waren die Frauen nie so drauf gewesen. Sie hatten einfach gerne den Rock für ihn gehoben oder seinen Schwanz gelutscht. Wie Pia zuletzt.

Der Gedanke an Pia machte ihn schier verrückt. Sie war gestern so schnell verschwunden und ohne sich von ihm zu verabschieden …

»Wenn du nicht willst, wirst du es bereuen«, sagte er.

»Inwiefern?« Ihr Lächeln war herausfordernd.

Verflixt, er verstand sich nicht auf dieses Spiel. Er fühlte sich wieder wie der Vierzehnjährige, der sich von der Mutter seines besten Freundes im Partykeller vernaschen ließ. In seinem Leben hatten immer die Frauen gesagt, wo's langging. Immer hatten sie die Initiative ergriffen.

Was wollte Meike von ihm? Sollte er sie im hinteren Teil des Lagerhauses einfach gegen einen Stahlträger gelehnt ficken? Sie für ihren Ungehorsam bestrafen? Sollte er ihr den Hintern versohlen, war es das?

»Ich werde …« Er zögerte erneut. Sein Mund war trocken, und ihre Hand lag schon wieder dort, wo er ihren Mund spüren wollte. Sie massierte ihn durch die Jeans. »Dich bestrafen«, brachte er schließlich hervor.

Sie lachte ihn an. »Wirst du das, ja?« Die billigen Goldarmreifen um ihr Handgelenk klimperten, während sie ihn bearbeitete. »Was willst du denn mit mir machen? Mir einen Klaps auf den Hintern geben?«

Er riss sich von ihr los. Sie machte ihn wütend mit ihrer Art. Glaubte sie, dass er nicht genau wusste, was sie wollte? Sie schien drauf zu stehen, wenn er sie bestrafte, also bekam sie das auch.

Inzwischen wurde es ruhiger um sie herum. Die anderen verschwanden rasch einer nach dem anderen, Motorengeräusch verklang in der Ferne.

Sie waren allein.

»Knie dich hin«, sagte er. Sein Blick glitt suchend umher. Er brauchte irgendwas, mit dem er sie schlagen konnte. Denn mit der flachen Hand … nein, das kam ihm falsch vor.

Da entdeckte er eine Rolle graues Klebeband. Sie bemerkte seinen Blick, und er spürte ihr Beben. »Nein«, flüsterte sie neben ihm. »Nicht …«

Er packte die Klebebandrolle und fuhr zu ihr herum. Meike wich einen Schritt zurück.

»Ich schreie«, flüsterte sie. »Wenn du mir zu nahe kommst, schreie ich, hörst du?«

»Wer soll dich denn hier hören?«, fragte er leise. »Glaubst du wirklich, irgendwer hört dein Schreien?«

Er näherte sich ihr, und mit jedem Schritt, den er auf sie zu machte, wich sie einen zurück, bis sie mit dem Rücken an der Wand stand.

Walter machte einen letzten Schritt auf sie zu. Er rollte ein Stück Klebeband ab, es ließ sich einfach abreißen.

Das Geräusch ließ sie zusammenzucken. »Nicht«, flüsterte sie, aber in ihren Augen funkelte etwas. Sie blitzte ihn herausfordernd an, als wollte sie sagen: Das traust du dich ja doch nicht.

Er drückte das Klebeband auf ihren Mund. Ganz langsam. Seine Hand presste es auf ihre Lippen, strich es links und rechts auf den Wangen fest. »Gut so?«, flüsterte er.

Sie nickte.

O ja, dachte er. Das ist so gut.

* * *

Dass sie ihn angerufen hatte und nicht ihren Nachbarn, mit dem sie gestern auf der Vernissage gewesen war, hatte ihn darin bestätigt, dass er das Richtige tat.

Sie brauchte ihn.

Nachdem sie in der Wohnung gewesen war, verlor Pia das letzte bisschen Selbstbeherrschung. Sie brach schluchzend zusammen, und er musste sie auf dem Weg zum Auto stützen. Als sie auf dem Beifahrersitz hockte, die wenigen Sachen fest an sich gedrückt, die sie aus der Wohnung mitgenommen hatte, verspürte er Mitleid.

Wer tat ihr so was an?

Er hatte sich umgehört. Man kannte ihn, man redete mit ihm, und so hatte er ein paar Details aufgeschnappt, die man Pia vermutlich lieber verschwieg. Ihm gefiel überhaupt nicht, was er erfahren hatte.

Zunächst aber galt seine größte Sorge Pia.

»Zu mir nach Hause?«, fragte er, nachdem ihr Schluchzen verebbt war. Sie parkten immer noch auf der anderen Straßenseite.

Sie nickte. »Ich muss was Neues zum Anziehen kaufen«, sagte sie, als wäre ihr das gerade erst eingefallen, und als wäre sie erstaunt über ihren Wunsch, Klamotten zu shoppen.

»Das kannst du gerne machen, aber nicht heute.« Er startete den Motor und fuhr los. »Zunächst brauchst du ein Bad, ein Bett und zehn Stunden Schlaf. Danach sehen wir weiter.«

Sie begann zu zittern, und er legte ihr beruhigend eine Hand auf den Oberschenkel. »Hey«, sagte er leise. »Ich habe ein Gästezimmer für dich, okay?«

Sie nickte.

Dass sie jetzt nicht für Gespräche dieser Art empfänglich war, wusste er. Trotzdem konnte er nicht anders, er musste es wissen.

»Was da gestern passiert ist mit uns beiden …«, begann er vorsichtig, während er den Mercedes durch die einbrechende Dämmerung auf die Stadtautobahn lenkte. »Dass ich nicht will, dass du dich auf andere Männer einlässt, meine ich.«

»Ja«, hauchte sie.

»Ich habe das ernst gemeint. Und zwar so ernst, also …«

Über Gefühle zu reden fiel ihm schwer. Aber er wollte ihr etwas geben, woran sie sich festhalten konnte. Sonst war er nicht gerade dafür bekannt, besonders tiefe Bindungen einzugehen. Bei Pia aber …

Ich bin ein Narr, wenn ich glaube, bei ihr wäre alles anders.

Aber er wollte wenigstens versuchen, ihr zu zeigen, was das Leben ihr an seiner Seite zu bieten hatte. Oder um nicht gleich zu übertreiben: als seine Gespielin.

»Ich möchte nicht darüber reden«, sagte sie nur. Sie schaffte es irgendwie, sich auf dem breiten Sitz kleinzumachen, einzurollen wie eine Katze. Sie schloss erschöpft die Augen und stellte sich schlafend.

Dann nicht, dachte er.

Sie brauchte Zeit. Und nach dem, was sie gerade durchmachte, wäre er vermutlich besser beraten, ihr diese Zeit zu geben.

Aber irgendwie konnte er sich nicht gegen seine Gefühle wehren. Er begehrte sie, ja. Aber war das der einzige Grund, warum er für sie durch die Gegend fuhr und ihr das Gästezimmer anbot, in dem noch nie jemand geschlafen hatte, soweit er sich erinnerte?

Sie hatte eine devote Seite. Andererseits war sie selbst jetzt so kratzbürstig und wild, dass er nicht umhinkam, sie dafür zu bewundern. Als sie gestern über den Straßenstrich stolziert war, hatte sie ihn provoziert, mit ihm gespielt. Sie wollte sich unterwerfen, und er hoffte, dass er derjenige sein durfte, der sie an ihre Grenzen führte.

Er wünschte, sie ließe es zu, dass er sie unterwarf. Es gehörten immer zwei dazu.

9

Meike schloss verzückt die Augen. Ihre Möse pochte. Ihr Arsch schmerzte von den Klapsen, die Walter ihr immer und immer wieder gegeben hatte. Bestimmt war ihre Haut knallrot. Jede Bewegung tat ihr weh.

Sie hatte ihn verführt, und es tat ihr gut, einen Mann so weit gebracht zu haben. Nachdem Rebus sie so sang- und klanglos vor die Tür gesetzt hatte, war sie in den letzten Tagen ziemlich deprimiert gewesen.

Aber daran wollte sie jetzt nicht länger denken.

Walter war noch ganz neu im Metier aus Dominanz und Unterwerfung, das hatte sie sofort gespürt. Er wusste zunächst nicht, was er mit ihr anfangen sollte. Als er ihr aber das Klebeband auf den Mund drückte, hatte sie eine stille Freude empfunden, und ihr Höschen wurde von Nässe geflutet. Instinktiv wusste er, was sie brauchte, was sie von ihm wollte.

Ihre erste Session war ziemlich schnell vorbei gewesen. Er hatte sie an den Stützpfeiler gelehnt gefickt, und danach hatte er ihr ziemlich rasch das Klebeband wieder abgenommen – leider viel zu behutsam – und sie atemlos gefragt, ob das gut gewesen sei.

Das war der richtige Moment gewesen, um ihm einiges zu erklären.

Danach hatten sie gemeinsam etwas gegessen – in

einem billigen, engen China-Imbiss, in dem es eiskalt und zugig war – und waren in sein Hotel gefahren.

Und nun lag sie hier. Ihr Hintern schmerzte, die Oberschenkel brannten, und ihre Möse ... die fühlte sich an, als hätte sie sich vor Lust und Schmerz verflüssigt. Sehr befriedigend.

Neben ihr war Walter eingeschlafen. Er war sehr süß, wenn er schlief.

Sie kuschelte sich an ihn, und er wachte auf. »Wasn los?«, murmelte er.

»Du bist eingeschlafen.«

Er richtete sich auf. Langsam schien er zu begreifen, dass er in seinem Hotelzimmer war, dass er nicht allein war und was er vorhin getan hatte.

»Oh«, sagte er. »Entschuldige.«

»Du brauchst dich nicht zu entschuldigen. Es war ... geil und sehr befriedigend.«

Seine Hand strich über ihren Po, und sie zuckte zusammen. »Dann hast du nichts dagegen, wenn wir weitermachen?«

»Ich habe gehofft, dass du das vorschlägst.«

Er stand auf und lief nackt zum Schreibtisch. »Warte, ich muss nur grad jemanden anrufen.«

Er verschwand mit dem Handy im Badezimmer. Meike ließ sich von der Wärme seiner Bettdecke umhüllen und schlief ein.

»Aufstehen!«

Sie fuhr benommen hoch. Am Fußende des Betts stand Walter. Inzwischen wieder vollständig bekleidet, warf er ihr die nuttigen Klamotten zu. »Zieh das an, wir müssen los.«

Sie gehorchte. Was blieb ihr anderes übrig? Sie

hatte sich auf das Spiel eingelassen, und er lernte schnell.

Sie wollte sich nach dem Slip bücken, doch er schüttelte den Kopf. »Den kannst du hierlassen.«

Sie lächelte zufrieden. Oh, er lernte sehr schnell!

»Wohin gehen wir?«, fragte sie.

»Wir besuchen einen Freund.«

»Einen guten Freund?«

»Er braucht ein bisschen Aufmunterung, wenn du verstehst, was ich meine. Sitzt leider in einem düsteren Keller und weiß nichts mit sich anzufangen.«

»Hm.« Sie kaute auf der Unterlippe. Das klang vielversprechend, aber sie wollte wissen, wie er reagierte, wenn sie Widerstand leistete. »Und was machen wir da?«

»Hör auf zu fragen.« Er klang genervt. »Aber wenn du's unbedingt wissen willst: Er hat ein paar Kumpel eingeladen. Wir wollen einfach ein bisschen abhängen. Sex haben. So was.«

»Die wollen doch nicht alle Sex mit mir haben?« Sie spielte die Verwirrte.

»Du wirst es schon früh genug erfahren. Und jetzt halt's Maul, klar? Du sprichst nur, wenn ich es dir erlaube.«

Sie senkte den Blick und nickte.

Es war lange her, dass sie sich so begehrt gefühlt hatte.

Sein Kumpel wohnte in einer dunklen Souterrainwohnung. Als Walter und sie dort ankamen, waren insgesamt vier Männer in dem Wohnzimmer versammelt. Und jeder dieser vier Männer betrachtete sie abschätzend. Gierig.

Sie legte ihren Mantel ab und setzte sich zu Walter, der sich gemütlich in einen Sessel fläzte und erst mal eine Flasche Bier von seinem Kumpel in die Hand gedrückt bekam. Niemand fragte, ob Meike etwas wollte, dabei hätte sie gerne ein Glas Wasser getrunken. Ihr Mund war ganz trocken.

Die Einrichtung war billig, geradezu schmuddelig. Die Sofas kamen vielleicht vom Sperrmüll oder einer Wohnungsentrümpelung, eines war aufgeplatzt, und die Füllung quoll heraus. An den Wänden wacklige Regale von Ikea, vollgestopft mit Büchern, Aktenordnern und Papierstapeln. Sie schaffte es nicht, der Unterhaltung zu folgen. Es ging um alles Mögliche. Kommunalpolitik, Computer, Frauen.

Irgendwann meinte einer der Typen: »Deine Freundin ist ja auch ein heißes Gerät, Walter.«

Walters Hand schob sich an ihrem Oberschenkel nach oben und unter den Rock. »Findest du?« Er fand ihre nasse Spalte.

Meike versuchte, sich nichts anmerken zu lassen.

»Wie ist sie denn im Bett?«, erkundigte sich ein Typ mit Vollbart.

Wie hieß er noch mal? Jens? Sven? Meike hatte es schon wieder vergessen.

»Ach, geht so.« Walter schien nicht besonders begeistert zu sein. Er grinste. »Ich hab sie noch nicht richtig einreiten können, wenn ihr versteht, was ich meine.«

Die anderen nickten, murmelten zustimmend. Einer räusperte sich. »Könnte man ja bei helfen«, meinte er. »Was meinst du?«

Walter wiegte den Kopf. Sein Finger schob sich im selben Moment tief in Meikes Möse. »Ach, warum nicht? Sie mag's, wenn man sie ein bisschen härter anfasst.« Dann, als käme ihm gerade eine Idee, wandte er sich an den Vollbart. »Sven, du hast doch mal erzählt, dass deine letzte Freundin ihre Reitsachen bei dir gelassen hat.«

Meike entspannte sich etwas. Sie wusste, dass Walter sich etwas richtig Geiles für sie ausgedacht hatte.

Eine kleine Vorführung vielleicht, bei der seine Freunde zuschauten und ihn anfeuerten. Das würde ihr gefallen. Sie ließ die Hand ganz beiläufig über seinen Unterleib nach unten wandern und erkundete seinen harten Schwanz, der sich gegen seine Jeans drückte. Er gab ihr einen Klaps auf die Hand.

»Ist sie unartig?«, fragte Sven. »Warte, ich hol die Sachen.«

Walter blieb sitzen. Als Sven zurückkam, hatte er verschiedene Gerten und Paddles in der Hand. »Ich weiß nicht, ob da das Richtige dabei ist.«

Probeweise ließ er eine Gerte durch die Luft zischen.

Meike schloss die Augen. Schon jetzt war es fast zu viel für sie. Die Blicke der Männer, die nicht von ihr ließen. Das Grinsen auf ihren Gesichtern, weil sie genauso gut wie Meike wussten, was jetzt folgte.

Ihr Körper bebte.

»Komm her, Meike.« Walters Stimme war ganz sanft. »Leg dich über mein Knie.«

Sie gehorchte. Walter schob ihren Rock hoch und entblößte ihren Hintern. Sven trat hinter sie. Seine Hand strich über ihren Po. Sie legte die Stirn auf die verschränkten Arme, die auf der anderen Armlehne ruhten. Ihre Füße suchten Halt am Boden, und sie spreizte die Beine.

Der erste Schlag ließ auf sich warten. Die Männer redeten leise, machten Witze. Einer bemerkte, wie schön straff ihre Schamlippen waren. Sven beugte sich über sie, sein Mund berührte ihr Ohr. Sie erschauerte.

»Du tropfst doch nicht gerade auf meinen Teppich, du kleine Nutte?«

Stumm schüttelte sie den Kopf. Keiner hatte ihr den Mund verboten, obwohl sie sich das wünschte, aber sie brachte trotzdem keinen Laut über die Lippen.

»Dann ist's ja gut. Ich müsste dich ziemlich hart bestrafen, falls du meinen guten Teppich ruinierst.«

Sie biss sich auf die Unterlippe.

»Ich glaube, mein Freund Walter hat erwähnt, dass du noch ein bisschen bockig bist. Stimmt das?«

Sie schüttelte trotzig den Kopf.

Der erste Klaps auf ihren Hintern folgte sofort. »Stimmt das? Dass du bockig bist?«

Wieder schüttelte sie den Kopf.

Er rammte ihr etwas in die Möse. Dünn, hart, lang. Der Griff einer Reitgerte? Sie wusste es nicht. Das Blut schoss in ihren Kopf, und vor ihren Augen tanzten Sterne, während sich ihre Möse beinahe schmerzhaft zusammenzog.

»Bist du bockig?«, wiederholte er leise.

»Ja«, flüsterte sie.

»Wie sollst du mich anreden?« Wieder ein harter Klaps mit der flachen Hand. Sie zuckte zusammen.

»Ja, Herr. Ich war bockig.«

»Und wirst du jetzt brav sein und alles machen, was wir von dir verlangen?«

»Ja, Herr.« Ihre Stimme war heiser. Inzwischen schmerzte es zu schlucken.

»Gut.« Er zog die Gerte aus ihrer Muschi. »Ulf? Du kannst sie zuerst haben.«

Sie hörte den Reißverschluss einer Hose. Walter hatte sich entspannt zurückgelehnt. Seine Hand war unter ihrem Unterleib, er berührte ihre Klit. Ganz zärtlich streichelte er sie, und diese Zärtlichkeit, im Gegensatz zu der brennenden, heißen Haut ihres Hinterns, brachte sie fast um den Verstand.

Vorhin hatte sie nicht aufgepasst, deshalb wusste sie nicht, welcher der Typen Ulf war, und als sie nun versuchte, den Kopf zu drehen, hielt Walter sie mit der anderen Hand im Nacken fest. Ulf drückte seine Beine gegen ihre, sein Schwengel glitt durch ihre Kimme. Sie schrie auf, als er ihn gegen ihr Arschloch drückte.

»Hab ich dir erlaubt, etwas zu sagen?« Svens Stimme vor ihr.

Sie hob den Kopf. Er hatte seine Hose ebenfalls aufgeknöpft und holte jetzt seinen Schwanz raus. Sie schluckte trocken. Es war ein riesiger Schwanz. Sven packte ihre Haare, zog ihren Oberkörper halb hoch. Sie stützte sich auf die Hände. Ihre Arme schmerzten, und ihr Hintern sowieso, und in diesem Moment drückte etwas Eiskaltes, Hartes gegen ihren Anus. Aber sie konnte jetzt nicht über das nachdenken, was Ulf mit ihr anstellte. Erst musste sie Sven zeigen, dass sie die Königin des Blowjob war.

»So ist's brav.«

Gehorsam nahm sie ihn tief in ihren Mund auf. Sie schaffte es nicht, seinen Schwengel mit der Hand zu umfassen. Es war ohnehin fast unmöglich, so auf dem Bauch zu liegen, während Walter heimlich ihre Klit umkreiste und Ulf ihr irgendeinen eiskalten Gegenstand hinten reinschob. Sie blickte zu Sven auf, und er verstand, begann, sich in ihrem Mund zu bewegen, erst ganz langsam. Als sie sich entspannte, gelang es ihr, ihn immer tiefer in sich aufzunehmen, und er nahm diese Gelegenheit mit Freuden wahr und rammte sich tief in sie hinein.

Meike stöhnte. Sie hatte nicht damit gerechnet, dass es so geil werden würde.

Ulf kümmerte sich derweilen um ihren Arsch. Er weitete ihr Arschloch, bereitete sie darauf vor, ihn in sich aufzunehmen. Seine Finger glitten in sie hinein, dann zog er sie plötzlich heraus und drückte seinen Schwanz gegen ihr Loch. Nun wurde sie von beiden Seiten aufgespießt, und als Ulf in sie eindrang, versetzte er ihr erneut einen heftigen Schlag auf den Hintern.

Meike schloss die Augen. Sie war im Himmel.

»Genug!«, befahl Sven just in dem Moment, als Meike glaubte, ihr Orgasmus wäre nun nicht länger aufzuhalten. Er zog seinen pulsierenden Schwanz aus ihrem Mund und hielt ihn ihr hin, damit sie ihn ableckte. Sein Saft spritzte so unvermutet hervor, dass sie die Augen nicht rechtzeitig schließen konnte. Er lachte dreckig.

»Und jetzt bringt sie nach nebenan. Walter? Willst du sie jetzt ficken?«

Meike ließ sich von Ulf aufhelfen. Ihre Knie zitterten, und als sie einen Schritt noch vorn machte, wäre sie beinahe gestürzt.

»Ach, erst dürft ihr anderen«, meinte er nur. »Ich hab eigentlich schon genug von der Schlampe.«

Er gab sie einfach an seine Freunde weiter, die sie nach Belieben benutzen durften.

Sie sank zu Boden. Ihre Hände griffen nach seinen Beinen, sie klammerte sich an ihn. »Bitte nicht«, jammerte sie. »Bitte, du darfst mich ihnen nicht ausliefern, hörst du?« Dabei war es genau das, was sie sich wünschte.

Walter blickte auf sie nieder. Bevor er reagieren konnte, versetzte Sven ihr eine schallende Ohrfeige. Meike schrie auf.

»Du hast hier gar nichts zu melden. Los, bringt sie nach nebenan. Bindet sie fest! Ich will nicht, dass uns dieses kleine, wilde Biest noch entwischt.«

Ulf riss sie hoch. Ein anderer kam ihm zur Hilfe, und Meike ließ sich fallen. Sie mussten sie nach nebenan schleifen, und weil sie dort beim Anblick der Folterkammer aufschrie und in Tränen ausbrechen wollte, stopften sie ihr den Mund.

So einfach war das. Sie stopften ihr den Mund und drückten ihr einen roten Ball in die Hand.

Sie war bei Profis gelandet. Sie befand sich tatsächlich in ihrem ganz persönlichen Himmel.

* * *

Rebus bekochte sie. Es gab Nudeln mit selbstgemachtem Pesto und dicken Parmesanspänen, dazu einen schweren Rotwein und zum Nachtisch Tiramisu aus der Tiefkühltruhe. Er bezog ihr das Bett im Gästezimmer, das ein eigenes Badezimmer hatte. Dann zeigte er ihr alles, was sie in der Nacht brauchen könnte: den Weg zu seinem Schlafzimmer, den Weg in die Küche und in die Wohnzimmerecke, als wäre sie ein kleines Kind.

»Willst du dir ein paar Bücher aussuchen?«, fragte er, als sie staunend vor dem deckenhohen Regal stand.

»Ich weiß nicht.«

Er stieg die Leiter hinauf, zog zwei, drei Bücher aus dem Regal, drückte sie ihr in die Hand. »Falls du nicht schlafen kannst und dir nicht nach meiner Gesellschaft zumute ist.«

Er war irgendwie zu gut für sie.

Das sagte sie ihm auch, als er sie zu Bett brachte. Er schüttelte ihre Kissen auf, schlug die Decke zurück und folgte ihr ins Bad. Dort öffnete er den Spiegelschrank, legte eine eingeschweißte Zahnbürste auf den Waschbeckenrand, zeigte einladend auf die Badewanne, auf deren Beckenrand eine ganze Batterie Duschbäder und Shampoos aufgereiht stand.

Sie fragte lieber nicht, von wem all diese angebrochenen Flaschen stammten.

»Wenn du mich brauchst, weißt du, wo du mich findest. Und wenn nicht …« Er nickte zu dem Bücherstapel unter ihrem Arm.

»Danke«, hauchte sie. Es war irgendwie unwirklich. »Ich hoffe nur, ich kann bald in meine Wohnung zurück, damit ich dir nicht länger auf die Nerven gehe.«

»Du gehst mir nicht auf die Nerven«, erklärte er. »Du kannst gerne hierbleiben. Platz genug habe ich, und so eine ausgebrannte Wohnung wird auch nicht von heute auf morgen wieder bezugsfertig sein.«

Nein, das befürchtete sie auch.

»Gute Nacht«, sagte er. Die Tür zum Flur lehnte er nur an. Sie hörte, wie er in sein Schlafzimmer ging und die Tür schloss.

Sie sank aufs Bett. Ihre Brust schmerzte, und sie hatte ein unangenehmes Kratzen im Hals. Auf dem Nachtkästchen standen eine Flasche Wasser und ein Glas. Er hatte wirklich an alles gedacht.

Sie legte die Bücher aufs Bett, neben die Plastiktüte vom Krankenhaus, in der sie ihre wenigen geretteten Habseligkeiten verstaut hatte. Ihr Handy klingelte.

Sie hatte keine Lust, mit irgendwem zu reden, doch dann erkannte sie Isabels Nummer auf dem Display. Sie atmete tief durch.

»Hallo, Süße!«, begrüßte sie ihre Freundin betont fröhlich. »Ist Hamburg schon abgesoffen ohne mich?«

»Hamburg säuft nicht ab, aber wir vermissen dich ganz schrecklich!« Isabel klang müde. Das machte die Mutterschaft. Seit sechs Wochen hatte sie einen kleinen Sohn.

»Ach, ich bin doch nicht aus der Welt. Pack halt den kleinen Louis in dein Tragetuch, steig in den Zug, und komm her!«

»Ist bei dir alles in Ordnung, Liebes?«, fragte Isabel vorsichtig. »Du klingst so übertrieben fröhlich.«

In diesem Moment kamen ihr die Tränen. »Nichts ist in Ordnung«, schluchzte sie. »Ich hab einen Mann kennengelernt, die Geschäfte laufen super, und meine Wohnung ist abgebrannt.«

Es dauerte eine Weile, bis Isabel ihr die ganze Geschichte entlocken konnte. Pia weinte viel, dann plapperte sie ungezügelt drauflos und musste gebremst werden, aber als sie Isabels Sohn weinen hörte, hatte sie schließlich alles gesagt.

»Sei doch froh«, sagte Isabel. »Du hattest Glück im Unglück.«

»Ja, aber …« Sie atmete tief durch. »Aber ich weiß doch gar nicht, wie's jetzt weitergeht.«

»Ist dieser Mann es wert? Ich meine: Kannst du dir vorstellen, dass sich was daraus entwickelt?«

Sie atmete tief durch. »Nein.«

Ja, verdammt, und wie!

»Glaub mir, Daniel und ich waren am Anfang auch so. Und als er mich damals gerettet hat …« Sie sprach nicht weiter. Das war der wunde Punkt ihrer Freundschaft.

Pia musste husten. Erst nachdem sie einen Schluck Wasser getrunken hatte, sagte sie: »Du meinst, nach der Sache mit Johannes …« Sie zögerte kurz, doch dann erzählte sie Isabel in knappen Worten, was sie erfahren hatte. »Die Polizei sagt, es sei Brandstiftung gewesen. Ich habe Angst. Irgendjemand …« Sie konnte den Satz nicht beenden. »Wie hast du es geschafft, damals? Wie lebt man nach so einer Erfahrung weiter? Wie konntest du weitermachen, nachdem er dich angegriffen hat?«

»Daniel war für mich da«, meinte Isabel nur. »Ich wusste, er war der Richtige für mich.«

Pia schwieg lange. Ihre Gedanken rasten. War Rebus der Richtige für sie?

»Bist du noch da?«

»Ich denke nach.« Sie atmete tief durch. »Ich bin so raus aus diesem Spiel, verstehst du? Zuletzt waren die Männer für mich doch nur … Ich weiß nicht, ich habe sie benutzt. Ich wollte Sex, ich bekam Sex. So ungefähr.«

»Und was willst du von ihm?«, fragte Isabel sanft. »Was erhoffst du dir von Rebus?«

Darauf wusste Pia keine Antwort.

* * *

Rebus wollte Pia ausschlafen lassen, doch sie überraschte ihn. Als er am nächsten Morgen um kurz nach sieben im Halbdunkeln die Treppe hinunterkam, saß sie im Wohnbereich auf der Chaiselongue und las.

»Warst du die ganze Nacht auf?«, fragte er besorgt.

»Nein, bin vor einer halben Stunde aufgestanden. Kaffee ist schon fertig. Hast du Hunger?«

»Schon, aber ich hoffe, du hast noch kein Frühstück gemacht.«

»Ich kenne mich mit deiner Küche nicht so gut aus.«

»Ich kümmere mich ums Frühstück.« Er wollte sie so viel fragen, doch wartete er lieber, bis sie zehn Minuten später am Tisch saßen. Pia langte beim Rührei mit krossem Speck ordentlich zu.

»Gut geschlafen?«

Sie schüttelte den Kopf. Müde sah sie aus, aber sie lächelte tapfer. »Ich habe über dein Angebot nachgedacht.«

»Welches Angebot?« Erst wollte ihm nicht einfallen, worauf sie anspielte.

»Du und ich ... Dass das mit uns was Exklusives wird. So hast du es doch gemeint, oder?«

Das war nicht unbedingt das Gesprächsthema, das er erwartet hatte, weshalb er einen Moment lang schwieg und nach den richtigen Worten suchte.

»Wir müssen auch nicht jetzt darüber reden.« Sie schob den leeren Teller weg und stand auf. »Ich mach noch Kaffee.«

Wollte er etwas Exklusives? Wollte er, dass sie ganz und gar sein war, sich nicht mehr auf irgendwelchen Partys in dunklen Hinterzimmern von irgendwelchen Künstlern, Fotografen oder Nachbarn vögeln ließ? Wollte er ihr zeigen, dass in ihr eine kleine submissive Seele schlummerte, und ihr ihre Grenzen aufzeigen, die sehr viel weiter gesteckt waren, als Pia vielleicht glaubte?

Wollte er all das wirklich?

Oder war er einfach nur von dem Wunsch beseelt, sie zu retten? Es hatte etwas Selbstzerstörerisches, wie sie sich immer wieder fremden Männern an den Hals warf. Vielleicht spielte sein Wunsch, sie davor zu bewahren, eine nicht unwesentliche Rolle.

Aber vor allem wollte er sie in seinem Schlafzimmer sehen. Er wollte sie an ihre Grenzen führen und ihr zeigen, dass Vertrauen mehr bedeutete, als sich für eine Nacht in einem Bett zu wälzen und am nächsten Morgen abzuhauen. Er wollte nicht, dass sie irgendwann aus seinem Leben verschwand.

Das klang so einfach, doch wagte er nicht, sie damit zu konfrontieren. Er fürchtete, sie würde ihm dann entgleiten wie ein flüchtiger Geist.

»Keine anderen Männer«, sagte er. »Wenn ich dich mit einem anderen erwische, siehst du mich nicht wieder.«

Sie stand mit dem Rücken zu ihm an der Anrichte. Sie schien darüber nachzudenken, aber dann nickte sie. »Okay«, sagte sie. »Keine anderen Männer.«

Er glaubte ihr kein Wort. Und sie sich vermutlich auch nicht. Aber hatten sie denn eine andere Wahl?

* * *

Meike wachte mit dröhnenden Kopfschmerzen auf. Sie tastete blind nach links und rechts. Da war niemand. Sie lag allein im Bett.

Als sie sich aufrichtete, schwappte der Schmerz plötzlich in ihren Magen, und sie hatte das Gefühl, sich sofort übergeben zu müssen. Sie sank zurück in die Kissen. Das Gefühl verschwand. Vermutlich war sie einfach nur dehydriert.

Sie versuchte es ein zweites Mal. Diesmal vorsichtiger. Sie saß auf der Bettkante, hielt den Kopf gesenkt und atmete durch den Mund.

»Ausgeschlafen?«

Ihr Kopf ruckte hoch. Dann kamen die Bilder der gestrigen Nacht zurück. Fünf Männer, die sich über sie beugten. Fünf Schwänze, die sie …

Meike stöhnte auf. Die Erinnerung kehrte zurück, so schmerzlich süß und voller Verheißung. Das schlimmste an der vergangenen Nacht war, dass sie vorbei war.

Walter stand in der Tür, zwei Steingutbecher in den Händen. Er kam zu ihr herüber und gab ihr einen. Kaffee. Stark, süß, schwarz. Genau das Richtige, um ihre Lebensgeister zu wecken.

»Wir sind gestern nicht zurück ins Hotel gefahren?«, fragte sie. Ihre Stimme war ein einziges Krächzen.

»Nein, du warst ziemlich fertig danach. Dachte, hier hast du es bequemer, und wir mussten nicht mehr quer durch die Stadt.«

Sie stöhnte. »Ich muss morgen zur Fashion Week nach New York. Scheiße, ich bin total fertig.«

Er setzte sich neben sie aufs Bett. »Das war toll«, sagte er leise. »Also, du warst toll. Sehen wir uns wieder? Wenn du aus New York zurück bist?«

Sie musterte ihn mitleidig. Er bettelte …

Männer, die bettelten, waren ihr zuwider. Jeder fing früher oder später damit an. Erst stieg ihnen zu Kopf, dass sie ein Model fickten, eine Frau aus einer völlig anderen Sphäre. Und wenn sie dann realisierten, dass diese Frau auch wieder aus ihrem Leben verschwinden könnte, verlegten sie sich aufs Betteln.

»Ich melde mich«, versprach sie.

Rebus war anders. Er hatte nie gebettelt. Nie hatte er ihr das Gefühl gegeben, etwas Besonderes zu sein, vielmehr hatte er ihre submissive Natur verstanden wie kein Zweiter.

Sie sehnte sich nach ihm.

10

Die komplette nächste Woche verstrich in völliger Ereignislosigkeit. Pia blieb bei Rebus. Sie richtete sich im Gästezimmer ein und nahm von hier aus die Anfragen ihrer Kundinnen entgegen. Viele interessierten sich für ihr Angebot, nachdem die Webseite online gestellt war, und Pias Termine waren schon bald auf Wochen ausgebucht. Allerdings hatte sie sich die erste Woche nach dem Brand noch freigehalten, damit sie ein wenig zur Ruhe kommen konnte. Dennoch tat ihr die Planung für ihre Arbeit gut. Sie lenkte davon ab, dass sie im Grunde heimatlos war.

Tagsüber sah sie Rebus selten. Er war viel unterwegs, und sie fragte nicht, wo er war. Lieber genoss sie die Einsamkeit im Loft und suchte sich nach getaner Arbeit ein neues Buch aus seiner schier unerschöpflichen Bibliothek.

Zugleich war sie ganz kribbelig, weil er ihr so viele Freiräume gewährte. Und vor allem beunruhigte sie zunehmend, dass er die Finger von ihr ließ.

Dennoch war es auch ein Leben, an das sie sich gewöhnen konnte: nicht mehr das Haus verlassen zu müssen, vormittags ein bisschen arbeiten (wobei sie nur E-Mails beantworten musste), nachmittags bei Tee und Keksen auf der Chaiselongue lümmeln und Bücher lesen. Oder einfach schlafen, wenn ihr alles zu viel wurde. Schlafen konnte sie immer.

Nach vier Tagen begann sie aber, schlecht zu träumen, und wenn sie aufwachte, hatte sie wieder den Brandgeruch in der Nase. Sie lief durch alle Räume des Lofts, blieb immer wieder stehen und schnupperte angestrengt.

Sie hatte Angst.

Als Rebus an diesem Abend zurückkam, warf sie sich ihm in die Arme. »Ich hab Angst«, schluchzte sie, und er brauchte eine Weile, bis er ihr die ganze Geschichte entlocken konnte. Sie fürchtete, es könnte wieder zu einem Brand kommen und dass sie dieses Mal nicht so viel Glück haben würde.

Danach blieb er tagsüber bei ihr. Wie ein leiser Schatten, der immer in der Nähe war, nur einen Ruf entfernt. Er störte sie nicht bei der Arbeit, und auch wenn sie nachmittags lesen wollte, brachte er ihr allenfalls zwischendurch eine Tasse Tee und setzte sich fünf Minuten zu ihr. Sie redeten über Belangloses, und nur einmal legte er die Hand auf ihren Unterarm.

Er machte keine Anstalten, mit ihr zu schlafen oder sich ihr irgendwie zu nähern. Und das nervte sie bald. Warum unternahm er nichts? Sie hatte ihm versprochen, sich nicht mehr mit anderen Männern einzulassen. Aber wieso sollte sie jetzt wie eine Nonne leben? War das seine Art, sie zu quälen?

Sie stellte ihm diese Frage am achten Abend unter seinem Dach. Den ganzen Tag war sie schon kribbelig gewesen und hatte sich überlegt, wie sie ihn rumkriegen konnte. Aber er zeigte nicht mal dann eine Reaktion, als sie nachmittags vor dem Baden nackt nach unten lief und »Lady Chatterly« holte. Sie hatte das Buch auf der Chaiselongue vergessen. Es gab für sie nichts Schöneres, als in der Badewanne zu liegen und zu lesen.

»Was ist mit dir los?«, fragte sie ihn bei Zitronen-Thymian-Hähnchen in Weinschaumsauce.

Er kochte hervorragend. Jeden Abend verwöhnte er sie mit einer selbst zubereiteten Mahlzeit.

»Was soll denn mit mir los sein?« Er hob den Blick, musterte sie.

»Du hast mich seit einer Woche kaum angerührt«, beklagte sie sich. »Ich meine, ich hatte gedacht, wir hätten eine Vereinbarung? Dazu gehörte aber doch nicht, dass ich jetzt wie eine Nonne lebe, oder?«

Er lachte leise, schenkte ihr noch Chardonnay nach und stand auf, um die zweite Flasche zu entkorken. Seit sie bei ihm war, trank sie viel Wein. Manchmal zu viel.

»Ich wollte dir Zeit lassen, Pia. Was da in deiner Wohnung passiert ist, nun ja … Ich vermute, da kann man nicht von heute auf morgen zur Tagesordnung übergehen.«

»Jedenfalls nicht, wenn man mich behandelt, als wäre ich das traumatisierte Opfer eines Verbrechens geworden«, murmelte sie verdrossen.

»Entschuldige, aber genau das bist du. Du kannst dich ja nicht sehen, aber ich durfte dich vorher kennenlernen. Und vorher warst du vieles: schroff, strahlend, selbstbewusst. Im Moment bist du vor allem eines: verängstigt und verschlossen.«

So hatte sie das noch nicht gar nicht gesehen.

»Aber ich brauche dich«, sagte sie leise. »Ich brauchc deine Nähe, um das alles irgendwie zu verwinden, was da passiert ist.«

»Ich verstehe, dass du das Haus im Moment nicht verlassen willst, und für mich ist das absolut in Ordnung, solange du irgendwann wieder vor die Tür gehst und dein Leben in die Hand nimmst.« Er machte eine Pause. Dann griff er spontan über den Tisch und nahm ihre Hand in seine. »Ich bin für dich da. Ich warte, aber ich kann dich in dieser Situation wohl kaum jede Nacht bedrängen, mit mir zu schlafen. Das muss von dir kommen, wenn du bereit bist.«

»Wirst du mich dann wieder ans Andreaskreuz fesseln? Wirst du mich schlagen und das alles?« Pia schluckte.

Er zog die Hand zurück. »Ich weiß nicht. Es kommt darauf an, wie es dir geht.«

Sie lachte auf. »Das weiß ich selbst nicht so genau.«

Seine Achtsamkeit rührte sie. Doch zugleich weckte sie ihren Widerspruchsgeist.

Er behauptete also, sie traue sich nicht vor die Tür? Von wegen!

»Ich glaube, ich geh heute Abend doch zu dieser Modenschau.«

Eine junge Designerin hatte ihr die Einladung per E-Mail geschickt und betont, wie sehr sie sich freuen würde, Pia dort begrüßen zu dürfen. Bisher hatte der Gedanke daran ihr schon Unbehagen bereitet.

»Soll ich mitkommen?«, fragte Rebus.

»Musst du nicht. Ich schaffe das sehr gut alleine.« Sie schob den Teller weg. Jetzt war sie voller Tatendrang und konnte es kaum erwarten.

* * *

Modenschauen waren für ihn nichts als eine Möglichkeit, schnell an gutes Geld zu kommen. Als persönlicher Fotograf einer Modenschau verdiente er in wenigen Stunden mehr als manchmal in einer Woche.

Den Auftrag hatte Meike ihm vermittelt.

Meike.

Heute früh war sie aus New York zurückgekommen, völlig übernächtigt und vom Jetlag geplagt. Sie hatte bei ihm im Hotelzimmer drei Stunden geschlafen, danach hatte sie sich einmal hart von ihm nehmen lassen und war anschließend mit ihm zu dem alten Fabrikgebäude im Süden der Stadt gefahren, in dem die Modenschau stattfinden sollte. Das Gebäude ähnelte dem, in dem er vor einer Woche das Shooting mit ihr gemacht hatte.

Walter dachte gerne daran zurück, denn seitdem Meike in sein Leben getreten war, hatte er ständig geilen Sex. Und er hatte eine Seite an sich entdeckt, die er vorher nicht mal ansatzweise vermutet hätte.

Er war dominant. Er wollte sie unterwerfen. Erniedrigen. Den Schmerz in ihren Augen sehen, der sich mit köstlicher Lust vermischte.

Sie war für ihn die perfekte Frau.

Und er hatte sich auch schon etwas für die kommende Nacht überlegt. Ihm fehlte nur noch eine Komplizin …

Die Stühle rund um den Laufsteg waren schon lange vor Beginn der Schau bis auf den letzten Platz besetzt. Wenige Minuten vor Beginn schob sich eine üppige Brünette in die erste Reihe. Sie zeigte einem dicken Mann mit Walrossschnauzer ihre Karte, der daraufhin nur widerwillig seinen Platz räumte. Der hatte wohl gedacht, er könnte den Mädels bei der Schau unter den Rock gucken.

Pia. Sieh an, seine Pia war auch da.

Ihm blieb keine Zeit, über die Möglichkeiten nachzudenken, die sich ihm durch ihr Auftauchen boten. Die ersten Beats der Musik setzten ein, Lichter zuckten, dann richteten sich die Strahler auf den Laufsteg. Die ersten Mädchen kamen, und seine Aufgabe bestand darin, von jedem Model und jedem Kleid mindestens ein brauchbares Foto zu schießen. Er war Profi, weshalb es nicht schwer war, diese Aufgabe zu erfüllen.

Nach vierzig Minuten war der Zauber vorbei. Die Designerin kam, flankiert von zwei männlichen Models, nach vorne und holte sich den Applaus der Zuschauer ab. Dann gingen die Lichter aus, es herrschte einen Moment Verwirrung, ehe in der ganzen Halle kleinere Lichtinseln schimmernd aufleuchteten. Kellner brachten Champagner, die Stimmung löste sich. Die Leute strömten zum Alkohol. Auch davon machte Walter noch ein paar Schnappschüsse, ehe er die Kamera wegpackte und sich auf die Suche nach Pia machte.

Er fand sie im Gespräch mit drei anderen Frauen, die aufgeregt auf sie einredeten, während Pia gequält nickte. Sie notierte etwas in ihrem Handy, Terminabsprachen wurden getroffen. Dann bemerkte sie ihn, entschuldigte sich bei den drei Frauen und kam zu ihm herüber.

»Das ist aber eine Überraschung!« Sie umarmten sich. »Was treibt dich denn hierher?«

»Die Arbeit. Ich habe die Schau fotografiert.«

Ihre geschwungenen Brauen schossen nach oben. »Ich dachte, du bist von Beruf Sohn?«

»Auch einem Sohn wird das Geld knapp, wenn er länger als eine Woche in einem Berliner Luxushotel residiert.« Er zuckte mit den Schultern. »Will meinem alten Herrn nicht nur auf der Tasche liegen.«

»Verständlich. Ich will auch so schnell wie möglich von meinem Exmann unabhängig werden.«

»Wie läuft's sonst so?«, fragte er.

»Bestens, danke der Nachfrage.« Ihr Blick zuckte nervös hin und her, als suchte sie jemanden. »Und bei dir?«

Jetzt waren sie dort, wo er sie haben wollte. »Kann nicht klagen. Hab da jemanden kennengelernt.«

»Oh?« Jetzt hatte er ihre volle Aufmerksamkeit.

»Ach, nichts Besonderes. Ich dachte nur, wenn du willst, stelle ich sie dir mal vor, dann könnten wir mal zusammen ...« Er hätte fast gesagt: »was unternehmen«, ließ den Satz aber unvollendet.

»Ja klar, zeig sie mir! Ist sie etwa eins der Models?«

Sie schien ein wenig aufgeregt zu sein, und Walter atmete auf. Er hatte sich in Pia nicht getäuscht. Sie war immer für ein Abenteuer zu haben.

* * *

Das war typisch Walter, dass er keine fünf Minuten nach ihrem Wiedersehen sofort wieder ein sexuelles Abenteuer mit ihr anstoßen wollte. Als sie ihn vor nicht mal zwei Wochen an der Autobahnraststätte kennengelernt hatte, hätte sie ihm das jedenfalls nicht zugetraut.

Und es war für sie eigentlich keine Frage, ob sie Lust hatte. Wenn sie seine Andeutung richtig verstand, wollte er ihr seine neue Freundin nicht nur vorstellen, sondern am liebsten gleich einen heißen Dreier mit ihr machen.

Erst mal wollte Pia sich diese andere Frau ansehen.

Eine große blonde Frau in einem Kleidchen, das ihr knapp bis zu den Knien reichte, kam durch die Menge auf sie zu. Als sie noch wenige Schritte entfernt war, wurde sie langsamer. Ihr Blick huschte zwischen Walter und Pia hin und her, als könnte sie nicht glauben, was sie da sah.

»Hier, das ist Meike.« Er nahm ihre Hand und zog sie zu sich. Sie schmiegte sich an ihn und lächelte unsicher. »Meike ist Model. Und sie steht drauf, erniedrigt zu werden«, fügte er hinzu.

Walter glühte vor Stolz. Als hätte er die masochistische Seite in Meike erst geweckt.

In Pia keimte Neugier auf. Sie wollte herausfinden, was es hieß, auf der anderen Seite zu stehen. Rebus wollte, dass sie sich ihm unterwarf? Gut! Aber dann wollte sie auch wissen, wie es sich anfühlte, wenn eine andere sich ihr unterwarf!

»Hallo, Meike.« Sie reichte der Frau die Hand.

Diese betrachtete Pia mit so viel Wut und – es gab vermutlich kein treffenderes Wort – Abscheu, dass Pia erschrak. Hatte sie etwas an sich, das dieser Meike nicht gefiel?

»Pia und ich haben uns grad überlegt, ob wir nicht einen Happen essen gehen, ehe wir uns gemeinsam um dich kümmern.« Walter streichelte ihr Kinn, aber Meike entzog sich seiner Berührung.

Interessant, dachte Pia. Sie spielte die Unnahbare.

»Ich will mit der Frau da nichts zu schaffen haben«,

sagte Meike. Sie machte sich von Walter los und verschränkte die Arme.

»Kein Problem«, sagte Pia. Vielleicht war die Idee ohnehin ein bisschen zu verrückt. »Schönen Abend noch, ihr zwei Turteltäubchen.«

Sie drehte sich um und ging. Meine Güte, was für eine eingebildete Ziege! Das musste sie sich echt nicht geben.

Sie hörte Walter, der ihr etwas hinterherrief, aber sie hob nur die Hand. Lass mich, sollte das heißen. Lass mich, ich hab genug gehört.

Sie verließ die Modenschau und fuhr wieder zurück ins Loft. Rebus war noch wach, im Gebäude brannten alle Lichter. Sie war erleichtert. Trotzdem blieb sie ein paar Minuten vor dem Fabrikgebäude im Auto sitzen, lauschte der Musik im Radio und stellte sich vor, wie sie zu ihm reinging. Wie er sie begrüßte und wie sie sich zu ihm setzte. Wie sie redeten und er sie flüchtig berührte.

Es wäre heute leicht gewesen, mit einem anderen Mann nach Hause zu gehen. Egal, ob nun mit Walter und seiner etwas verrückten Freundin oder einem Wildfremden, den sie aufgegabelt hätte. So hatte sie es früher gemacht, wenn sie einsam war. Ein Blick hätte genügt, ein Lächeln, schon wäre man ins Gespräch gekommen, und bald hätte sie gewusst, ob der Mann Interesse an ihr und einem kleinen Abenteuer zwischendurch hatte.

Früher war das ganz leicht gewesen.

Heute hätte sie das auch tun können, aber Rebus' Worte hallten in ihr nach. Dass er es nicht duldete, wenn sie mit anderen Männern schlief. Und nach dem

Brand in ihrer Wohnung hatte er sie nicht nur bei sich aufgenommen, er hatte ihr Zeit gelassen, sich von dem Schrecken zu erholen. Er war für sie da gewesen, als sie sich ganz allein gefühlt hatte auf der Welt.

Sie zog den Schlüssel aus dem Zündschloss und stieg aus dem Mini, ging rasch zum Loft und benutzte den Haustürschlüssel, den Rebus ihr überlassen hatte. Unten lief der Fernseher, und auf dem Herd stand ein Schmortopf, dem ein köstlicher Duft entströmte. Sie hob den Deckel: Lammragout mit viel Gemüse. Er sorgte gut für sie.

Sein Arbeitsbereich war leer, die Computer ausgeschaltet. Sie streifte die Stiefel ab, lief auf Strümpfen nach oben. Die Dusche in seinem Badezimmer rauschte.

Pia stand in der Tür zu seinem Schlafzimmer. Sie sah das Andreaskreuz, stellte sich vor, was er mit ihr machen könnte. Es barg keine Schrecken mehr für sie. Was er damals getan hatte, war gut und richtig gewesen – es hatte ihr gefallen.

Sie legte ihre Kleidungsstücke ab, eins nach dem anderen. Nackt betrat sie das Badezimmer, in dem heißer Wasserdampf waberte. Sie trat zur Dusche, öffnete die Tür.

Rebus drehte sich zu ihr um. Er wirkte nicht überrascht, sie so zu sehen. Mit einer Hand zog er sie in die Duschkabine. Heißes Wasser prasselte auf sie nieder, und erst jetzt spürte sie die Anspannung und wie sie langsam von ihr abfiel.

Er legte die Hände behutsam auf ihre Schultern. Ihre Brüste drückten gegen seine Brust.

»Ich habe schon auf dich gewartet«, flüsterte er.

»Du hast gekocht«, wisperte sie.

»Lammragout.. Dazu gibt's Spätzle.«

Sie seufzte. Gutes Essen, guter Sex und starke Arme, die sie festhielten. Es war so einfach, sie glücklich zu machen.

»Küss mich«, flüsterte sie, während das Wasser auf ihren Kopf prasselte.

»Bist du sicher?«, fragte er ernst.

»Ja, verdammt!« Ihre Hände umschlossen sein Gesicht, und sie zog ihn zu sich herunter.

Seine Wangen waren stoppelig, die Lippen weich. Der Kuss kitzelte, und sie kicherte wie ein Teenager.

»Was denn?«, fragte er, nachdem sie sich atemlos von ihm gelöst hatte. »Was ist denn, meine Schöne?«

Meine Schöne.

»So hat mich noch nie jemand genannt«, gab sie zu.

»Dann wird's höchste Zeit.« Sie küssten sich erneut. Diesmal war Rebus derjenige, der den Kuss unterbrach. »Ich sollte aus der Dusche steigen«, murmelte er.

»Nein, warum?« Sie hielt ihn fest.

»Na ja …« Er zeigte auf seine Erektion. »Ich will nicht, dass du dich irgendwie …«

»Dass ich mich verpflichtet fühle?« Ohne zu zögern, umfasste sie seinen Ständer. Ihre Hand glitt an ihm auf und ab. Er hatte einen wunderbaren Schwanz. Hart, dick, leicht nach oben gebogen. Unter der seidigen Haut traten die Venen deutlich hervor. »Keine Sorge. Ich sag schon, wenn es mir zu viel wird.«

Doch im Moment konnte es gar nicht zu viel sein für sie.

Pia ging vor Rebus auf die Knie. Sie umfasste seinen Schwanz mit der einen Hand, während sie mit der anderen versuchte, irgendwo Halt zu finden.

Schließlich krallte sie sich in seinen Hintern. Rebus stöhnte auf.

Das Wasser prasselte weiter auf sie nieder, als sie ihn in den Mund nahm. Er schmeckte sauber, nur eine winzige Spur seines salzigen Aromas legte sich auf ihre Zunge. Sie nahm ihn tief in sich auf und schloss verzückt die Augen. So wollte sie ihn kommen lassen. Aber schon bald zog er sie hoch.

»Nicht, Pia«, flüsterte er. »Noch nicht.«

Dann begann er, sie zu waschen.

Er begann mit ihren Haaren. Schäumte sie mit Shampoo ein, wusch den Schaum aus, bis es sauber und glatt über ihren Rücken fiel. Dann wusch er ihren Körper. Seine Hände waren heiß und schienen überall zu sein. Sie erbebte und wünschte, er werde ewig so weitermachen. Schließlich stellte er das Wasser ab und lächelte. »Komm, wir gehen ins Bett.«

Er führte sie aus der Dusche. Sie wollte protestieren, als er sie in ein großes Badetuch hüllte und von Kopf bis Fuß abtrocknete. Seine Hände waren ganz sanft zu ihr.

Diese Hände, die ihr genauso gut Schmerzen zufügen konnten, wenn es ihm gefiel. Sie war verwirrt.

Sie gingen in sein Schlafzimmer. Er führte sie zum Bett, und sie setzte sich gehorsam. Was folgte jetzt? Wollte er sie fesseln, schlagen, an ihre Grenzen führen?

Nein.

Er kam zu ihr, und sie legten sich einfach in Löffelchenstellung aufs Bett. Rebus zog die Bettdecke über ihre beiden Körper. Pia lag vor ihm, sein harter Schwanz drückte sich zwischen ihre Arschbacken. Sie spürte ihre Nässe, das leise Pulsieren zwischen ihren Schenkeln. Sie wollte ihn so sehr …

»Langsam«, flüsterte er, und sie musste lachen, weil sie sich so heftig gegen ihn drängte. Weil es für sie nicht langsam ging. Nicht jetzt, nachdem sie mit ihm dort war, wo sie den ganzen Tag hatte sein wollen.

Ohne Umschweife glitt er in sie hinein. Heiß fühlte er sich an in ihr. Seine Hände umfassten ihre Brüste, und sie stöhnte. Ihre Hände suchten und fanden nichts als kühle Laken.

»Lass dich einfach fallen«, flüsterte er. Seine Lippen vibrierten an ihrem Ohr, und er knabberte verführerisch an ihrem Ohrläppchen.

Sie wusste nicht, ob es an dem ausgedehnten Vorspiel lag, an den Stunden, die sie da draußen ohne ihn verbracht hatte, während sie sich nach ihm sehnte, oder ob dieses kleine, zarte Beißen in ihr Ohrläppchen genügte, aber sie schrie erstickt auf. Ihr Orgasmus kam so heftig über sie, dass sie das Gesicht im Kissen vergrub und sich nicht mehr zu erinnern vermochte, warum sie so lange darauf gewartet hatte.

* * *

Er lauschte ihren Atemzügen im Dunkeln. Sie war direkt nach dem Sex eingeschlafen, in seine Arme gekuschelt und mit einem seligen Lächeln auf den Lippen. Er löste sich behutsam von ihr, küsste sie auf die Stirn und zog sich leise an. Pia bewegte sich im Schlaf und murmelte etwas Unverständliches.

Nachdem sie die letzten Stunden auf der Modenschau verbracht hatte, war sie zurückgekehrt. Zu ihm. Es hätte kaum ein deutlicheres Zeichen für ihn geben können. Sie kam zu ihm und wollte ihn.

Das hatte er sich erhofft.

Er küsste sie wach. »Ich bin unten und mach die Spätzle. Kommst du gleich?«

Sie murmelte verschlafen irgendetwas. Er ging runter und kümmerte sich ums Abendessen.

Er war kein häuslicher Mann. Eigentlich hatte er sich bisher nie damit aufgehalten, die Frauen zu verwöhnen, die in sein Leben traten und irgendwann wieder verschwanden. War bei Pia also alles anders? War sie die richtige Frau, mit der er auf Dauer glücklich werden konnte?

Vielleicht mussten sie das ausprobieren. Vielleicht musste er auf Abstand gehen, bevor sie wieder diese Nähe zulassen konnten, die ihm so gut gefiel.

Pia kam wenige Minuten nach ihm in die Küche. Sie trug einen Pullover, Jeans und dicke Strümpfe. Während er die Spätzle kochte, das Ragout abschmeckte und den Wein entkorkte, saß sie mit angezogenen Knien am Tisch und beobachtete ihn.

»Ich hab dich vermisst«, sagte sie leise. »Ich … Sonst mag ich's eigentlich, da draußen zu sein. Bei diesen Modenschauen, den Partys, all diesen Veranstaltungen, zu denen man geht, weil man gesehen werden will. Aber heute wollte ich eigentlich nur zu dir zurück.«

Rebus atmete tief durch.

»Ich habe auch nachgedacht«, fing er an. »Über uns. Du wohnst jetzt seit einer Woche hier, und ich dachte …«

»Ja?«

Er drehte sich zu ihr um. Die braunen Locken ringelten sich wild und noch etwas feucht um ihr hübsches Gesicht.

»Ich denke, es wird das Beste sein, wenn du dir eine andere Bleibe suchst. Tut mir leid, aber ich fürchte sonst, dass wir uns was vormachen.« Das Wasser für die Spätzle kochte. Er kippte sie in den Topf.

»Wir machen uns was vor?« Sie schüttelte leicht den Kopf, als könnte sie nicht glauben, was er sagte. »Wie meinst du das?«

Er seufzte. »Ich kann verstehen, wenn du Gefühle für mich entwickelst. Romantische Gefühle«, fügte er hinzu. »Aber sollten wir nicht möglichst früh herausfinden, ob du das tust, weil du mich wirklich magst? Oder weil ich dich gerettet und dir ein Dach über dem Kopf verschafft habe?«

Rebus sah, dass seine Worte sie verletzten. Vielleicht war es doch keine so gute Idee gewesen. Vielleicht irrte er sich. Oder er behielt auf grausame Weise recht, denn jetzt weinte sie nämlich. Das tat ihm unendlich leid, und er musste schwer an sich halten, um nicht zu ihr zu eilen und ihr zu versichern, dass alles gut war. Dass er's nicht so meinte.

Pia stand auf. »Dann gehe ich jetzt wohl lieber.«

»Du kannst doch noch zum Essen bleiben.« Er hätte ihr gern erklärt, warum ihm das so wichtig war. Dafür hätte er ihr eine Menge über seine Vergangenheit erzählen müssen, und er wusste nicht, ob er dafür schon bereit war.

»Nicht nötig«, hörte er sie sagen. »Mir ist der Appetit vergangen.«

Schade ums Lammragout. Schade um den Wein.

Er wusste, er würde heute auch keinen Bissen mehr herunterbringen.

11

Sie packte die wenigen Sachen, die sie sich nach dem Brand neu angeschafft hatte. Es war schon erstaunlich, auf wie viele Dinge man verzichten konnte, wenn man erst mal auf sich selbst zurückgeworfen wurde.

Dann ging sie ohne ein Wort des Abschieds, warf die Sporttasche mit ihren Sachen auf den Beifahrersitz ihres Minis und brauste in die Dunkelheit.

»Ich darf nicht heulen, ich darf nicht heulen«, flüsterte sie beschwörend. Aber so einfach war es nicht.

Sie hatte ihm vertraut. Sie war zurückgekommen, obwohl Walter ihr ein eindeutiges Angebot gemacht hatte. Obwohl sie sogar Lust darauf gehabt hätte.

Wohin sollte sie jetzt gehen? Zu Walter? Sie wusste nicht, wo er war, und vermutlich würde die blonde Meike ihr lieber die Augen auskratzen, statt Pia näher als zwingend nötig an ihn heranzulassen. Zurück konnte sie nicht. Rebus' Worte taten schrecklich weh. So durfte kein Mann mit ihr umspringen, auch nicht, wenn er glaubte, sich ein exklusives Recht auf sie erworben zu haben.

Sie scrollte an der nächsten roten Ampel durch das Adressbuch ihres iPhones. So viele Leute kannte sie noch nicht in Berlin, bei denen sie ohne Probleme für ein paar Tage unterschlüpfen konnte …

Sie fuhr in die Innenstadt. Irgendwo in Mitte würde sie schon ein Hotelzimmer finden. Morgen hatte sie einen Termin mit einer neuen Kundin, die Pia monatlich für einen Nachmittag buchen wollte. Sie musste arbeiten, weitermachen, sich mit der Versicherung herumärgern und in einem Hotel wohnen. Nichts davon schien ihr im Moment auch nur annähernd möglich zu sein.

Sie rief schließlich Frederick an.

»Bist du schon wieder in deiner Wohnung?«, fragte sie als Erstes.

»Seit drei Tagen. Aber ich muss dringend alles renovieren. Der Rauch und das Löschwasser haben erheblichen Schaden angerichtet.«

Ihre Hoffnung schwand. Trotzdem fragte sie vorsichtig nach. »Du hast nicht zufällig ein Bett im Gästezimmer für mich frei? Und wenn's nur für ein paar Tage ist, ich brauche einfach einen Ort, wo ich unterschlüpfen kann, bis ich mir eine andere Bleibe gesucht habe.«

Kurz war es still in der Leitung. »Dann willst du wegziehen?«

Er klang ehrlich enttäuscht.

»Was soll ich noch in dieser Wohnung? Fast alles ist kaputt, und bis sie renoviert ist, können Monate vergehen.«

»Mein Gästezimmer steht dir zur freien Verfügung, jederzeit und so lange du willst.«

»Mir genügen erst mal ein paar Nächte.« Sie atmete erleichtert auf. »Dann kann ich zu dir kommen, ja?«

»Ja, natürlich. Ich erwarte dich.«

Bei Frederick war alles anders als bei Rebus. Pia

wusste nicht genau, warum sie es so empfand. Irgendwie kühler, obwohl sie spürte, wie sehr er sich bemühte, sie herzlich aufzunehmen.

Da war zunächst das Gästezimmer, dem man ansah, dass es selten genutzt wurde – wenn es überhaupt genutzt wurde. Der Teppich war beigefarben und hochflorig und so lange mit dem Staubsauger bearbeitet, bis sie nackten Fußes drüberlaufen konnte, ohne dass ein Krümel in ihre Fußsohle pikte. Das Bett: weiß und makellos, sowohl die Tagesdecke, als auch die Zierkissen und das Daunenbett darunter. Frisch bezogen und vermutlich alles gebügelt.

Der Nachttisch wirkte ebenso perfekt, ein Strauß gelbe Tulpen als einziger Farbtupfer. Darauf lag ein Buch, das sie aber nicht interessierte und das sie deshalb in der Schublade verschwinden ließ.

Frederick zeigte ihr ein Schrankfach, in dem sie ihre Sachen verstauen konnte. Die anderen Fächer waren abgeschlossen.

»In zehn Minuten gibt's was zu essen. Danach können wir einen Film schauen, wenn du magst.« Sprach's und zog die Tür hinter sich zu.

Pia blieb in der Mitte des Raums stehen. Dann setzte sie sich probeweise aufs Bett.

Eine Nacht würde sie es hier schon aushalten, zur Not auch zwei. Danach musste sie sich schleunigst etwas anderes suchen.

Sie mochte Frederick, aber irgendwie fühlte sie sich bei ihm nicht wohl. Irgendwie war sie ein Fremdkörper in seiner Wohnung.

Dieses Gefühl verstärkte sich noch, als sie zehn Minuten später mit ihm am Esstisch saß. In der Küche bemerkte sie den riesigen dunklen Fleck an der Decke, den er peinlich berührt als den Wasserschaden auswies, der aufgrund der Löscharbeiten in der Etage darüber entstanden war. Er warf ihr einen kurzen vorwurfsvollen Blick zu, als wäre dieser Wasserschaden ihre Schuld.

»Weiß man inzwischen, wer es war?« Die Wahl seines Gesprächsthemas war auch nicht gerade dazu angetan, dass sich Pias Laune verbesserte.

»Keine Ahnung. Ich hab nichts mehr gehört.«

»Es gab wohl gestern schon wieder einen Brandanschlag. Diesmal in einer Wohnung in der Nähe vom Zoo.«

Das Gespräch kreiste immer wieder um dieses eine Thema. Wer legte denn bitte schön diese Brände, was bezweckte derjenige wohl damit, wie gelangte er in die Wohnungen? Pia schwirrte nach einer halben Stunde der Kopf, also täuschte sie Kopfschmerzen vor und zog sich in ihr Zimmer zurück.

Jetzt wäre ihr Rebus' reichhaltige Bibliothek ganz recht, dann könnte sie ein Buch aussuchen und sich ins Bett kuscheln. Dann wäre es ihr egal, dass Frederick sich irgendwie komisch benahm.

Sie hielt es ungefähr zwei Stunden in diesem sterilen Gästezimmer aus. Nichts als Stille war in der Wohnung zu hören. Greifbare Stille, die ihr ziemlich bald gewaltig auf die Nerven ging.

Pia stand auf und zog sich an. Die Nacht war nicht mehr jung, aber kurz vor Mitternacht war in den angesagten Clubs die Stimmung genau richtig, um ein bisschen Spaß zu haben. Als sie den Flur durchquerte und vom Schlüsselbrett den Schlüssel nahm, den Frederick ihr dort hingehängt hatte – damit sie jederzeit kommen und gehen könne, hatte er gesagt –, blieb alles still. Trotzdem hatte sie das unangenehme Gefühl, dass ihre Flucht nicht unbemerkt blieb.

Im Hausflur atmete sie durch. Es stank nach Wirsingeintopf, aber alles schien ihr besser als die klinische Sauberkeit in Fredericks Wohnung.

Bei ihrem ersten Besuch war ihr das gar nicht so aufgefallen. Hatte er sich seit dem Brand so sehr verändert? Oder war sie empfindlicher geworden?

Egal. Sie brauchte erst mal eine Zigarette, einen ordentlichen Drink oder einen netten Kerl, mit dem sie in einer dunklen Ecke rumknutschen konnte. Am besten alles auf einmal.

Sie setzte sich auf die Treppe, zwängte die Füße in die Stiefel, die sie sich erst vor wenigen Tagen im Internet bestellt hatte. Vermutlich tanzte sie sich in dieser Nacht ein paar schmerzhafte Blasen.

Das war es wohl wert.

Sie trat auf die Straße. Schnee fegte in Böen über den Asphalt. Taxis rauschten vorbei, und es war ganz leicht, eines heranzuwinken. Sie sank in die Polster, und als der Taxifahrer fragte, wohin sie wollte, sagte sie nur: »Dorthin, wo heute Nacht getanzt wird.«

Er verstand, oder auch nicht, das würde sie erst am Ziel ihrer Fahrt feststellen.

In dieser Nacht stieg eine Party in einem Club, einem ehemaligen Bunker, wie es in Berlin vermutlich Dutzende gab. Vor der Tür wartete niemand auf Einlass, der Türsteher musterte sie interessiert. Er gefiel ihr auch, doch wollte sie sich nicht gleich in der Tür flachlegen lassen, solange sie nicht wusste, was sie *hinter* dieser Tür erwartete.

»Später, mein Süßer«, meinte sie, und er grinste zufrieden, als ob sie ihm schon einen geblasen hätte.

Im Innern zeigte sich das, was sie von Clubs dieser Art erwartete: dunkle Wände und Tanzfläche, zuckende Lichter, Leiber, die verschwitzt und abgehackt hin- und herschwankten. Jemand kam auf sie zu, der glaubte, seine Freundin in ihr zu erkennen, und er drückte ihr ein Glas in die Hand. Ehe er den Irrtum bemerkte, hatte sie den Wodka mit Cranberry schon zur Hälfte ausgetrunken.

»Danke!«, rief sie über die Beats hinweg, und er machte eine Verbeugung. Geradezu spöttisch grinste er sie an.

Sie musterte ihn genauer. Vielleicht hatte er sie auch gar nicht für eine andere gehalten, sondern sie bewusst ausgewählt.

Er war groß, muskulös, etwa in ihrem Alter, trug ein Flanellhemd. Sein Blick war offen, die Lippen schmal, die Nase plattgedrückt wie die eines Boxers. Aber was kümmerte sie die Nase, wenn der Rest stimmte? Sein Lächeln war es, das Pia fesselte. Sardonisch, beinahe kalt. Berechnend.

Er hatte sie ausgesucht. Er wollte sie – und sie hatte absolut keine Ahnung, ob das gut war.

Normalerweise hatte sie ein Gespür für die Männer, die ihr nicht guttaten. Ein schmerzliches Ziehen im Magen, das sich wellenartig im ganzen Körper ausbreitete. Aber jetzt … Er beugte sich zu ihr, sagte etwas. Sie nickte. Er schlug vor, in ein Séparée zu gehen, dort habe man mehr Ruhe.

Warum auch nicht? So was passierte ihr ja ständig, weil es ihr anscheinend auf die Stirn geschrieben stand, dass sie Sex mit Fremden wollte.

Sie ließ es zu. Irgendwas in ihr wehrte sich dagegen, aber sie konnte trotzdem nicht anders. Der Fremde zog sie an der Hand durch das Gedränge.

»Wie heißt du?«, flüsterte er, als sie eine Tür erreichten, die wegführte von den Tanzenden und Feiernden.

»Nenn mich Sandy«, flüsterte sie.

Für diese Nacht war sie eine andere.

»Sandy, hm?«

Sie blickte sich in dem Raum um. Ein Sofa in der Mitte des Raums, auf dem Boden eine Kiste mit ein paar Sexspielzeugen. Drei Männer standen an der Wand und betrachteten sie gierig. Der Typ im Flanellhemd war also der vierte, er stellte sich als Karsten vor.

»Sandy ist ein guter Name«, meinte einer der drei anderen.

»Weißt du, was wir hier machen, Sandy?« Mr Flanellhemd drehte sich zu ihr um und musterte sie prüfend. »Kannst du es dir denken?«

Sie schaute sich um. Vier Männer, eine Kamera. Sexspielzeug. Eine Frau.

»Drehen wir einen Porno oder was?«

Die vier strahlten sie an. »Richtig!«, meinte Karsten. »Seht ihr? Klug ist sie auch noch.«

Ihre Gedanken rasten. Anscheinend hatten die vier nach einer Frau gesucht, die mit ihnen Amateurvideos drehte. Die Vorstellung reizte sie, vor allem weil keiner von den Typen irgendwie abstoßend wirkte. Mit denen hätte sie bestimmt eine Menge Spaß.

»Was springt für mich dabei raus?«, fragte sie herausfordernd. »Ihr wisst schon. Honorar?«

Karsten und seine Kumpel blickten einander ratlos an.

»Ihr habt doch nicht allen Ernstes gedacht, dass ich's für lau mit euch mache?«

»Bist du 'ne Nutte oder was?«, meinte einer von den drei Möchtegernpornostars. Er trug ein Käppi und hatte einen Dreitagebart.

»So haben wir nich' gewettet, Karsten«, nuschelte der Zweite. »Du hast gesagt, du suchst da unten ein Mädchen, und wir fragen es, ob's mitmacht. Nie im Leben hätt' ich gedacht, dass da so eine bei is', die echt Lust auf einen Pornodreh hat.« Er verschränkte bockig die Arme.

Jetzt war Pia überrascht. »Moment mal.« Sie drehte sich zu Karsten um. »Es geht euch gar nicht um einen Amateurvideodreh? Ihr tut nur so, als wolltet ihr das machen? Und was kommt als Nächstes?«

»Na ja«, druckste Karsten sichtlich verlegen rum. »Danach haben wir mit den Mädels ein bisschen geredet und ein Bier getrunken oder zwei. Dann sind sie wieder abgezischt.« Es schien ihm echt peinlich zu sein.

»Wozu dann die ganze Show? Meine Güte, Jungs! Ich hätte beinahe mitgemacht, aber wenn ihr nicht genug Mumm habt, werde ich mir wohl heute Nacht wen anderes suchen müssen.« Sie wollte zur Tür gehen, aber Karsten war schneller.

Er packte ihren Arm. »Wohin denn so eilig?«, fragte er leise. »Wir können über alles reden, glaub mir. Also, wenn du unbedingt möchtest …« Er räusperte sich. »Hundertsechzig Euro.«

»Hundertsechzig Euro? Mehr nicht? Entschuldige, aber jetzt bin ich beleidigt.« Langsam fand sie Gefallen an dieser absurden Situation.

»Ich hätt' wohl auch noch fünfzig.« Mr Käppi kratzte sich am Kopf. »Also, wenn du Lust hast …«

Sie spielte mit den Kerlen, und das gefiel ihr. Sie sah das Glitzern in ihren Augen, erahnte die harten Schwänze in den Hosen und wusste, dass sie alle vier schon jetzt in der Hand hatte und nach Belieben mit ihnen verfahren konnte.

»Was wollt ihr denn von mir?«, fragte sie vorsichtig.

Die Männer schauten sich verlegen an. Keiner antwortete.

O Mann, dachte sie. Das droht ja, zu einem Fiasko zu werden.

»Okay, Jungs, ich sag euch was. Ich geh jetzt da vorne in den angrenzenden Raum«, sie zeigte auf die zweite Tür, die aus dem Raum führte, »und warte fünf Minuten. Dann komme ich raus und möchte, dass ihr bereit seid für das, was ihr von mir wollt, und dass ihr klipp und klar sagt, was ihr wollt. Okay?«

Die vier nickten widerstrebend.

»Und werft das Geld zusammen. Ich lass mich nicht mit zweihundert Euro abspeisen, wenn ihr alle vier Spaß haben wollt.«

Sie stolzierte zur Tür. Obwohl ihre Knie zitterten, schaffte sie es, sich den Anschein zu geben, völlig cool zu sein.

Vier Männer.

Einer hätte ihr in dieser Nacht allemal genügt, aber vier Männer – das war noch viel besser.

Sie hoffte, die vier einigten sich. Dass sie Geld verlangte, sollte ihnen klarmachen, dass keine Frau sich einfach so von vier Männern ficken ließ – obwohl Pia kein Problem damit hätte, es ohne finanzielle Gegenleistung zu tun.

Ihr genügte es, von vier Männern verwöhnt zu werden.

Sie wartete ein paar Minuten. Dann begann sie, sich auszuziehen: Strumpfhose aus, Stiefel wieder an. Den Pullover, den sie trug, würde sie nicht lange anbehalten, aber sie käme sich albern vor, wenn sie nur in BH und Rock zurückkäme.

Dann atmete sie tief durch und lauschte ein letztes Mal vor der geschlossenen Tür. Auf der anderen Seite herrschte gespenstische Stille.

Sie ging wieder hinein und sah die Kamera. Aber vor allem sah sie die drei Männer, die sich bereits entkleidet hatten und ihr erwartungsvoll entgegenblickten, die Schwänze jeweils mit einer Hand umfasst.

Zufrieden stellte sie fest, dass alle drei gut gebaut waren. Und gut bestückt waren sie zum Glück auch. Karsten rief irgendwo im Hintergrund etwas, das sie nicht verstand.

Irgendwie hatten sie noch einen Futon herbeigeschafft, der mitten im Raum stand. Das Sofa war an die Wand gerückt. Pia schritt auf das Bett zu und setzte sich hin. Sofort traten zwei der Männer zu ihr und hielten ihr die Schwänze ins Gesicht.

Sie lächelte leicht. »Wie heißt ihr denn?«, fragte sie mit glockenheller Stimme.

Die beiden grinsten sich an. Einer war Mr Käppi, der aber darauf verzichtet hatte, das Käppi aufzubehalten. Wofür Pia ihm insgeheim dankbar war.

»Das ist Thorsten«, stellte Mr Käppi seinen Freund vor. »Mich kannst du Georg nennen.«

»Also gut. Thorsten …« Sie lehnte sich leicht zurück. Thorsten stützte sich mit einem Knie auf die Matratze. Sein Schwanz war ihrem Mund ganz nah, und sie schnappte danach. Er schmeckte sauber, und sie umkreiste mit der Zunge seine Eichel. Dann packte sie seinen Schwengel an der Wurzel und nahm ihn tief in den Mund.

Von der anderen Seite kam nun auch Georg zu ihr auf den Futon, während Karsten hinter der Kamera stand und sichtlich erregt war. Sie hatte fast etwas Mitleid mit ihm, weil er nicht daran gedacht hatte, ein Stativ für die Kamera zu besorgen.

Armer Karsten.

Georg beschränkte sich zunächst darauf, Pia zu streicheln. Ihren Oberkörper, die Brüste. Seine Hand glitt zum Reißverschluss ihres Rocks, er wollte sie möglichst schnell nackt sehen. Sie hob den Hintern, damit er ihr den Rock ausziehen konnte.

Dann halfen beide Männer ihr aus dem Pullover. Anschließend schnappte Pia sich Georgs Schwanz und lutschte ihn hingebungsvoll. Er war etwas dicker und nicht ganz so lang. Ein prächtiger Schwanz. Sie stöhnte verhalten.

Während sie Georg verwöhnte, kniete sie sich hin, ihren Po der Kamera zugewandt. Thorsten ließ seine flache Hand auf ihren Hintern niedersausen, der satte Klang hallte durch den großen Raum.

»Gefällt dir das?«, murmelte er, worauf sie mit einem neuerlichen Stöhnen antwortete.

Die Jungs konnten jetzt kaum mehr etwas falsch machen. Sie war schon jetzt so nass, dass sie sich fragte, ob einer von den dreien überhaupt was spüren würde, wenn er in ihre Möse eindrang.

Thorsten zog langsam ihr Höschen herunter. Sie spürte Karsten, der näher trat, während Thorsten ihre Pobacken spreizte.

»So ein schöner Arsch«, murmelte er.

Sein Zeigefinger tauchte in ihre Nässe ein. Er fuhr mit dem Finger über ihre Kimme und massierte ihr Arschloch.

Pia verkrampfte sich für einen kurzen Moment. Vielleicht hätte sie mit den Männern vorher die Grenzen abstecken sollen.

Zu spät.

Sie musste einfach darauf vertrauen, dass die Wünsche der vier ihr nicht zu weit gingen.

Wo war eigentlich der vierte Kerl? Sie versuchte, sich umzusehen, aber Georg drückte ihren Kopf nieder, und Thorsten verteilte ihren Mösensaft großzügig auf ihrem Arsch und unterhielt sich derweil leise mit Karsten darüber, wie geil das war.

Von Nummer vier war nichts zu sehen.

Sie widmete sich wieder Georgs Eiern und leckte seinen Schwanz, bis er sie sanft von sich herunterschob.

»Sieh mal, was wir für dich haben.«

Der Vierte war zurückgekehrt. Er hielt ein Seil zwischen den Händen. Ein weiches, helles Seil. Sie wollten ihr einen Harness anlegen.

»Bist du damit einverstanden?«, fragte Thorsten.

Sie nickte stumm. Ihr Mund fühlte sich trocken an.

Thorsten nickte seinem Kumpel zu, und der trat langsam näher.

»Christian wird jetzt deinen Körper einschnüren. Es wird nicht weh tun, er versteht sein Handwerk. Vertraust du ihm?«

Wieder nickte Pia.

Es war ganz einfach.

Christian war sehr geschickt, und es dauerte keine drei Minuten, bis er ihr einen perfekten Harness angelegt hatte. Die Knoten auf Höhe ihrer Brüste, des Solarplexus und ihres Schambeins waren perfekt geknüpft. Als Georg sich über sie beugte und hart an ihrem linken Nippel sog, glaubte Pia, sie müsste im nächsten Moment auf den Teppich tropfen, so nass war sie.

Christian schob sie wieder auf den Futon, und Thorsten kniete sich davor. Er lächelte zufrieden. Seine Hand fuhr über ihre Muschi, und sie zuckte, weil er sie in die Klit kniff. Dann drang er mit drei Fingern gleichzeitig in ihre Möse ein.

Georg und Christian knieten über ihr, beide hielten ihre Schwänze in der Hand. Als Thorsten seinen Ständer fest gegen Pias Möse drückte, steckte Georg ihr zugleich seinen Schwengel in den Mund. Christian begnügte sich für den Augenblick damit, ihre Nippel fest zu kneifen.

Dann ging es sehr schnell. Auf den ersten Orgasmus hatte sie zu lange warten müssen, weshalb er etwas plötzlich und unaufhaltsam über sie hinwegrauschte. Er war schon vorbei, ehe er überhaupt begonnen hatte. Pia stöhnte enttäuscht auf. Thorsten schien zu glauben, er müsste einfach nur das Tempo erhöhen. Er fickte sie jetzt wild und mit vollem Körpereinsatz, bis sein Schweiß auf ihren Bauch tropfte.

Als Thorsten fertig war und aufstand, nahm Georg

seinen Platz ein. Er drehte Pia um, so dass sie mit dem Bauch auf dem Futon lag, ihr Hintern ragte in die Luft. Thorsten und Christian hockten links und rechts neben ihr auf der Matratze und streichelten sich, während Georg ihre Kimme mit ihrem Saft massierte. Ein Finger schlüpfte in ihr Arschloch. Es ging ganz leicht. Inzwischen war sie völlig entspannt und bereit, alles mit sich machen zu lassen, solange es ihr mehr brachte als diesen Miniorgasmus.

Der Gedanke, dass sie bei Rebus mittlerweile vermutlich dreimal gekommen wäre, fuhr ihr durch den Kopf. Aber das war leider in diesem Moment nicht besonders hilfreich. Rebus war weit weg, und sie würde ihn vermutlich nicht wiedersehen.

Er hatte sie rausgeschmissen.

Erstickt stöhnte Pia auf, als Georg seinen Penis gegen ihre Rosette drückte. Er drang vorsichtig in sie ein, und seine Hand glitt nach vorne, um zugleich ihre Klit zu massieren. Ein tiefes, zufriedenes Grollen entrang sich seiner Kehle, als er begann, sich in ihr zu bewegen.

Vielleicht hat Rebus mich gar nicht deshalb vor die Tür gesetzt, weil er mich loswerden will. Vielleicht hat er ja Angst vor zu viel Nähe. Dann wären seine Motive ihren eigenen nicht allzu fern.

Karsten kreiste mit der Kamera um den Futon. Er murmelte vor sich hin, mit der freien Hand rieb er fahrig seinen eigenen Schwanz.

Pia vergrub das Gesicht in der Matratze und lachte. Meine Güte, dachte sie. Bin das wirklich ich? Muss ich mir denn irgendwas beweisen?

Ein richtiger Arschfick war sonst so ziemlich das Geilste, was sie sich vorstellen konnte. Mit Georg jedoch kam bei ihr nach wenigen Momenten nur große Langeweile auf, und das merkte er auch. Nachdem er sich noch ein bisschen abgemüht hatte, wechselten sie die Stellung.

Als Nächstes legte Christian sich auf den Rücken aufs Bett. Er zog Pia zu sich heran, damit sie sich rittlings auf ihn setzte. Seine Hand führte seinen Schwengel zu ihrem Anus, er drang mit einem heftigen Stoß in sie ein, und Pia schrie auf.

Das war schon besser.

Christians Hände ruhten auf ihren Brüsten, während er sie in den Arsch fickte. Sie lag auf ihm, die Beine leicht gespreizt, ihr Rücken an seiner Brust. Jetzt machte sich Thorsten wieder bereit. Er kniete zwischen ihren und Christians Beinen und drang in ihre feuchte Möse ein.

Zu guter Letzt kam auch noch Georg hinzu. Er packte Pias Kopf mit beiden Händen, und obwohl ihr das in diesem Moment schier unmöglich vorkam, stopfte er ihr den Mund mit seinem Schwanz.

Einen Moment lang wusste sie nicht, was ihr mehr Lust bereitete: der Schwanz in ihrem Arsch, der Schwanz in ihrer Möse – die sich, um das Ganze perfekt zu machen, gleichzeitig bewegten – oder der Schwengel, der tief in ihrem Mund steckte und augenblicklich zu einer Größe anschwoll, die sie kaum bewältigen konnte.

Vermutlich war es eine Kombination von allen dreien, dachte sie noch.

Danach dachte sie gar nichts mehr.

Der nächste Orgasmus kam ebenso überraschend wie der erste, aber er kam mit voller Wucht. Unaufhaltsam spülte er über sie hinweg, und sie schluchzte haltlos auf. Im selben Moment zog Georg seinen Schwanz aus ihrem Mund und spritzte in ihr Gesicht ab. Sie hörte nicht, was er sagte, oder zumindest *verstand* sie es nicht. Die Worte rauschten einfach an ihr vorbei.

Dann kamen auch Thorsten und Christian ziemlich gleichzeitig zum Höhepunkt, und schon war alles recht schnell vorbei. Für Karstens Geschmack *zu* schnell.

»Ihr hättet euch auch mal ein bisschen anstrengen können«, maulte er. »Das waren nicht mal zehn Minuten Material.«

Die Männer ließen von Pia ab. Sie rutschte von Christians Schoß und sank auf das Laken, um erschöpft und zufrieden für einen Moment die Augen zu schließen. Einer fragte, ob sie was trinken wolle. Dann reichte ihr jemand einen weichen Lappen, mit dem sie notdürftig ihr Gesicht abwischte.

Sie nahm das Glas Wasser, das Christian ihr anbot, und trank es aus. Dann sank sie wieder auf den Futon zurück.

Alles ist gut, dachte sie. Alles bestens. Nur eine kleine Orgie mit drei Männern. Vier, wenn sie den Mann hinter der Kamera hinzurechnete.

Sie grinste mit geschlossenen Augen. Siehst du, Rebus, dachte sie. Ich brauch dich nicht. Ich kann auch ohne dich meinen Spaß haben.

Dann schlief sie ein. Die Stimmen um sie verblassten, und schon versank sie in tiefer, beruhigender Dunkelheit.

* * *

Er war ein Idiot.

Natürlich hätte er sich denken können, dass Pia sich von seinen Worten gänzlich unbeeindruckt zeigen würde. Sie war bei ihrem Nachbarn untergeschlüpft und hatte spätabends noch das Haus verlassen, kurz bevor er aufgeben und nach Hause fahren wollte, weil es ihm zu blöd war, vor ihrem Wohnhaus im Wagen zu sitzen.

Aber da war sie. Auf der Jagd wie eh und je.

Pia besaß einen äußerst selbstzerstörerischen Zug. Nur deshalb fürchtete Rebus um ihre Sicherheit. Er folgte dem Taxi zu einem Club und wartete eine Weile vor der Tür. Man ließ sie ein, und er konnte hören, wie sie mit dem Türsteher schäkerte. Mein Gott. Sie machte wirklich jeden Mann an, der ihr über den Weg lief.

Er hatte schon Frauen kennengelernt, die nicht anders konnten. Richtige Nymphomaninnen, bei denen dieses Verhalten krankhaften Ursprungs war. Er hatte sich von diesen Frauen immer schnell verabschiedet, meist noch, bevor sie ihn ins Bett locken konnten. Keine von ihnen hatte sich daran gestört, jede war sofort weitergezogen.

Pia war anders. Er hatte es in ihren Augen gesehen, als er die Worte ausgesprochen hatte. In dem Moment, als er sie fortgejagt hatte, war innerlich etwas in ihr zerbrochen. Er war ein Narr gewesen. Hatte er gehofft, sie würde sich gegen seine Entscheidung auflehnen? Sie war noch immer viel zu labil. Erst die Sache mit ihrem Exlover, dann der Brand in ihrer Wohnung. Er hätte es besser wissen müssen.

Was sie jetzt tat, war der verzweifelte Versuch, sich

lebendig zu fühlen. Und er allein trug die Schuld daran, wenn sie jetzt irgendwas Leichtsinniges unternahm. Er empfand mehr für Pia, und deshalb war er jetzt für sie verantwortlich.

Rebus betrat den Club und schaute sich suchend um. Er genehmigte sich an der Bar eine Cola und verbrachte die nächsten zwanzig Minuten damit, auf der Suche nach Pia systematisch die Menge abzuscannen.

Sie war nicht da.

»Gibt's hier noch andere Räume?«, fragte er den Barkeeper, als er seine zweite Cola bestellte.

Der zuckte mit den Schultern. »Oben gibt's noch die Privaträume. Büro vom Chef und so. Aber da kommt keiner rein.« Misstrauisch musterte er Rebus.

»Okay, danke.« Er steckte dem Mann einen Zehner zu und wandte sich ab.

Es war nicht gut, wenn er auffiel. Gar nicht gut.

Die nächste Viertelstunde musste er damit vergeuden, den Barkeeper davon zu überzeugen, dass er harmlos war. Als Nächstes bestellte er ein alkoholfreies Bier, und nachdem er auch das geleert hatte, verschwand er in Richtung der Toiletten.

Am besten ist es vermutlich, wenn ich mich aus dem Staub mache, dachte Rebus, während er am Urinal stand.

Was brachte es ihm denn, wenn Pia ihm über den Weg lief? Vielleicht hatte sie ja schon irgendeinen Typen aufgegabelt und war mit ihm verschwunden, so dass er gar keine Chance mehr bekommen würde, sie vor einer Dummheit zu bewahren.

Irgendwas sagte ihm jedoch, dass sie noch hier war. Er wusste nicht, woher dieses Gefühl kam, aber es war wohl der Grund, warum er in den großen Raum zurückkehrte und sich wieder suchend umschaute.

Er wartete. Irgendwann würde sie schon auftauchen.

Als er das zweite alkoholfreie Bier an der Bar holte, ertönte plötzlich am anderen Ende ein Schrei, nein, ein Kreischen. Weitere Stimmen fielen ein, dann schrie eine Stimme: »Feuer!«, und im selben Moment brach Panik aus. Sofort stürzten alle Clubgäste auf die grün beleuchteten Notausgänge zu. Der Club leerte sich mit erstaunlicher Geschwindigkeit und gab Rebus den Blick auf das Feuer frei, das ausgebrochen war.

Die Bar an der Stirnseite stand lichterloh in Flammen, ebenso der Vorhang aus Plastikplättchen, der dahinter die Wand zierte. Die Flammen leckten daran hoch, und das Rauschen wurde rasch zu einem Tosen, obwohl der nackte Raum wenig bot, was vom Feuer verschlungen werden konnte.

Die Rauchentwicklung war jedoch kolossal. Und während in diesem Augenblick endlich der Feueralarm aufheulte und die Sprinkleranlage unter der Decke losging, wandte Rebus sich in aller Ruhe zu der Tür, auf der »Privat« stand, obwohl alles in ihm danach schrie zu fliehen.

Er musste Pia finden, und er war sicher, dass sie noch in diesem Gebäude war.

Hinter der Tür gab es einen Flur, von dem mehrere Räume abgingen, aber er wandte sich direkt zur Treppe, weil er Pia nicht im Getränkelager oder im Personalraum vermutete. Auf der Treppe kamen ihm vier Männer entgegen. Drei von ihnen rafften ihre Klamotten an sich, als hätte man sie in flagranti ertappt. Sie starrten Rebus aus schreckgeweiteten Augen an, doch ehe einer der beiden vorderen ihn ansprechen konnte, gab der dahinter Stehende ihm einen Schubs.

»Raus hier!«, brüllte er.

Sie ließen Rebus passieren. Er blickte ihnen nach.

Das ungute Gefühl, das ihn schon die letzte Stunde nicht losgelassen hatte, verstärkte sich nun.

Er stürzte nach oben. Dort gab es nur zwei Türen. Er rüttelte an der ersten, sie war verschlossen. Die zweite war nur angelehnt.

Er stürmte in den Raum und kniff die Augen zusammen, weil das grelle Neonlicht ihn blendete. Er sah Pia auf dem Bett in der Mitte des Raums, den Körper in einen stümperhaften Harness geschnürt, der ihr vermutlich mehr Schmerzen als Genuss verschaffte. Rebus war mit drei Schritten bei ihr.

»Pia. Hörst du mich? Pia?«

Einen Augenblick fürchtete er, sie wäre ohnmächtig, oder Schlimmeres. Doch dann flatterten ihre Lider. Verwirrt blickte sie zu ihm auf.

»Rebus?«, hauchte sie. Ihre Stimme klang heiser.

»Ja. Wer sonst? Komm. Kannst du laufen? Nein, natürlich nicht. Hast du nichts zum Anziehen hier?« Er blickte sich suchend um. Ihre Sachen lagen auf dem Boden verstreut.

Vier Männer. Unglaublich, was diese Frau zu tun imstande war. Es war höchste Zeit, dass er sich um sie kümmerte. Dieses Mal würde er es richtig machen und sie nicht sofort wieder zum Teufel jagen.

Weil es zu lange dauerte, Pia in ihre Sachen zu zwängen – zumal sie noch den Harness trug und ihm keine Zeit blieb, die Knoten aufzuknüpfen –, riss er kurzerhand das Laken von der Matratze und hüllte Pias Körper in das weiße Tuch, das vermutlich mit verschiedenen Körperflüssigkeiten getränkt war.

Er wollte es sich lieber nicht vorstellen. Er wollte sie einfach nur lebend hier herausschaffen.

12

Sie schien jetzt vollends verrückt geworden zu sein, denn als sie richtig zu Bewusstsein kam, wurde sie gerade in die Luft gehoben. Pia murmelte etwas, und die Stimme, die ihr beruhigend antwortete, gehörte eindeutig Rebus.

Ausgerechnet Rebus.

»Was ist …?« Weiter kam sie nicht, denn jetzt roch sie es. In der gleichen Sekunde wusste sie, was los war, und sofort wurde ihr Fluchtinstinkt geweckt. Bloß schnell weg hier.

Sie strampelte und versuchte, sich aus Rebus' Armen zu befreien, aber damit hatte er wohl gerechnet. Er ließ sie nicht los, murmelte beruhigende Worte, flüsterte beschwörend ihren Namen, während sie weiterliefen. Doch dann hustete er im dichten Rauch, der den großen Raum inzwischen zur Gänze ausfüllte.

Laute Stimmen riefen Unverständliches, einer bellte Befehle, andere gehorchten. Zwei Feuerwehrmänner schoben sich an ihnen vorbei.

»Ist da oben noch wer?«, fragte der eine, und Rebus antwortete: »Nein, ich glaube nicht, sie ist die Letzte.«

Er trug sie hinaus. Frischc Luft. Endlich. Draußen sank er auf die Knie. Sofort waren zwei Sanitäter bei ihnen, und eine Trage wurde gebracht, auf die Pia gelegt wurde.

Rebus breitete eine Decke über ihr aus. »Ich will bei ihr bleiben«, hörte sie ihn sagen, und dann bekam sie eine Sauerstoffmaske aufgesetzt, jemand brüllte ihre Vitalzeichen in die Nacht, und hinter der Absperrung drängten sich die Clubgänger und starrten entsetzt herüber.

Hatten die etwa gedacht, so ein Feuer wäre ein Spaziergang, ein Event, ein Erlebnis? Diese Irren …

Dann erst begriff sie, was hier wirklich passiert war. Ein Feuer. Schon wieder.

Sie begann zu zittern. Sofort war da eine Hand, die sich auf ihre Stirn drückte und sie einfach festhielt. »Sieh mich an«, hörte sie Rebus' Stimme.

Sie versuchte zu lächeln, aber das war gar nicht so leicht, weil sie zitterte wie Espenlaub.

»Der Schock«, hörte sie eine andere Stimme sagen, und dann: »Wir nehmen sie mit ins Krankenhaus.«

»Bleib bei mir«, flüsterte sie, »Bitte, Rebus, bleib hier.«

»Ich lass dich jetzt nicht mehr allein«, versprach er ihr.

Sie spürte seine Hand, als sie zum Krankenwagen geschoben wurde. Er ließ sie nicht los, sondern hockte sich einfach neben sie auf den Notsitz am Kopfende ihrer Trage. Der Sanitäter stieg mit ihnen ein, der Wagen ruckelte los. Blaulicht zuckte, aber kein Martinshorn.

Wenigstens schwebe ich nicht in Lebensgefahr.

Dann kam wieder die Dunkelheit.

* * *

Diesmal hatte nicht der Rauch ihr zugesetzt, sondern vor allem der Schock. Rebus blieb so lange wie möglich an ihrer Seite, aber als man sie in einen Behandlungsraum der Notaufnahme schob, musste er draußen warten. Eine junge Ärztin nahm sich seiner an und untersuchte ihn. Eine leichte Rauchvergiftung. Er bekam Sauerstoff, und man legte ihm nahe, sich über Nacht einweisen zu lassen. Aber das wollte er auf keinen Fall.

Er wartete in einem kleinen Raum, dass man ihm Bescheid sagte. Er wusste, dass schon bald die Polizei hier auftauchen und ihm Fragen stellen würde. Aber obwohl er den Club in der Stunde vor dem Brand ständig im Auge behalten hatte, konnte er wohl kaum etwas zur Aufklärung dieses Unfalls beitragen.

Aber eigentlich glaubte er auch nicht an einen Unfall.

Konnte es Zufall sein, dass Pia in dieser Millionenstadt zweimal von einem Brand betroffen war – und das innerhalb weniger Tage? Wohl kaum. Sollte die Polizei glauben, dass wieder der Feuerteufel dahintersteckte, mussten sie überlegen, ob dieser irgendwie mit Pia in Verbindung stand.

Eine schreckliche Vorstellung. Hatte dieser Kerl es etwa auf sie abgesehen?

Nach zwanzig Minuten kamen zwei Streifenpolizisten zu Rebus und befragten ihn ausführlich, doch er konnte ihnen kaum zufriedenstellende Auskünfte erteilen. Als er vorsichtig fragte, ob sie vermuteten, der Feuerteufel könne hinter dem Brand stecken, wechselten die beiden einen Blick, ehe der Kleinere antwortete. »Wieso fragen Sie nach dem Feuerteufel?«

Rebus wusste, wenn er ihnen jetzt von dem Brand

in Pias Wohnung erzählte, machte er sich verdächtig. Aber vermutlich erfuhren sie es ohnehin von Pia.

»Bei Pia Schwarz hat es bereits gebrannt, und Ihre Kollegen schrieben diesen Wohnungsbrand eindeutig dem Feuerteufel zu.«

»Hmhm«, machte der Größere und schrieb etwas auf.

»Waren Sie mit Frau Schwarz zusammen im Club?«

Das war jetzt dünnes Eis, auf dem er sich nur mit äußerster Vorsicht bewegen durfte.

»Nein«, sagte er behutsam.

»Und Sie haben sie oben in den privaten Räumlichkeiten gefunden. Haben Sie gewusst, dass noch Menschen dort sind?«

»Ich habe es befürchtet.« Er atmete tief durch. Scheiß drauf, wenn er sich jetzt verdächtig machte. Sollten die doch denken, was sie wollten. »Ich habe sie gesucht, weil sie nicht unten war. Darum lag es nahe, dass sie in den Privaträumen sein musste.«

Wieder ein »Hmhm« von dem älteren Beamten.

»Frau Schwarz war ja nicht gerade in einem Zustand, in dem man … tanzen geht.« Der Jüngere ging sehr behutsam vor. Trotzdem befürchtete Rebus, die Falle könnte jeden Augenblick zuschnappen.

»Da fragen Sie lieber die vier Männer, die kurz vor uns als Letzte aus dem Gebäude kamen.«

Der Blick, den die beiden Polizisten wechselten, war deutlich.

Sie glauben mir kein Wort.

Was ja durchaus verständlich war. Er hätte vorsichtiger sein müssen. Wenn er jetzt nicht aufpasste, hielten sie ihn am Ende noch für den Brandstifter.

»Können Sie die vier Männer beschreiben?«, fragte der Jüngere.

»Tut mir leid, nein. Es ging alles so schnell.«

Ich wollte zu Pia. Ich habe um ihr Leben gefürchtet.

»Hmhm«, machte der Ältere wieder.

»Irgendwas müssen Sie doch gesehen haben.«

»Drei von ihnen waren nur spärlich bekleidet.«

Pia übrigens auch. Ja, Pia war praktisch nackt, als ich sie da raustrug.

Er wollte nicht daran denken, was das bedeutete. Der Gedanke war zu unglaublich, um ihn zu fassen. Dass Pia mit diesen vier Männern … Nein.

»… am besten mit auf die Wache.« Der Ältere klappte den Notizblock zu. »Wir haben da noch weitere Fragen an Sie.«

Natürlich. Er nickte schicksalsergeben. Wahrscheinlich verdächtigen sie ihn sogar.

»Darf ich wenigstens noch kurz nach ihr sehen?«

Die beiden blickten einander an. Der Jüngere schüttelte kaum merklich den Kopf.

»Ich hab schon verstanden.« Er rutschte von der Liege herunter. »Wollen Sie mir Handschellen anlegen? Oder verlassen Sie sich darauf, dass ich keinen Widerstand leiste?«

Er brauchte einen Anwalt. Und ihm lief die Zeit davon. Wenn man Pia aus der Klinik entließ, tauchte sie vermutlich in der Stadt unter. Er konnte es ihr kaum verdenken. Doch die Vorstellung, sie zu verlieren, war ihm unerträglich.

* * *

Sie wachte auf und wusste erst nicht, wo sie sich befand. In dem gekachelten Raum war es kalt, und das Licht war grell. Sie kniff die Augen zusammen.

Neben der Liege standen ihre Stiefel auf dem Fußboden, und ein paar zerschnittene Seilenden waren alles, was von dem Harness übriggeblieben war.

Das Feuer. Der Rauch. Die starken Arme, die sie aus dem Club trugen.

Rebus.

Jetzt wusste sie wieder alles. Pia erhob sich und tastete nach den Stiefeln. Jemand hatte sie in ein Krankenhaushemd gesteckt. Sie streifte die lästige Sauerstoffmaske ab und versuchte, die Kanüle in ihrem linken Arm zu entfernen.

»Halt, was machen Sie denn da?« Die Krankenschwester stürzte vor und hinderte Pia daran, die Nadel aus dem Arm zu ziehen. »Legen Sie sich lieber wieder hin. Die Ärztin kommt gleich zu Ihnen.«

»Ich will zu Rebus.«

Sie sah jetzt so klar wie seit Tagen nicht mehr.

Er hatte sie gerettet. Er hatte sie auf dem Bett gefunden, hatte sie aus dem Gebäude getragen. Während die vier Männer, die sich vorher mit ihr vergnügt hatten, einfach das Weite gesucht hatten, ohne einen Gedanken an sie zu verschwenden.

Sie wusste nicht, warum er plötzlich im Club gewesen war, doch darüber wollte sie sich später Gedanken machen. Jetzt wollte sie ihn vor allem sehen. Mit ihm reden. Sie wollte ihm erklären, was sie getan hatte. Ihn um Verzeihung bitten.

Dabei gab es dafür im Grunde keine Entschuldigung. Sie hatte es wieder getan. Wieder hatte sie sich in ein

Abenteuer gestürzt, das zu groß war für ihre verletzte Seele.

»Warten Sie einen Moment, ich werde nachschauen.« Die Krankenschwester musterte sie streng, und Pia hob die Hände.

Sie sank wieder auf die Liege zurück. Es war eiskalt in diesem Raum. Hatten die sie etwa schon in die Pathologie verfrachtet, oder warum fror sie so erbärmlich?

Wenige Minuten später glitt die Schiebetür wieder auf, und eine junge Frau betrat den Raum. Sie war jünger als Pia und stellte sich als ihre Ärztin vor.

»Wo ist Rebus?«, wollte sie sofort wissen. »Er ist mit mir zusammen hergekommen. Sie müssen doch wissen, wo er steckt.«

»Es tut mir leid, Frau Schwarz. Ich weiß nicht, wen Sie meinen.«

»Dann gucken Sie doch nach! Sie werden ihn doch in Ihren Unterlagen irgendwo verzeichnet haben!«

Sie spürte, wie das Zittern stärker wurde. Das war kein Frieren. Wut war das, gepaart mit den Nachwirkungen des Schocks.

»Beruhigen Sie sich bitte. Wir werden nachsehen. Ich möchte Sie zunächst untersuchen, ja?« Sie sprach mit Pia wie mit einer Todkranken.

Gehorsam – weil es ohnehin nichts brachte, wenn sie sich jetzt aufregte – ließ Pia die Untersuchung über sich ergehen.

»Wir würden Sie gerne über Nacht hierbehalten.«

Sie winkte ab. »Das haben Sie schon beim letzten Mal versucht. Mir geht es gut, ich will nur nach Hause.«

Die Ärztin zögerte. »Mir wurde mitgeteilt, dass Sie

seit letzter Woche keinen festen Wohnsitz mehr in Berlin haben?«

Jetzt bloß nichts Falsches sagen. »Im Moment wohne ich bei meinem Nachbarn. Seine Wohnung war nach dem Brand schneller wieder bewohnbar.«

»Ach, das ist ja ein Glück. Dann können wir ihn für Sie anrufen.«

Nur widerstrebend gab Pia ihr die Nummer von Frederick. In seine sterile Wohnung zurückzukehren kam ihr irgendwie falsch vor. Aber sie spürte auch, dass die junge Ärztin sie allein nicht gehen lassen wollte. Als wäre sie geisteskrank.

Keine zwanzig Minuten später stand Frederick in der Tür. Er hatte eine Tasche mit Kleidung dabei. Weiß der Teufel, wo er die Sachen so schnell aufgetrieben hatte, zumal sie alle wie angegossen passten.

Er zuckte mit den Schultern. »Ich hab ein gutes Auge. Und ich kenne jemanden bei der Gemeinde, der hat mir ausgeholfen. Die Kleiderstube«, fügte er erklärend hinzu.

Die Sachen machten auf Pia nicht gerade den Eindruck, als hätte jemand sie nach langer Tragezeit zur Altkleidersammlung gegeben. Bei der Jeans war sogar noch das Etikett dran.

Aber sie fragte nicht weiter. Nach dieser Nacht war sie zu müde für irgendwelche Fragen.

»Komm, ich bring dich nach Hause.« Fürsorglich legte Frederick den Arm um ihre Schulter und stützte sie, als wäre sie schwer verletzt. Erst vor der Tür der Notaufnahme machte sie sich los und atmete tief durch.

»Danke, es geht schon.«

»Ich hab da vorne geparkt, ist nicht weit. Brauchst du noch was?«

»Nein, vielen Dank.« Sie wollte jetzt nur noch ins Bett kriechen und endlich schlafen.

»Du hättest mir sagen können, dass du noch wegwolltest.« Frederick klang verletzt. »Ich wäre gern mitgekommen, weißt du?«

»Ach, das glaube ich nicht. Oder gehst du gern in Clubs?«

»Mit dir wäre ich gern hingegangen.« Er schien noch etwas hinfügen zu wollen.

»Nächstes Mal«, versprach sie ihm erschöpft.

Wenn es ein nächstes Mal gab.

Ihr Handy klingelte kurz nach sieben Uhr am nächsten Morgen.

»Wo bist du?«

»Gott, Rebus.« Müde schob Pia das Kissen von sich weg. Die Nachttischlampe brannte noch, und sie brauchte einen Moment, ehe sie begriff, warum.

Sie hatte ohne Licht nicht schlafen können. Sobald es dunkel um sie wurde, roch sie Rauch. Sie hatte das Gefühl, keine fünf Minuten geschlafen zu haben.

»Wo bist du?«, wiederholte er stur. »In der Charité jedenfalls nicht.«

»Nein, ich habe mich heute Nacht auf eigene Verantwortung entlassen.« Sie richtete sich auf, stopfte das Kissen in ihren Rücken und zog die Knie an. »Bist du noch da?«, fragte sie ängstlich. Sie wollte nicht, dass er jetzt auflegte.

»Wir müssen uns unterhalten«, sagte er knapp.

»Ja, bitte.« Erleichterung durchflutete sie.

»Kann ich dich abholen? Ich stehe vorm Haus.«

Sie war sofort hellwach, sprang aus dem Bett und trat ans Fenster. Tatsächlich, sein Wagen parkte auf der gegenüberliegenden Straßenseite.

»Warum tust du das alles?«, fragte sie leise.

Warum bist du da, obwohl ich in die Nacht hinausgehe und fremde Männer aufreiße? Warum lässt du nicht von mir ab? Warum machst du es nur noch schlimmer?

»Ich kann nicht anders. Frühstück bei McDonald's?«

»Ich komm runter.«

Frühstück bei McDonald's war vermutlich das absolute Kontrastprogramm zu dem, was Frederick ihr spätestens in einer Stunde ans Bett serviert hätte. Pia verschlang gierig das McCroissant mit Käse und Schinken. Rebus beobachtete sie belustigt, doch ihr entging auch nicht, wie er die Stirn runzelte.

»Was ist?«, fragte sie leise. »Sagst du's mir?«

»Ich mache mir Sorgen. Um dich.«

Sie atmete tief durch. Schlagartig war ihr der Appetit vergangen.

»Was ich gestern getan habe, war hochgradig dumm«, sagte sie leise und legte das Croissant aufs Tablett. »Ich hätte nicht ... Wie hast du mich überhaupt gefunden?«

Er zuckte mit den Schultern. »Ist das wichtig?«

»Ja. Für mich schon.«

»Ich bin dir gefolgt. Ich wollte mich entschuldigen, weil ich bereue, was ich zu dir gesagt habe. Aber mir fehlte der Mut, und als ich gerade fahren wollte, weil ich dachte, es wäre besser, dieses Gespräch auf den nächsten Tag zu verschieben, da kamst du aus dem Haus. Und du warst auf der Jagd, das habe ich sofort gesehen.«

»Und da hast du gedacht, du schaust mal, was ich dieses Mal anstelle?«

Wieder ein Schulterzucken. Am liebsten hätte sie ihn gepackt und durchgeschüttelt.

»Ich dachte einfach, es wäre nicht schlecht, wenn ich in der Nähe bleibe. Und als das Feuer ausbrach …«

»Ich weiß.« Sie atmete tief durch. »Es wäre zwar vermutlich nichts passiert, aber diese Typen haben mich einfach dort liegen gelassen. Sie wollten vor allem ihre Haut retten.« Sie rührte den Kaffee mit dem Plastikstäbchen um. »Nicht nur ihre Haut«, verbesserte sie sich. »Sie wollten auch nicht mit einer nackten gefesselten Frau erwischt werden. Zwei von ihnen trugen Eheringe.«

»Und das war dir egal? Dass du mit verheirateten Männern eine kleine Orgie feierst, hat dich nicht gekümmert?«

Sie hielt den Blick gesenkt. »Du hast mich fortgeschickt«, erwiderte sie gefasst. »Ich war … verzweifelt. Ich hab mich nicht gespürt, verstehst du?«

Er schüttelte leicht den Kopf.

Sie gab es auf. Dieses Eis war zu dünn, um sich jetzt noch weiter vorzuwagen.

»Jedenfalls hat mich die Polizei nach den Männern befragt. Ich konnte ihnen nicht mal eine anständige Beschreibung liefern, und als ich dann auch noch erzählte, du seist schon mal Opfer des Feuerteufels geworden, waren sie ganz Ohr. Sie haben mich mitgenommen und die ganze Nacht befragt.« Er fuhr sich müde mit der

Hand durchs Gesicht. »Ich hab für die meisten Brände ein Alibi.«

»Aber?«, fragte sie. »Das ist doch gut, oder?«

Er lachte auf. Doch dann war er sofort wieder ernst. »Hast du mal darüber nachgedacht, warum dir das jetzt schon zum zweiten Mal passiert?«

Sie zuckte mit den Schultern. »Pech gehabt? Zweimal zur falschen Zeit am falschen Ort?«

»Immerhin handelte es sich in einem Fall um deine eigene Wohnung.«

»Du meinst, das war kein Zufall?« Plötzlich wurde ihr eiskalt.

Sie schaute an ihm vorbei. Eine Mutter bestellte ihren kleinen Kindern ein Frühstück, der indischstämmige Mitarbeiter hinter dem niedrigen Tresen grinste die Kundin an. Müde Gestalten hingen in den Bänken und hielten sich am ersten Kaffee des Tages fest. Es war erstaunlich ruhig in dem Schnellrestaurant.

»Ich …« Ihre Stimme versagte. »Das ist unmöglich.«

»Du meinst, es gibt niemanden, der dir Böses will?«

»Doch, schon. Aber …«

»Ich habe recherchiert«, gab er zu. »Schon damals, nach unserem allerersten Treffen. Ich weiß, was du durchgemacht hast.«

Ihr wurde kalt. Das Zittern war zurück. »Lass uns nicht darüber sprechen. Lass uns …«

Heimfahren, zu dir. Lass uns den ganzen Tag im Bett liegen. Bitte, Rebus. Lösch die Erinnerung an die anderen Männer aus.

Ob es so einfach war? Sie hoffte es.

»Möchtest du gehen?« Er verstand sie, ohne dass sie aussprechen musste, was sie dachte.

Gemeinsam standen sie auf und brachten ihre Tabletts weg. Die junge Mutter wickelte für ihr älteres Kind einen Burger aus.

Sie gingen zum Auto. Der Berufsverkehr rauschte über die nahe gelegene Straße. Der Parkplatz war fast leer.

Pia drehte sich zu Rebus um. Sie packte seine Hand, schob sie zwischen ihre Schenkel.

»Spürst du das?«, flüsterte sie.

In ihrem Schritt war ein hitziges Pochen erwacht. Anders als zuletzt. Drängender. Unnachgiebig.

»Höchste Zeit, dass wir nach Hause kommen.«

Sie schüttelte den Kopf. »Keine Zeit.«

Es gab schließlich einen guten Grund, warum sie so gerne Röcke trug.

Sie zog ihn hinter das Auto. Seine Arme legten sich um ihren Oberkörper, und er küsste sie. Dann fuhren seine Hände unter ihren Pullover. Sie trug keinen BH. Im Krankenhaus hatte sie sich vorhin in großer Hast angezogen und die Hälfte vergessen. Seine Finger waren eiskalt, und ihre Nippel wurden sofort hart.

»Das meinst du nicht ernst«, murmelte er an ihrem Hals. Sein Atem traf auf ihre nackte Haut, und sie sog scharf die eisige Luft ein.

»Und wenn doch?«, wisperte sie.

Er hatte den Wagen am entfernten Ende des Parkplatzes abgestellt, dort, wo sonst niemand stand. Seine Hände waren überall. Sie lehnte mit dem Rücken an der Beifahrertür. Hinter ihm ragte eine Mauer auf, zwischen dem parkenden Auto und der Mauer war gerade genug Platz für sie beide. Von hier aus konnte er den Eingang des Schnellrestaurants im Blick behalten, aber wer nur flüchtig zu ihnen herüberschaute, käme nicht auf die Idee, dass sie es gerade in aller Öffentlichkeit trieben.

Er nestelte an seiner Hose. Sie half ihm, schob ungeduldig ihren Slip beiseite und traf mit den Fingerspitzen auf ihre nasse Hitze. Ihr Unterleib zog sich schmerzlich zusammen.

»Kannst du den Fuß gegen die Wand drücken?«, fragte Rebus leise.

Sie nickte. Es war ganz leicht.

Sie stützte den linken Fuß gegen die Mauer. Rebus packte ihre Pobacken und schob sich in sie. Ganz langsam. Er schien es nicht eilig zu haben, obwohl man sie jeden Moment entdecken konnte. Sie keuchte auf. Der Gedanke, was mit ihnen passierte, wenn man sie erwischte, war so köstlich und erregend, dass sie sich ihm völlig hingab.

»Sieh mich an«, flüsterte Rebus. Sie schaute zu ihm auf. »Vertraust du mir?«

»Ja«, hauchte Pia. »Ich vertraue dir.«

»Legst du dein Leben in meine Hand?«

Kurz wollte sie zurückzucken. Zweimal war sie in der letzten Woche beinahe in Lebensgefahr geraten, weil sie es allein schaffen wollte – erst in ihrer Wohnung, danach im Club. Ihr Leben in die Hand eines anderen zu legen kam ihr so gewagt und intim vor, dass sie davor zurückschreckte.

»Denk dir nur, wir beide …« Sein Mund war ganz dicht an ihrem Ohr. Seine Zunge leckte heiß an ihrer Kehle hinauf, ehe seine Lippen ihr Ohrläppchen berührten, und er weitersprach. »Wir beide ganz allein. Ich passe auf dich auf, ich versprech's dir. Bei mir passiert dir nichts.«

Sie erbebte. Sein Versprechen war mehr. Es bedeutete ihr mehr als dieses erregte Zittern, das in ihrem Unterleib begann und ihren ganzen Körper zu erfassen drohte.

»Tust du's? Traust du dich, Pia?«

Sie konnte nur stumm nicken.

»Keine anderen Männer mehr? Keine Fremden in deinem Bett?«

Sie wollte protestieren, doch Rebus verschloss ihren Mund mit einem Kuss.

Keine fremden Männer mehr.

Es hörte sich so verlockend an. Doch zugleich war die Angst wieder da, und sie bekam keine Luft mehr. Alles drehte sich, aber als sie ihn von sich wegschieben wollte, fehlte Pia die Kraft. Sie konnte nicht anders, sie ergab sich ihm.

»Du bist mein«, flüsterte er.

Ein Schauer rann über ihren Rücken, eiskalt und scharf wie eine Glasscherbe. Sie konnte es nicht greifen, aber irgendwie spürte sie, dass dieser Moment besonders war. Etwas war anders als bei all den unzähligen Malen, da sie sich in die Arme von irgendwelchen Männern geflüchtet hatte, damit diese flüchtigen Augenblicke der Nähe ihr Trost spendeten.

Sie konnte nicht länger darüber nachdenken, als er weiter unnachgiebig und fordernd in sie hineinstieß. Und urplötzlich packte sie ein überwältigender Orgasmus, schüttelte sie und warf sie zurück auf sich selbst. Noch nie hatte sie sich so schutzlos und verletzlich gefühlt. Noch nie war sie so sicher gewesen, es dieses Mal richtig zu machen.

* * *

Atemlos stützte Rebus sich mit beiden Händen aufs Autodach.

»Pia«, flüsterte er.

Sie hatte den Kopf abgewandt. Weinte sie? Etwas linkisch streichelte er ihre Schulter.

»Alles in Ordnung?«

Sie nickte, schüttelte dann den Kopf und zog die Nase hoch.

»Sehr damenhaft«, kommentierte er, und das brachte sie zum Lachen.

Rebus reichte ihr ein Päckchen Taschentücher und hielt ihr die Beifahrertür auf. Sie schlüpfte unter seinem Arm hindurch und hockte sich in den Ledersitz. Ganz klein machte sie sich.

Er brauchte sie diesmal nicht zu fragen, wohin sie fuhren.

»Hast du noch Sachen bei Frederick?«, fragte er, und sie schüttelte stumm den Kopf.

Erst zwei Minuten später, als sie bereits Richtung Westen unterwegs waren, sagte sie leise: »Nichts Wichtiges jedenfalls.«

»Dein Laptop? Handy? Irgendwelche Klamotten?«

Sie erstarrte neben ihm, und er suchte sofort nach einer Wendemöglichkeit.

»Er ist ein komischer Typ, findest du nicht?«, fragte er. »Dein Nachbar, meine ich.«

»Ein bisschen exzentrisch, aber das trifft wohl auf viele Berliner zu.« Sie blickte ihn von der Seite an.

Er grinste. »Erwischt.«

Die Sachen zu holen war schnell erledigt. Frederick war zum Glück nicht zu Hause, und schon bald waren sie wieder auf dem Weg zu Rebus' Loft.

»Was passiert jetzt?«, fragte sie leise.

Er glaubte, sie wäre eingeschlafen. Sie hatte sich auf dem Beifahrersitz eingerollt, ihren Schal unter den Kopf gestopft und starrte aus dem Fenster.

»Was soll denn passieren?«

»Mit uns.«

»Du kommst mit zu mir. Und bleibst, solange du willst.« Er zögerte. Es gab da noch etwas, das sie besprechen mussten, und vermutlich spielte Pia darauf an. »Und was unser Spiel angeht …«

»Ich will das«, sagte sie erstaunlich heftig. »Ich will mich dir hingeben, ich will es einfach nur. Weißt du, ich hatte Angst vor dir. Deine Nähe war für mich so … groß. So unglaublich erregend. Ich habe gefürchtet, mich zu verlieren.«

»Und wolltest stattdessen lieber mit wildfremden Männern Orgien feiern.« Diese Bemerkung konnte er sich nicht verkneifen.

»Ich weiß …« Sie seufzte.

»Entschuldige dich nicht dafür«, sagte er hastig. Er spürte, wie sie nach den richtigen Worten suchte. »Es ist passiert, aber es wird nicht wieder vorkommen. Okay?«

Sie lächelte. Er spürte es, obwohl sie das Gesicht von ihm abwandte.

13

Mit Walter war es einfach.

Er wusste, was Meike brauchte, und er gab es ihr – manchmal sogar noch viel mehr.

Was sie ein wenig beunruhigte, war seine Fixierung auf die Kamera. Er hatte sie ständig dabei, und mehr als einmal hatte sie ihn daran erinnern müssen, dass sie keine Fotos von sich wollte. Keine Fotos mit Ballknebel, keine im Harness, keine Nacktfotos.

Aber ansonsten durfte er sich alles erlauben.

Er war wie ein Junge, der ein neues Spielzeug hatte, mit dem er so lange spielte, bis er dessen überdrüssig wurde. Inzwischen kannte Meike die Männer gut genug, um zu wissen, wann es vorbei war. Und mit Walter konnte es nicht mehr allzu lange dauern.

Ihnen blieb etwas mehr Zeit, weil Meike viel unterwegs war. In der kommenden Woche stand wieder ein Job an, drei Tage Mailand und vier Tage Karibik für ein Katalogshooting. Ihre Agentin war hochzufrieden, es lief gut für Meike. Umso wichtiger war es, dass sie jetzt auf sich aufpasste, sich keinen Fehltritt leistete und nicht plötzlich Nacktfotos von ihr in irgendwelchen Boulevardzeitungen auftauchten. So was konnte die Karriere ruinieren, danach rutschte sie sofort in eine Ecke, in die sie nicht wollte.

Walter holte sie am Flughafen ab. Er war in der Zwischenzeit auch ein bisschen unterwegs gewesen, hatte an einem neuen Bildband gearbeitet. Sie ließ sich davon nicht täuschen. Inzwischen wusste sie ziemlich genau, dass er nicht darauf angewiesen war, sein Geld mit der Fotografie zu verdienen. Im Gegenteil, es war mehr ein prestigeträchtiges, teures Hobby, mit dem er sich die Zeit vertrieb.

Und sie war so was Ähnliches, glaubte Meike.

Der Zufall hatte sie zusammengebracht, und ebenso würde der Zufall sie irgendwann wieder auseinandertreiben. Ein Spiel, ein Zeitvertreib. Irgendwie würde er ihr fehlen.

Sie gingen teuer essen, und er hörte ihr zu, während sie von ihrer Arbeit erzählte. Das mochte sie an ihm, dass er aufmerksamer zuhörte als alle anderen Männer. Selbst Rebus, an den sie sich inzwischen kaum mehr einen Gedanken zu verschwenden erlaubte, war nicht so aufmerksam gewesen.

Als sie nach dem Hauptgang zur Toilette ging und ihr Make-up auffrischte, erwartete sie nach ihrer Rückkehr ein kleines rotes Schmuckkästchen auf dem Platzteller.

»Was ist das?«, fragte sie, während sie zugleich eine bange Ahnung erfasste.

»Mach's doch auf.«

Sie zögerte. Wenn sie das tat, musste sie ihm auch eine Antwort geben.

Er bemerkte ihr Zaudern und lachte sie aus. »Dummerchen! Glaubst du wirklich, ich mache dir einen Antrag?« Seine Augen blitzten vergnügt. Er hatte ihr einen Schreck einjagen wollen, und das war ihm wirklich gelungen.

»Weiß ich denn, auf was für verrückte Ideen du noch kommst?« Sie war gekränkt. Und tatsächlich nicht nur deshalb, weil er sie reingelegt hatte, sondern weil sie sich einen winzigen Moment lang gewünscht hatte, es wäre tatsächlich ein Ring.

»Mach schon auf!«

Sie öffnete die Schachtel. Auf schwarzem Samt lag ein winziges Fläschchen, das Etikett war kaum zu entziffern. Sie runzelte die Stirn. »Was soll ich mit Tabasco?«

»Das, meine Liebe«, sagte er genüsslich und lehnte sich zurück, »ist unser nächster Ausflug in die Welt der Schmerzen.«

Meike erschauerte.

Hatte sie wirklich geglaubt, es könnte mit ihm irgendwann vorbei sein? Vielleicht fing es gerade erst an.

Nach dem Essen gingen sie zu ihm.

»Ich wusste nicht, dass du in Berlin eine Wohnung hast.«

»Das ist die zweite Überraschung.«

Die dritte war, dass er die linke Hälfte des Kleiderschranks leer gelassen hatte.

»Wenn du magst …«, sagte er, schloss sie von hinten in die Arme und drückte seine Wange an ihren Nacken.

Sie lächelte, als er an ihr schnüffelte. Er sagte ihr immer wieder, wie sehr er ihren Geruch mochte, wenn er unverfälscht war, ohne Parfüm und Cremes und Seifen, einfach der saubere Geruch einer Frau, die von einem Mann geliebt wurde.

Seine Wohnung gefiel ihr. Drei Zimmer, Küche, großes Bad und Dachterrasse. Sie stellte sich vor, wie es wäre, in diese Wohnung heimzukehren nach ihren Reisen und nicht in das winzige Apartment, das mit ihren vielen Sachen vollgestopft war.

Was er ihr mit dieser Wohnung in Aussicht stellte, war viel besser als ein Ring.

»Ich will dich aber zu nichts drängen, hörst du?« Sein Körper drückte gegen ihren, sie spürte durch die Hose seinen harten Schwanz. »Wenn du nicht willst, sag es. Dann lassen wir es, wie es bisher war.«

»Warum tust du das?« Sie fühlte sich überrumpelt. Bisher hatte das kein Mann für sie getan. Bisher war dies der Punkt gewesen, an dem sie gegangen waren, jeder Einzelne.

»Weil ich dich mag.«

Er löste sich von ihr, zog sie zum Bett hinüber. Sie ließ sich von ihm entkleiden, und er küsste sie. Er war zärtlich. Nicht so grob, wie sie's mochte, nicht darum bemüht, ihre Schmerzgrenzen auszutesten. Sie entspannte sich, streckte die Hände nach oben.

Eigentlich, dachte sie, könnten wir es heute auch einfach mal so tun. Ohne diese Sache mit dem Schmerz.

Sie fühlte sich so lebendig wie lange nicht.

Sie spürte sich.

Das Klicken der Handschellen riss sie aus der wohligen Träumerei. Er kniete über ihr, und der kalte Stahl umschloss nacheinander ihre Handgelenke.

»Hast du gedacht, ich hätte es vergessen? Das Kästchen?«

Nein, natürlich nicht. Aber sie wusste immer noch nicht, was er damit vorhatte.

Sie lag auf dem Rücken, die Arme an die Bettpfosten

gefesselt, die Beine leicht aufgestellt. Er kniete neben ihr, holte jetzt eine Flasche aus der Nachttischschublade sowie einen Dildo.

Da begriff sie.

»Nein«, flüsterte sie. »Das kannst du nicht machen …«

Er lächelte leicht, voller Vorfreude. »Weißt du noch, wie wir darüber gesprochen haben?«

Sie nickte stumm. Nur zu gut erinnerte sie sich daran. Es war in einer ihrer ersten Nächte gewesen, als sie danach nebeneinanderlagen, ohne sich zu berühren. Als sie nicht wussten, was sie sagen sollten, und er ins Dunkel fragte, was sie sich wünschen würde von einem Mann.

»Dass er mir Schmerzen zufügt, meine Grenzen überschreitet«, hatte sie ihm da geantwortet.

Das war bisher keinem gelungen. Viele hatten es versucht, aber alle waren unfähig gewesen, ihr mehr Schmerz zuzufügen, als unbedingt nötig war. Gerade so viel, dass sie Lust empfand, aber nie so viel, dass sie sich darin suhlen konnte. Weil sie ihre makellose Haut zu Markte trug, waren die Möglichkeiten beschränkt. Ein anständiges Spanking fiel ebenso aus wie Klemmen und Ähnliches.

»Und wenn wir's mit Figging versuchen?«, hatte Walter in jener Nacht ins Dunkel gefragt.

Sie hatte den Eindruck gehabt, dass er dieses Wort mit einem gewissen Stolz vorbrachte. Wahrscheinlich hatte er im Internet recherchiert. Sie wusste allerdings, was damit gemeint war, hatte sich auf den Bauch gerollt und das Gesicht in die Hände gestützt. »Hast du Ingwer da?«

Das hatte er verneinen müssen. Aber vermutlich hatte er sich das gemerkt und war nun vorbereitet.

Sie riss an ihren Fesseln. »Ich weiß nicht, ob ich das kann«, sagte sie leise.

Zum ersten Mal hatte sie das Gefühl, an ihre Grenzen zu stoßen.

»Und wenn wir es einfach nur versuchen?«, schmeichelte er ihr. »Du kannst jederzeit das Safeword sagen.«

Sie schloss die Augen und stellte sich vor, wie er einen Finger in den Tabasco tauchte und sie damit berührte. Allein der Gedanke ließ ihr heiße Tränen in die Augen schießen.

»Okay.« Sie nickte tapfer, wappnete sich für den Schmerz.

Doch Walter ging zunächst behutsam vor. Er küsste sie, streichelte sie und ließ sie erbeben. Er schob sich zwischen ihre Beine, schob ihre Schenkel auseinander und leckte über ihre Klitoris, sanfte kleine Vorstöße seiner Zunge. Sie kam ihm entgegen, soweit die Fesseln es ihr erlaubten. Seine Zunge massierte sie geschickt zum ersten Orgasmus. Als dieser verebbte, wusste sie, was nun kommen würde.

Sie hörte, wie er das Fläschchen aufschraubte. Meike kniff die Augen zusammen. Sein Atem strich heiß über ihre Möse, und dann leckte er sie noch einmal.

Und dieses Mal brannte es wie Feuer.

Er hatte sie überrumpelt. Sie hatte geglaubt, er würde sie mit dem präparierten Dildo bearbeiten, aber stattdessen hatte er einige Tropfen Tabasco auf seine Zunge gegeben und verteilte nun die scharfe Flüssigkeit auf ihrer Spalte.

Meike schrie auf. Es brannte höllisch! Wie Feuer,

und tausendmal schlimmer, aber zugleich war seine Zunge da, so sanft und unnachgiebig, und sie hörte ihn erstickt stöhnen.

Sie lachte unter Tränen, die ihr unaufhaltsam über die Wangen liefen. Es musste auch für ihn unerträglich scharf sein, vermutlich hatte er damit nicht gerechnet. Sein Gesicht ruhte auf ihrem Oberschenkel, und fast glaubte sie, den Schweiß zu spüren, der ihm auf seiner Haut ausbrach.

»Mach weiter«, flüsterte sie. »Mehr davon.«

Und er folgte ihrer Bitte. Zuerst mit dem Mund, aber als ihm das zu viel wurde, nahm er die Finger – was sie gut verstehen konnte, denn man musste schon auf extreme Schmerzen stehen, um sich Tabasco pur auf die Zunge zu tropfen. Er rieb sie gründlich damit ein, und sie genoss den Schmerz, der in ihr entbrannte. Der zweite Orgasmus war anders. Sie spürte jede Faser ihres Körpers. Dieser Höhepunkt war weitaus intensiver und riss sie mit sich fort.

»Mehr«, flüsterte sie, und er gab ihr, was sie verlangte, bis sie vollends erschöpft war und nur mit letzter Kraft ganz schwach ein Wort über die Lippen brachte: »Rot.« Ihr Safeword.

Sofort ließ er von ihr ab. Er löste ihre Fesseln und küsste sie ein letztes Mal auf den Mund, dann barg er sie in seinen Armen und wiegte sie zärtlich. Sie weinte an seiner Brust, fühlte sich geborgen und von ihm beschützt.

Er drängte sich von hinten gegen ihre Kimme. Sie spürte seinen Penis und wollte ihn so gerne in sich spüren. Im selben Moment aber fiel ihr ein, dass das vielleicht keine so gute Idee war …

»Verflucht!« Er zuckte zurück, aber es war schon zu spät.

Sein Schwanz war in ihre nasse Muschi geglitten, die von ihren Säften und dem Tabasco getränkt war. Ihr Saft war nicht das Problem, weshalb er sich nun vor Schmerzen zusammenkrümmte.

Unwillkürlich musste Meike lachen. Dann jedoch erkannte sie, dass er tatsächlich unsägliche Schmerzen litt, und sie versuchte, ihn irgendwie zu beruhigen.

Er schlug ihre Hand weg, als sie seinen Schwanz umfassen wollte. Sein Stöhnen war nicht so schmerzerfüllt, wie sie zuerst gedacht hatte. Genoss er den Schmerz etwa?

»Walter?«

»Scheiße, fühlt sich das geil an.« Er verrieb ihren Tabascosaft auf seinem harten Schwengel. »Komm her, Meike. Setz dich auf mich.«

Sie gehorchte. Ihre Knie waren noch ganz weich von den vorangegangenen Orgasmen, als sie sich rittlings auf ihm niederließ. Ihre Spalte verharrte wenige Zentimeter über ihm.

»Bist du ganz sicher? Es wird höllisch weh tun.«

Er nickte. Sein Körper stand unter Hochspannung.

Sie streichelte seine Wange. »Entspann dich. Dann ist es leichter.«

Er lachte auf.

Schließlich senkte sie sich vorsichtig auf ihn hinab. Ganz langsam.

Im ersten Moment rührte er sich nicht, doch dann spürte sie, wie er in ihr zuckte und pochte. Er seufzte, ein langgezogener, schmerzlicher Seufzer, als könnte er nicht glauben, was er gerade tat.

»Alles okay?«, fragte sie leise.

Für sie war der Schmerz inzwischen abgeklungen und hatte an Schärfe verloren. Jetzt war sie diejenige, die auf ihn aufpassen musste. Wenn er das Safeword sagte, würde sie sofort aufhören.

Das war völlig neu für Meike – und noch aufregender als alles andere zuvor.

Sie hatte nie einen Gedanken daran verschwendet, dass sie womöglich auch einmal in die andere Rolle schlüpfen könnte, statt sich immer nur zu unterwerfen. Walter zu dominieren, fühlte sich ganz anders an. Neu und doch so vertraut. Es schien, als hätte sie nur darauf gewartet, dass diese Seite in ihr endlich zum Leben erweckt wurde.

Sieh an, dachte sie amüsiert. Ich bin also ein kleiner Switch.

In dem Augenblick kam Walter zum Höhepunkt. Er packte ihre Hüften, grub sich tief in sie und schrie ihren Namen. In diesem Moment, als sie die totale Macht über ihn und seinen Orgasmus besaß, schloss sie die Augen und ritt ihn so unbarmherzig, dass sie danach auf ihm zusammenbrach und fast das Bewusstsein verlor.

Aber nur fast. Denn während sie zwischen Wachen und Schlafen schwebte und sein Herzschlag gegen ihr Ohr brandete, während sie seine Hände in ihrem Haar spürte und sich ganz darin verlor, mit dem Mann zusammen zu sein, mit dem sie mehr teilen wollte als nur eine Wohnung, einen Kleiderschrank oder ein paar Nächte, hörte sie ihn flüstern.

Drei Worte.

Glücklich schloss Meike die Augen und schlief ein.

14

Es war gut, zur Ruhe zu kommen.

Pia richtete sich in Rebus' Gästezimmer ein. Diesmal für länger, sagte sie sich, und irgendwie gelang es ihr sogar, daran zu glauben.

Diesmal wollte sie länger bleiben.

Wie schon zuvor sah sie tagsüber nicht viel ihn. Er hatte zu tun, und ihr erging es ähnlich. Ihre Webseite hatte eingeschlagen wie eine Bombe, und ihr Telefon stand kaum mehr still. Schon bald hatte sie bis Mai alle Termine vergeben. Sie wälzte Kataloge und stellte für ihre Kundinnen entsprechende Programme zusammen. Sie absolvierte anstrengende Shoppingtouren mit ihren Kundinnen, die ihr am Ende jedoch jedes Mal das zufriedene Gefühl gaben, dass sie ihre Arbeit gut machte. Alle versprachen begeistert, sie weiterzuempfehlen.

Langsam fand sie sich in ihr neues Leben ein. Abends kochte Rebus wieder für sie, und sie saßen beisammen und redeten oder schauten einen Film. Oder sie lasen, jeder für sich an seinem Ende des Sofas, ehe sie irgendwann ins Bett gingen – in seins oder ihres –, miteinander Sex hatten und dann glücklich einschliefen. In den Armen des anderen.

Sie hätte beinahe vergessen können, dass ihre Zeit in Berlin so holprig begonnen hatte.

Bis die Vergangenheit sie schließlich einholte.

Zwei Wochen waren vergangen. Sie hatte keinen Gedanken mehr an den Feuerteufel verschwendet, bis Rebus eines Morgens die Zeitung auf ihren Frühstücksteller legte.

»Kommt dir diese Person bekannt vor?«

Unter der Überschrift *Phantombild des Feuerteufels – Ist er jetzt bald gefasst?* war das Gesicht eines Mannes abgebildet. Sie runzelte die Stirn.

»Aber das ist unmöglich«, brachte sie nur hervor.

Ihr erster Impuls war, die Zeitung einfach wegzulegen. Doch das Bild nahm sie gefangen, diese stechenden Augen. Er trug eine schwarze Kapuze tief in die Stirn gezogen, und trotzdem gab es keinen Zweifel.

»Also erkennst du ihn auch. Vielleicht solltest du noch mal mit der Polizei reden.«

Sie zögerte. Ihre letzte Erfahrung mit der Polizei – die Befragung nach dem Brand im Club – war ihr plötzlich wieder allzu lebhaft in Erinnerung. Die Beamten hatten jede noch so kleine Einzelheit wissen wollen. Sie hatten nicht danach gefragt, warum Pia da oben in den Privaträumen gewesen war, sondern nach den Details, die niemanden etwas angingen: was genau sie dort gemacht habe, welcher von den Männern sie gefesselt habe, was dann passiert sei und so weiter.

Danach hatte sie das Gefühl gehabt, schmutzig zu sein und sich waschen zu müssen.

»Ich gehe nicht zur Polizei«, widersprach sie heftig. »Mach du das doch. Du bist ihm schließlich auch begegnet.«

»Du willst nicht zur Polizei gehen?« Er hob erstaunt die Augenbrauen. »Warum nicht?«

Sie schwieg lange. »Die waren eklig zu mir.« Sie haben mich behandelt wie ein Stück Fleisch, als wollten sie selbst auch mal ran.

Aber das sprach sie nicht laut aus, weil sie Rebus' Reaktion fürchtete. Ihm traute sie durchaus zu, zur Polizei zu marschieren, die Namen der Beamten zu erfragen, die damals mit Pia geredet hatten, und diese Männer mit ihrem Fehlverhalten zu konfrontieren.

»Ach, hm. Dann ist es dir lieber, wenn ich hingehe?«

Sie nickte, dankbar und erleichtert. Als er ging, küsste er sie auf den Mund. Sie schmeckte die Himbeermarmelade, die er zum Croissant gefrühstückt hatte, auf seinen Lippen.

Erst nachdem er weg war, zog sie die Zeitung wieder zu sich heran und las den Artikel.

Phantombild des Feuerteufels – Ist er jetzt bald gefasst?

Beim Brand in der Kilianstraße fiel einem Hausbewohner ein Fremder auf, der sich kurz vor dem Brand im Hausflur des Vierparteienhauses aufhielt. Er sei, so der Zeuge, hastig verschwunden, nachdem dieser ihn angesprochen habe. Nur wenige Minuten später wurde in der leeren Erdgeschosswohnung, die seit zwei Monaten unbewohnt war, ein Feuer entdeckt, das ebenfalls dem Feuerteufel zugeschrieben wird. Bei dem Wohnungsbrand wurde niemand verletzt.

Die Polizei bittet die Berliner Bevölkerung um ihre Mithilfe. Wer kennt diesen Mann? Sachdienliche Hinweise …

Und so weiter und so fort. Sie hatte genug gelesen.

Warum tat er das?

Sie wollte es wissen.

Er schien nicht erstaunt zu sein, dass sie vor seiner Tür stand.

»Hallo, Pia«, sagte er.

»Darf ich reinkommen?«, fragte sie.

Er machte ihr Platz. Sie trat in den Flur und wartete, bis er die Wohnungstür geschlossen hatte. Dann deutete er einladend zur Küche.

»Ich würde dir gerne was anbieten, aber es ist gerade nicht so gemütlich, wie ich mir das wünsche.«

Sie folgte ihm in die Küche. Mitten im Raum stand eine Leiter, darauf ein Eimer mit einer Farbrolle. Die Decke war makellos weiß, ebenso die Wände. Die Schränke hatte er sorgfältig abgeklebt.

»Einen Kaffee könnte ich vielleicht machen.«

»Kaffee klingt gut.«

Sie setzte sich an den Tisch, legte die Zeitung hin und wartete. Immer wieder wanderte ihr Blick nach oben, wo vor zwei Wochen noch der dunkle Fleck vom Löschwasser geprangt hatte.

»Bist du erst jetzt dazu gekommen zu streichen?«

Frederick schnaubte. »Das glaub mal nicht. Aber der Fleck kommt immer wieder durch. Vermutlich muss man die ganze Bausubstanz kernsanieren.«

»Ich hab dein Bild heute früh in der Zeitung gesehen«, sagte Pia leise, als er ihr einen Becher Kaffee hinstellte. »Das bist doch du, oder?« Sie tippte auf das Phantombild.

»Kann schon sein.« Hektisch suchte Frederick nach Kaffeelöffeln. Einer rutschte ihm aus der Hand und fiel klirrend auf die Fliesen.

»Frederick? Bist du das? Zündest du all die Häuser an?«

Er schwieg. Dann setzte er sich zu ihr, zog die Zeitung heran und runzelte die Stirn, als hätte der Polizeizeichner ihn nicht gut getroffen und als wollte er sich jetzt darüber beklagen.

»Frederick?«

»Kann schon sein, dass ich ein paarmal in der Nähe war, wenn irgendwo ein Feuer ausbrach.«

Sie atmete tief durch. Bisher hatte sie glauben wollen, dass es nur ein Irrtum war, aber jetzt schien sich diese vage Befürchtung zu schrecklicher Gewissheit zu verfestigen.

»Warst du's?«, fragte sie noch mal nach. »Zündest du die Häuser an?«

Er schwieg. Ihre Finger waren eiskalt, als sie den Kaffeebecher packte. Es war ein Fehler gewesen, allein herzukommen. Aber es war ihr auch so unwahrscheinlich erschienen, dass ausgerechnet Frederick der Feuerteufel sein sollte, nach dem Berlin seit Monaten fahndete.

Er wollte gerade zu einer Antwort ansetzen, als jemand an der Tür klingelte.

Das ging schnell.

Frederick zuckte zusammen. Er stieß gegen seinen Kaffeebecher, der Kaffee schwappte über. Er sprang auf, holte einen Lappen und wischte hektisch den Tisch ab. Er schrubbte mit gesenktem Kopf, bis Pia ihre Hand auf seine legte.

»Es ist gut«, sagte sie sanft.

»Alles so schmutzig. Überall so viel Dreck!« Er trug den Lappen zur Spüle, wo eine ganze Batterie aggressiver Putzmittel stand, die Pia erst jetzt auffiel. Als er wieder am Tisch Platz nahm, bemerkte sie den Zustand seiner Hände: krebsrot, an manchen Stellen aufgeplatzt, kein einziger Farbspritzer, wie man es vielleicht hätte erwarten können bei jemandem, der gerade seine Küchendecke strich.

»Warum hast du das getan?«

Eigentlich wäre es das Beste, wenn sie jetzt schweigend mit ihm beisammensaß, bis die Polizei kam. Wieder drang das schrille Klingeln durch die Wohnung.

Pia wollte aufstehen, aber Frederick hielt sie zurück. »Nicht! Nein, nicht. Das ist bestimmt nur der Postbote.«

»Willst du ihm denn nicht aufmachen?«

Stumm schüttelte Frederick den Kopf.

Sie sank zurück auf ihren Stuhl. Es war eine absurde Situation. Frederick bedrohte sie nicht, aber sie wusste auch nicht, wie er reagieren würde, wenn sie versuchte, sich seinem Willen zu widersetzen.

Im Moment wollte er mit ihr zusammen an einem Tisch sitzen und reden. Gut.

»Sagst du mir, warum du Feuer legst?« Sie wollte es wissen. Nein, es war sogar noch mehr: Sie *musste* es wissen. Sie musste verstehen, warum er in ihre Wohnung eingedrungen und einen Brand verursacht hatte. Ging es jedes Mal um etwas Persönliches? Oder meinte er das gar nicht so mit diesem Feuer, sondern hatte einfach die Gelegenheit wahrgenommen, die sich ihm bot?

»Du warst in der Galerie. Die Fotos da.« Er verzog das Gesicht. »Die waren auch schmutzig. Und dann hast du mit dem Fotografen was gemacht. Gefickt hast du ihn.« Seine Stimme klang hart. »Ich hab das beobachtet, und es war widerlich. Darum hab ich deine

Wohnung angezündet.« Er hob den Kopf und strahlte sie an. »Feuer reinigt, nicht wahr?«

Er ist verrückt, dachte sie. Wieso war ihr das nicht früher aufgefallen? Die klinisch reine Wohnung – war das ein Indiz? Ansonsten hatte er immer ganz normal auf sie gewirkt. Mehr noch, sie hatte sogar eine Zeitlang geglaubt, aus ihnen könnte was werden. Der Moment war schnell vergangen, anders als bei den meisten Männern, aber er war da gewesen.

Bei der Erinnerung daran überkam sie ein Kälteschauer. Pia passte auf, dass sie keinen Kaffee verschüttete, sondern schlang die Arme um ihren Oberkörper.

»Ist dir kalt? Ich kann die Heizung aufdrehen, wenn du magst.«

Jetzt klang er wieder so normal, und als er sich zurücklehnte und sie musterte, war all der Wahnsinn aus seinem Blick verschwunden. Jetzt war er wieder Frederick, der freundliche Nachbar aus der Wohnung unter ihr, bei dem sie sich Zucker holen konnte oder der sie an ihrem ersten Abend in der neuen Stadt bekocht hatte, weil ihre Küche noch nicht eingerichtet war.

»Warst du auch im Club?«

»Du bist an dem Abend einfach verschwunden, das fand ich so schade. Ich dachte, das mit uns wird jetzt was Richtiges. Aber dann bist du weggegangen, und ich bin dir nach.«

Sie begann zu zittern.

»Ich hab gesehen, was die Männer mit dir gemacht haben.« Jetzt klang er wie ein kleiner Junge. »Die waren nicht nett zu dir, die Männer. Sie haben dich benutzt wie ein Stück Fleisch. Das hat mir gar nicht gefallen. Darum bin ich wieder runter in den Club und hab den Vorhang hinter der Bar angezündet. Da sind dann alle aus dem Club gerannt, und die Männer kamen auch. Ich wollte ja zu dir und dich retten, aber dann war da der andere Mann.«

»Rebus.«

»Genau. Er ist gut zu dir, darum bin ich verschwunden und hab gewartet. Ich hab mir gewünscht, dass du später bei mir anrufst, ich hatte doch all die schönen Sachen für dich gekauft.«

Frederick stand schwerfällig auf. »Ich hole sie, ja? Ich hab nämlich noch mehr.«

Er ist verrückt, dachte sie verzweifelt. Ein Verrückter, der Häuser anzündet und für die Frau, von der er glaubt, sie zu lieben, Kleider kaufte.

»Hier.« Er rollte einen Koffer in die Küche und wuchtete ihn auf den Tisch. »Schau mal. Das gefällt dir doch, oder?«

»Und die anderen Leute? Was haben sie dir getan?« Pia versuchte, das Thema zu wechseln.

Darüber musste er erst nachdenken. Dann sagte er: »Die ganze Stadt ist so dreckig. Voller Menschen, die alles schmutzig machen. Ich kann gar nicht so viel Müll aufsammeln, wie sie fallen lassen. Darum bin ich ihnen hinterher. Darum hab ich sie gereinigt.«

Das wurde ihr zu viel. Pia stand auf. »Ich muss jetzt gehen«, sagte sie leise.

»Ja.« Er blickte sie an, und sie konnte sich nicht rühren.

Sie stellte ihren Becher in die Spüle – was ihm ein seliges Lächeln entlockte – und ging an ihm vorbei in den Flur. Draußen vor der Wohnungstür hörte sie ein Flüstern.

»Wir sollten jetzt die Tür aufmachen, denkst du nicht auch?«, fragte sie sanft.

Sein Blick ging an ihr vorbei, dann nickte er. Sie drückte sich gegen die Wand, als er zur Wohnungstür trat. Der Geruch nach Desinfektions- und Putzmitteln stach ihr in die Nase.

Frederick öffnete die Wohnungstür. Im selben Moment sprang sie weit auf und wurde ihm aus der Hand gerissen. Er prallte nach hinten, und sofort waren zwei Polizisten über ihm, die ihn überwältigten und ihm Handschellen anlegten. Frederick wehrte sich nicht. Er verharrte auf dem Bauch, ließ sich dann auf die Beine helfen und aus seiner Wohnung führen.

Pia folgte ihnen.

Vor der Wohnungstür standen auch die beiden Polizisten, die sie vor zwei Wochen im Krankenhaus vernommen hatten.

»Sie haben sicher ein paar Fragen an mich«, sagte sie ganz cool.

Dieses Mal konnten sie ihr nichts anhaben. Sie hatte ihre Dämonen besiegt.

* * *

Als er nach Hause kam, war Pia verschwunden. Ihr Mini parkte nicht vor dem Gebäude, die Räume waren dunkel, kalt und leer ohne sie.

Einen Moment lang glaubte Rebus, sie wäre wieder geflohen. Es war in den letzten beiden Wochen seine ständige Angst gewesen, dass sie ihn wieder alleinließ, dass sie so flüchtig war wie ein Geist, der kam und ging, wie es ihm gefiel.

Er war bei der Polizei gewesen und hatte seine Aussage gemacht. Es stellte sich heraus, dass er nicht der Einzige war, der Frederick erkannt hatte. Seit dem frühen Morgen waren mehrere Hinweise eingegangen. Seine Aussage hatte nur bestätigt, was die Polizei bereits wusste.

Es beruhigte ihn sehr, dass es nun vorbei war. Während der letzten beiden Wochen hatte er ständig befürchtet, dass wieder ein Feuer ausbräche, diesmal womöglich in seinem Loft. Er hatte sogar Feuermelder installieren lassen. Heimlich, um Pia nicht zu beunruhigen.

In ihrem Schlafzimmer war alles wie immer. Er ging nach unten und arbeitete ein paar Stunden. Anschließend versuchte er, sie auf dem Handy zu erreichen. Es war ausgeschaltet.

Er redete sich ein, dass es keinen Grund gab, sich zu sorgen. Sie kam wieder, ganz bestimmt. Vielleicht hatte sich kurzfristig ein Termin ergeben, den sie wahrnahm. Manchmal schaltete sie dann das Handy aus, damit sie sich ungestört der Kundin widmen konnte.

Trotzdem war er erleichtert, als sie um kurz nach fünf heimkam. Er stand sofort vom Schreibtisch auf und ging ihr entgegen.

So unendlich erschöpft hatte er sie nicht erlebt, seit sie nach dem Clubbrand bei ihm eingezogen war. Sie sank in seine Arme, ließ sich von ihm umarmen und bettete den Kopf an seiner Brust.

»Ich war bei ihm«, flüsterte sie.

»Bei Frederick?«

Sie nickte an seiner Brust.

»Das hättest du nicht tun dürfen.«

Eigentlich wollte er sagen: Du bist verrückt. Warum tust du dir das an? Weißt du denn nicht, wie gefährlich dieser Kerl ist?

»Doch, ich musste es tun.« Sie löste sich aus seiner Umarmung. Ihre dunklen Augen wirkten riesig, und ihre braunen Locken waren zerzaust. »Machst du uns was zu essen? Dann erkläre ich es dir.«

Er nickte, und sie gingen in die Küche, wo sie erschöpft auf einen Stuhl sank. Aus dem Kühlschrank holte er den Prosecco und mischte ihr einen Aperol. Sie nahm das Glas und trank einen Schluck.

»Das tut gut«, seufzte sie.

Während Rebus den Kühlschrankinhalt inspizierte und schließlich entschied, Fettuccine mit Lachsstreifen in Honig-Senf-Sauce zu kochen, begann Pia zu erzählen. Kein Zögern lag in ihrer Stimme.

»Weißt du, ich musste heute zu ihm. Ich habe vor nicht allzu langer Zeit mein Herz einem Mann geschenkt, der versucht hat, meine Freundin zu ermorden. Damals ging etwas in mir kaputt, aber ich hab es gar nicht gemerkt. Ich dachte nur, dass ich mich nie mehr so auf einen Mann einlassen könnte wie auf ihn.«

Sie schwieg. Rebus ließ ihr Zeit.

»Dann kamst du«, fuhr sie schließlich leise fort. »Und bei dir war alles anders. Du hast mich sofort gefordert, hast mich an meine Grenzen geführt, und ich hatte so schreckliche Angst. Ich wollte mich nicht fallen lassen, nicht nach deinen Regeln spielen, sondern nach meinen. Dabei ist das, was du von mir gefordert hast, so ziemlich das Normalste, was einen Mann und eine Frau verbinden sollte. Treue.«

Er setzte sich zu ihr an den Tisch, und Pia nahm seine Hand. »Ich hatte einfach Angst«, wiederholte sie. »Ich weiß, wie absurd das ist.«

Wortlos stand Rebus auf, schaltete die Herdplatten aus und nahm das Nudelwasser von der Platte.

»Komm«, sagte er und streckte die Hand nach ihr aus. Sie stand auf und folgte ihm. Ihre Hand lag in seiner, als hätte sie schon immer dorthin gehört.

Er führte sie in sein Schlafzimmer. In der Nachttischschublade wartete seit zwei Wochen etwas auf sie. Ein Geschenk, von dem er hoffte, dass sie es verstand.

* * *

Etwas verwirrt starrte Pia auf den Inhalt der Schachtel. Sie saß neben Rebus auf der Bettkante und spürte, dass er gespannt wartete.

»Was soll ich denn damit?« Sie legte das Kästchen auf die Knie und nahm das dicke rote Satinband heraus. Zwei Bänder, korrigierte sie, jedes etwa anderthalb Meter lang.

»Das«, sagte er und nahm ihr die Bänder aus der Hand, »ist mein Wunsch. Meine Sehnsucht, meine Bitte an dich.«

Ihr wurde ganz heiß.

Seit zwei Wochen hatte er kein einziges Mal Anstalten gemacht, sie zu irgendetwas zu zwingen. Keine Fesselspielchen, kein SM. Sie hatte fast geglaubt, es wäre nur eine fixe Idee gewesen, die er verworfen hatte.

»Ich dachte schon, du hättest die Lust daran verloren …«

»Nein … aber ich dachte, dass du ein wenig Zeit brauchst«, erklärte er. Ohne sie aus den Augen zu lassen, wickelte er ein Band um ihr linkes Handgelenk. Sie entzog sich ihm nicht. »Ich weiß, was zuletzt passiert ist, hat dich erschüttert. Du musstest dich erst finden.«

Sein Körper drückte ihren zurück aufs Bett. Er küsste sie. Mund, geschlossene Lider, Kehle. Sie seufzte wohlig.

»Und darum habe ich nichts getan und nichts gesagt. Ich wollte dir keine Angst einjagen.«

»Das kannst du gar nicht«, flüsterte sie.

Er befestigte ihren linken Arm am Bettpfosten, drehte sie sanft auf den Bauch. Dann setzte er sich rittlings auf sie, während er ihren rechten Arm ebenso behutsam fesselte. »Sag, wenn ich aufhören soll. Ja?«

Sie nickte in die Matratze.

Er sollte nicht aufhören. Nie wieder sollte er aufhören, das hier mit ihr zu machen. Dafür war es viel zu schön.

Als Nächstes entkleidete er sie. Zuerst den Rock und die Stiefel, dann die Strumpfhose. Sie wackelte ein bisschen mit dem Po, was ihr einen zärtlichen Klaps eintrug. »Stillhalten.«

Den Slip ließ er ihr, ebenso die Bluse und den BH. Er ließ sie so liegen. Sie hörte, dass er aufstand.

»Vertraust du mir?«, fragte er leise. Sie nickte.

Ja, sie vertraute ihm. Nie hatte er ihr einen Grund gegeben, ihm nicht zu vertrauen.

»Dann warte hier.«

Er verließ das Schlafzimmer, zog die Tür hinter sich zu. Sie wartete, die Arme zur Seite ausgestreckt. Ihr wurde kalt, und sie wünschte, er hätte sie zugedeckt. Aber darum ging es ja, nicht wahr? Sie sollte sich so fühlen, wie sie sich jetzt fühlte. So alleingelassen, so verloren.

Und trotzdem wusste sie, dass er zurückkommen würde.

Sie schloss die Augen. Eine Anspannung breitete sich in ihr aus, köstlich und süß. Ihr Bauch zog sich sehnsuchtsvoll zusammen. Sie hoffte, dass er bald käme, dass ihm das Warten zu lang wurde, wie es ihr zu lang wurde.

Sie wusste später nicht, wie viel Zeit vergangen war. Als er das Zimmer wieder betrat, setzte er sich auf die Bettkante. Sie spürte, wie er sich entkleidete, hielt das Gesicht weiter in die Matratze gedrückt und lag ausgestreckt für ihn da.

Dann legte er etwas neben ihren Oberschenkel, das sich kalt anfühlte und hart. Sie erschauerte. Er hatte ein Messer mitgebracht. Um sie aus der restlichen Kleidung herauszuschneiden.

»Bist du da?«, fragte er sie. Seine Hand strich über ihren Kopf, ganz vorsichtig.

»Ja«, flüsterte sie. Noch nie hatte sie sich so sehr »da« gefühlt. So lebendig und sicher, das Richtige zu tun.

»Ich werde vorsichtig sein.

Das Messer glitt kühl unter ihre Bluse. Er schnitt die Bluse von unten nach oben auf, und dann wandte er sich den Ärmeln zu. Kühl schob sich der Stahl über ihre Haut und hinterließ eine prickelnde Wärme, in der sie sich rekelte. Die Gefahr der scharfen Klinge sandte ihr heiße und kalte Schauer durch den ganzen Körper, die sich in einem Ziehen in ihrer Möse vereinigten.

»Halt still«, flüsterte er.

Als Nächstes durchtrennte er die Träger ihres BHs und öffnete den Verschluss. Erst jetzt entfernte er die Fetzen der Bluse und den BH. Sie hörte, wie beides auf den Boden fiel.

Sie trug jetzt nur noch das Höschen.

Er war ganz dicht neben ihr, und die Messerspitze wanderte in Schlangenlinien über ihren Rücken.

»Ausziehen oder herausschneiden?«, fragte er.

»Nicht ausziehen«, hauchte sie, obwohl sie befürchtete, es nicht auszuhalten, wenn er ihr mit dem Messer zu nahe kam. Schon jetzt waren all ihre Sinne zum Zerreißen gespannt.

»Beweg dich nicht«, murmelte er.

Sie hielt die Luft an.

Zuerst glitt das Messer in die Spalte zwischen ihren Pobacken, und sie konnte kaum stillhalten, weil das schon zu viel für sie war. Dann riss er das Messer nach oben, der Stoff war zerschnitten.

Er lachte leise. »Dabei wäre das gar nicht nötig gewesen. Aber ich mag es, wie du zitterst.«

Jetzt ging es schnell. Links und rechts an der Hüfte glitt das Messer unter den Stoff, und schon hatte er ihn unter ihrem Schambein weggerissen.

Jetzt drehte sie zum ersten Mal den Kopf in seine Richtung.

Er hatte die Nase in ihrem Höschen vergraben. »Weißt du eigentlich, wie köstlich du duftest?«

Sie lachte. Es war so befreiend, sich von ihm lieben zu lassen, seine Art anzunehmen und sich ganz in seine Hände zu begeben.

»Und jetzt?«, fragte sie atemlos.

Er war hinter ihr, über ihr. Sein harter Schwanz

drückte sich zwischen ihre nackten Pobacken. Sie schloss die Augen, den Kopf auf die Seite gelegt. Er strich das Haar aus ihrem Gesicht, küsste sie sanft.

»Jetzt nehme ich dich. Du bist mein, Pia. Hast du verstanden?«

»Ich bin dein«, murmelte sie.

Er riss ihren Kopf an den Haaren hoch. Weil ihre Arme ausgestreckt gefesselt waren und sie sich nicht mal auf die Ellbogen stützen konnte, schwebte ihr Oberkörper haltlos in der Luft, und er schüttelte sie im Nacken wie einen jungen Hund.

»Gehorche mir!«, herrschte er sie an.

»Ja«, stotterte sie und jammerte leise. »Du tust mir weh.«

Er warf sie zurück aufs Bett. Im nächsten Moment hatte er ihre Hüften gepackt und zerrte ihren Unterleib nach oben. Er schob ihre Beine nach vorne, bis sie vor ihm kniete, die Arme von sich gestreckt, den Hintern in die Höhe gereckt. Sein Klaps brannte nicht nur auf der Haut ihrer Pobacke, sondern er brannte sich auch in ihren Unterleib. In ihr Herz.

»Habe ich dir erlaubt zu sprechen?«

Du hast es mir auch nicht verboten.

Aber sie biss die Zähne zusammen. »Nein.«

Wieder ein Schlag mit der flachen Hand. »Du hast mich als deinen Meister anzusprechen, verstanden?«

Tränen schossen ihr in die Augen. »Ja, Meister.« Ihre Stimme war kaum mehr als ein Hauch.

»Gut. Brav.« Er streichelte ihren Po. Die wenigen Schläge waren deutlich spürbar, sie war fast ein wenig wund.

»Was möchtest du gerne von mir?« Seine Hand glitt

nach vorne. Er tauchte einen Finger in ihre Möse und verrieb ihre Nässe auf der Klit. Pias Arme schmerzten.

Ginge es nach ihr, sollte es einfach nur schnell vorbei sein. Sie war so erregt, dass sie sich dem Wahnsinn nahe fühlte. Am liebsten hätte sie um Erlösung gebettelt, doch sie schwieg beharrlich.

»Hm? Was soll ich mit dir machen? Möchtest du, dass ich dich ficke?« Er stieß den Finger erneut tief in ihre Möse. »Oder soll ich dich lieber in den Arsch ficken? Wäre dir das lieber?«

Sie schüttelte heftig den Kopf.

»Also in den Arsch soll ich dich ficken. Hm.« Er verteilte ihren Saft auf der Kimme und massierte ihr rosiges Arschloch. »Das kannst du gerne haben, du kleines, versautes Stück.«

Sein Zeigefinger drang nun in ihren Arsch ein. Sie atmete tief durch, seine freie Hand wanderte an ihrem Rückgrat hinauf. Dann drang er mit zwei Fingern ein, und dieses Mal bewegte er die Finger in ihrem Arsch gegeneinander, bis Pia entsetzt nach Luft schnappte.

Seine freie Hand glitt nach vorne, und wo er sie berührte, erblühte auf ihrer Haut eine zarte Gänsehaut.

Rebus lachte leise. »Das gefällt dir, hm?«

Sie nickte heftig.

Seine Hand erreichte ihre Brust. Er kniff sie sanft in den harten roten Nippel. Pia drückte sich gegen seine Hand, es war ein köstliches Gefühl, das sie ganz und gar einnahm. Sie spürte kaum, wie er die Finger aus ihrem Arsch zog, wie die Spitze seines Schwengels gegen ihre Rosette drückte.

Sie spürte aber, wie er sich in sie hineinzwängte, sie weitete, wie er in sie hineinschlüpfte, tief in sie glitt und sie ganz und gar ausfüllte. Sie schrie überrascht auf, doch sofort waren Daumen und Zeigefinger wieder da, umschlossen ihren Nippel und kniffen so fest zu, dass der eine Schmerz vom anderen überdeckt wurde, bis nichts blieb als ein dumpfes Ziehen.

»Rebus«, keuchte sie.

Er gab ihr einen Klaps. »Maul halten.«

Tief in ihrem Arsch steckte sein Schwanz, doch er bewegte sich nicht. Seine Finger zwirbelten ihren Nippel, bis sie dumpf aufstöhnte. Ihr Schoß pochte heiß, und er schob die andere Hand nach vorne, zu ihrer Klit. Er packte sie dort, kniff ebenfalls schmerzhaft zu, ehe er ihr drei Finger auf einmal in die Möse rammte. Sie fühlte sich von ihm gestopft und völlig erfüllt, und dann, ganz langsam, bewegte er sich in ihr. Sein Schwanz glitt zurück, und sie schrie auf.

Es war der Himmel auf Erden. Sie konnte sich nicht rühren, weil er sie gepackt hielt, konnte keinen Laut von sich geben außer einem heiseren Schluchzen. Ihre Arme schmerzten, ihr Arsch ebenso, und ihr Nippel brannte. Aber das war egal, denn sie fühlte sich lebendig wie lange nicht mehr, und in seinen Händen war sie vollkommen sicher, das wusste sie.

»Bitte«, flehte sie. »Bitte, Rebus, mach weiter …«

Dieses Mal bestrafte er sie nicht für ihren Ungehorsam. Er belohnte sie. Mit langsamen Stößen, die rasch schneller wurden und sie in eine weiße Stille warfen, in der ihre Schreie nicht zu hören waren. Von niemandem.

Er schwoll in ihr an. Und dies war der Moment, in dem sie nicht anders konnte. In diesem Augenblick gab es allein einen Ausweg. Sie schwang sich auf zu einem

Orgasmus, der ihr die Erinnerung an all das nahm, was ihr in den vergangenen Wochen widerfahren war. Sie vergaß die Schmerzen und ihre Hilflosigkeit, vergaß, was sie sich angetan hatte, um sich endlich wieder zu spüren. Sie vergaß, warum sie geflohen war aus Hamburg und warum sie sich den Männern hingegeben hatte.

Alles verlor an Bedeutung. Nur dieser Mann, der sie nun fickte und ihren Namen rief, ehe sein heißer Samen in ihren Arsch schoss, war ihr so vollkommen vertraut und schenkte ihr die Sicherheit, nach der sie unbewusst gesucht hatte.

Er brach über ihr zusammen, ließ von ihr ab. Sein Körper drückte sich schwer gegen ihren, und sie fühlte sich geborgen in der Gewissheit, dass er ihr alles gab. Dass sie ihm alles geben konnte und zugleich bekam, was sie brauchte.

»Rebus«, flüsterte sie. Seine Hand ruhte auf ihrer Hüfte, und er hatte die Augen geschlossen. »Rebus?«

Er grinste.

Sie brauchte nichts mehr zu sagen. Er wusste, dass er sie gewonnen hatte.

15

Das Leben wurde leicht an Rebus' Seite. Pia kehrte nicht in ihre alte Wohnung zurück, und sie suchte sich auch keine neue. Warum auch? Sie war angekommen, ganz und gar dort, wo sie immer hatte sein wollen. Bei *einem* Mann. Dem einen Mann, der ihr Leben vollständig machte.

Die nächsten Wochen und Monate bestanden aus dieser Zweisamkeit. Aus gemeinsamen Abenden und innigen Nächten. Er erkundete ihre Grenzen, und sie lernte über ihren Körper so viel wie in all den Jahren zuvor nicht. Sie hätte glücklich sein können.

Doch dann rückte der Tag näher, vor dem sie sich gefürchtet hatte. Und sie wusste, dass sie sich dem stellen musste, obwohl alles in ihr sich dagegen wehrte. Schon einmal hatte sie bei einem Prozess ausgesagt, und anschließend hatte die Pressemeute ihr keine Ruhe gelassen. Dieses Mal hatte Rebus zumindest verhindert, dass man nach Fredericks Festnahme über sie berichtete und ihr eine Affäre mit dem Feuerteufel andichtete.

Am Abend vor dem Prozessauftakt, bei dem Pia aussagen sollte, lagen sie in Rebus' Bett. Sie hatten nicht miteinander geschlafen, sondern lagen einfach nur eng aneinandergeschmiegt da.

»Ich habe was für dich«, flüsterte Rebus. »Für mein Luxusmädchen.«

Sie lächelte in der Dunkelheit. So nannte er sie, weil ihr Geschmack so teuer war. Weil sie sich nie mit dem Zweitbesten zufriedengab.

»Ein Geschenk?« Sie richtete sich auf. Die Neugier ließ sogar das ängstliche Zittern leiser werden, gegen das sie schon den ganzen Tag ankämpfte.

»Weißt du, was für ein Tag heute ist?«

Sie schüttelte den Kopf. Rebus richtete sich auf. »Heute vor drei Monaten standest du zum ersten Mal bei mir vor der Tür.«

»So lange ist das schon her?«

»Es kommt mir vor wie eine Ewigkeit.«

»Ach, wie reizend du heute wieder bist!«

Sie lachten einander an. Dann griff Rebus in die Nachttischschublade. Er legte ihr ein Kästchen in die Hände und schloss ihre Finger darum.

»Da«, sagte er leise. »Ich hoffe, es gefällt dir.«

Sie erkannte die kleine türkisfarbene Box mit der weißen Schleife sofort. Pia stieß einen spitzen Schrei aus.

»Du Verrückter!«, rief sie, riss die Schachtel an sich und öffnete sie.

Sprachlos starrte sie auf den Inhalt.

»Was denn, willst du mich jetzt nicht mehr verrückt nennen?« Rebus lachte leise.

Er nahm ihr die Schachtel aus der Hand und steckte ihr behutsam den Ring an den Finger.

»Ein Verlobungsring von Tiffany's für mein Luxusmädchen«, flüsterte er.

Dann küsste er sie, und Pia schluchzte auf.

»Warum?«, flüsterte sie. »Warum tust du das?«

Seine Finger glitten über ihre Hand. Er fuhr die Konturen des Brillanten nach, als könnte er es selbst nicht glauben, dass er ihr so ein teures Geschenk gemacht hatte.

»Damit du morgen dort stehen kannst und nicht allein bist. Ich sitze im Zuschauerraum. Ich bin bei dir, Pia. Jeden Augenblick.« Er küsste ihre Hand.

Ja, dachte sie. Ich bin nicht allein.

»Und wenn wir das hier überstanden haben, gibt es noch etwas, das ich gerne mit dir tun würde.«

Sie lächelte. »Dann können wir gerne darüber reden«, versprach sie ihm.

Letztlich war es gar nicht so schlimm. Im Gegenteil: Nachdem sie ihre Aussage gemacht hatte, verließ sie das Gerichtsgebäude leichten Herzens und wurde von den Presseleuten, die vor dem Sitzungssaal lauerten, nicht beachtet. Für sie war Pia nur eine Nachbarin, die zufällig Opfer des Feuerteufels geworden war. Dass er damit ihren Einzug bei sich hatte erzwingen wollen, ahnte keiner, und der Staatsanwalt hatte Pia auch nicht gefragt, warum Frederick ihrer Meinung nach das Feuer in ihrer Küche gelegt hatte.

Sie hatte Frederick während der Verhandlung erlebt – und es erstaunte sie, mit welcher Gemütsruhe er alles über sich ergehen ließ. Sie hätte gern irgendetwas zu ihm gesagt. Aber ihr fiel nichts ein. Und im Grunde war es vermutlich egal. Frederick schien in einer ganz anderen Welt gefangen zu sein.

Draußen vor dem Gebäude wartete Rebus auf sie. Er hielt ihr die Beifahrertür auf.

»Wohin, schöne Frau?«, neckte er sie.

Pia strahlte mit ihrem Verlobungsring um die Wette. So ganz konnte sie noch nicht glauben, was in dieser kurzen Zeit alles passiert war.

»Raus aufs Land«, sagte sie spontan. »Heute ist so ein herrliches Wetter. Es wäre eine Verschwendung, wenn wir die Zeit in der Stadt zubringen würden.«

»Dein Wunsch ist mir Befehl.«

Die Straßen waren erstaunlich leer, sie kamen gut voran. Über das Ziel schwieg Rebus sich bis zum Schluss aus. Doch schließlich hielten sie an einem See im Brandenburgischen, malerisch gelegen und so weit ab vom Schuss, dass keine Berliner auf der Suche nach Naherholung ihn fanden. Als Rebus dann auch noch eine Decke und einen Picknickkorb aus dem Kofferraum hervorzauberte, klatschte Pia begeistert in die Hände.

»Du kannst Gedanken lesen!«

Er grinste zufrieden, die Überraschung war ihm gelungen. »Darf ich?«

Er reichte ihr galant den Arm, und Pia stöckelte in ihrem klassischen Kostüm über den staubigen Feldweg zum Ufer des Sees. Sie blieb stehen, während Rebus auf einer kleinen Anhöhe die Decke ausbreitete, den Champagner köpfte und auftischte. Er bot ihr all die Köstlichkeiten, von denen sie nie genug kriegen konnte: spanische Erdbeeren, zuckersüß und charakterlos, Pistazieneis mit Meersalz, zarte Schlagsahne, die unterwegs flüssig geworden war. Sie genossen die winzigen Küchlein, die er bei ihrer Lieblingskonditorei besorgt hatte, und als sie von all dem Champagner und den süßen Naschereien ganz satt war, ruhte sie sich aus, eingerollt auf der Decke und mit geschlossenen Augen.

Sie schlief etwa zwanzig Minuten. Dann wurde sie munter, stand auf und begann, sich auszuziehen.

Rebus beobachtete sie, die Ellbogen aufgestützt, das Gesicht der Sonne zugewandt, die ihren Rücken wärmte. »Was machst du?«

»Ich geh schwimmen.«

Sein Lachen begleitete sie, als ihre Zehen das eiskalte Wasser berührten und sie diesen wagemutigen Schritt schon fast bereute.

* * *

Pia war ein Wunder für ihn. Rebus beobachtete sie. Er tat das gerne, anders als früher. Damals hatte er jede Frau, mit der er zusammen war, ständig bedrängt. Als müsste er sich und ihr etwas beweisen.

Er war nicht gerade der romantische Typ, doch machte sie es ihm leicht, romantisch zu werden. Ihre beinahe kindliche Freude, wenn er sie überraschte, ließ ihn daran glauben, dass es diesmal anders war. In jeder Hinsicht.

Sie gab sich ihm hin, sie hatte sich ihm ergeben. Er hätte nie gedacht, dass eine Frau es schaffte, dass er sich irgendwann zu Kompromissen durchringen würde. Für ihn war es nur richtig, wenn er alles ausleben durfte. Wenn er sie so besitzen durfte, wie er es wollte.

Pia hatte Grenzen. Sie war einen weiten Weg gegangen, seit sie bei ihm eingezogen war, und deshalb waren ihre Grenzen immer weiter verschoben worden – im Sinne seiner Lust. Sie empfand tiefe Freude daran, sich ihm so zu ergeben. Seinen Händen ausgeliefert zu sein, sei für sie das Größte, hatte sie ihm mehr als einmal versichert.

Trotzdem hatte sie weiterhin diese Grenzen.

Und gerade deshalb liebte er sie. Weil sie sich nicht für ihn verbog. Weil sie nicht vorgab, eine andere zu sein. Vielleicht war es deshalb so leicht gewesen, diesen Teil seines Sexlebens für immer zu verbannen.

Ihr Körper tauchte im Wasser unter, und sie quiekte vergnügt. Er stellte sich vor, wie sich die Gänsehaut ausbreitete, über ihren Rücken, die breiten Hüften und ihre Brüste. Wie ihre Nippel hart und dunkler wurden und sie mit den Zähnen klapperte vor Kälte.

»Du holst dir noch den Tod!«, rief er.

Sie winkte ab, schwamm sogar weiter hinaus.

Sieh an, dachte er. Das hätte er nun nicht von ihr gedacht.

Als sie zurückkam und das eisige Wasser aus ihrem Haar schüttelte, bemerkte er die Gänsehaut. Er sah die dunklen Nippel, und er sah das Dreieck aus krausem Haar, auf das sie nicht verzichten wollte. Sie war so anders, als er sich seine Traumfrau immer vorgestellt hatte.

Sie war die Richtige.

»Ich hab mir was überlegt.« Sie ließ sich neben ihm auf die Decke plumpsen.

»Warte.« Er lief zum Auto und holte eine zweite Decke, mit der sie sich abrubbeln konnte. »Jetzt.«

Sie hüllte sich in die Decke und hockte sich im Schneidersitz neben ihn.

Er grinste.

Sie lachte ihn an. »Das gefällt dir, hm?«

»Mir gefällt das hier.« Seine Hand schlich sich zwischen ihre Beine, und er tauchte ein in ihre Muschi.

Sie seufzte. Von innen war sie heiß wie ehedem.

»So kann ich mich nicht konzentrieren!«, schimpfte sie. »Also, was ich sagen wollte …«

»Ja?«

Da beugte sie sich vor und küsste ihn. Ein nasser, kalter Kuss, dem es nicht an der nötigen Hitze fehlte. Ihre Hände an seiner Hose, in seiner Hose. Es ging so schnell. Er war bereit für sie und sie für ihn. Es wäre Verschwendung, wenn sie es nicht sofort taten.

Sie setzte sich rittlings auf ihn. Hielt sich nicht damit auf, ihn in den Mund zu nehmen oder ihn zu küssen oder irgendwas zu tun, das herauszögerte, was beide so sehr wollten.

Er sank tief in ihre Möse. Es war für ihn jedes Mal aufs Neue eine Offenbarung, wie sie ihn umschloss.

Pia drückte das Kreuz durch, ganz leicht nur. Dann begann sie, sich zu bewegen. Ihre kleinen, zarten Hände ruhten auf seiner Brust, und im Sonnenlicht funkelte der Brillant.

Wir werden heiraten.

Er hätte nie gedacht, dass ihn dieser Gedanke zu erregen vermochte.

Ihre Bewegungen wurden schneller, unkoordinierter. Sie keuchte, warf die Decke ab und klammerte sich an ihn. Rebus umfasste ihre Hüften, er half ihr, wo ihre Kraft zu versagen drohte. Der winzige Moment, ehe aus dieser Anspannung und der Verkrampfung jene Entspannung wurde, bei der sie einfach auf der Welle ritten, war immer wieder der schönste am ganzen Akt. Er ließ sich gehen, rammte sich tief in sie hinein und kam ihr entgegen. Sie schrie überrascht auf, und dann sank sie erschöpft auf seine Brust.

Sie lauschte seinem Herzschlag, er streichelte ihr nasses Haar. Die Gänsehaut war wieder da, überzogen von einem zarten Schweißfilm. Er zog die Decke heran und legte sie um ihre Schultern.

»Was wolltest du sagen?«, fragte er leise.

Sie lächelte mit geschlossenen Augen. »Ich hab's mir überlegt. Das mit dem Dungeon.«

Schon vor Wochen hatte er das Thema angesprochen, doch bislang hatte sie immer noch geschwankt, ob sie es tun wollte.

Er war noch in ihr, und allein das Wort ließ ihn wieder zum Leben erwachen.

»Ich dachte, das wäre nichts für dich. Du hast gesagt, du willst nicht in der Öffentlichkeit die Sklavin sein.«

»Und du hast gesagt, so öffentlich sei es da gar nicht, Und ich will keine Angst mehr haben.«

Er streichelte sie wieder. »Das hast du auch nicht. Du warst heute sehr mutig.«

Daraufhin schwieg sie lange, und er überlegte, woher ihr Sinneswandel kam. Schon früh hatte er mal angedeutet, dass eine gute Sklavin ihrem Meister überallhin folgte. Sie war im Scherz auf das Spiel eingegangen, doch als er vorschlug, einen Dungeon zu besuchen, hatte sie das zuerst rigoros abgelehnt.

Sie sei nicht der Typ dafür, behauptete sie anfangs.

Er hatte nicht weiter versucht, sie zu überzeugen, nur hin und wieder kleine Bemerkungen fallenlassen.

»Woher kommt der plötzliche Sinneswandel?«, fragte er leise.

Sie seufzte und bewegte sich etwas auf ihm. Er glitt aus ihr heraus, und sie legte sich neben ihn. Rebus nahm sie in die Arme.

»Ich war früher anders«, begann sie leise. »Als ich noch in Hamburg wohnte. Da hab ich alles mitgemacht. Ich hab die Domina gespielt, ich habe die Menschen gegeneinander ausgespielt. Die Lust war meine Waffe, verstehst du?«

Er nickte.

»Und dann brach das alles zusammen. Nachdem meine Ehe gescheitert war und Johannes mich so verletzt hatte, ließ ich niemanden mehr an mich heran. Ich war unfähig, irgendwas zu empfinden. Ich wurde ganz kalt, verstehst du?«

Er verstand sie nur zu gut. Auch er war kalt gewesen, all die Jahre. Doch er beneidete sie, dass sie wenigstens inzwischen wusste, warum es bei ihr so gekommen war.

Bei ihm mochte es daran liegen, dass er sich nie hatte vorstellen wollen, sich sein Leben lang an eine einzige Frau zu binden. Dafür waren immer zu viele da gewesen und hatten ihn gewollt.

»Darum diese Affären, diese One-Night-Stands. Ich hab jede sich bietende Gelegenheit genutzt, weil ich mich spüren wollte. Und dann kamst du.«

Er musste grinsen.

»So ähnlich ist es mir auch ergangen«, gab er zu.

»Siehst du? Vielleicht soll es so sein. Vielleicht begegnet man irgendwann im Leben dem Menschen, mit dem alles anders ist.«

* * *

Ihr Leben hatte eine radikale Kehrtwende genommen.

Meike blickte sich ein letztes Mal prüfend im Spiegel an. Schwarzer Latexanzug, hauteng und glänzend.

Handschuhe. Das Haar zu einem strengen Knoten im Nacken zusammengefasst und ein aufregendes dunkles Make-up. Das war jetzt ihre Arbeitskleidung.

Vorbei war es mit den luftigen, zarten Kreationen der Modedesigner, die sie in viel zu unbequemen Schuhen über die Laufstege von Mailand oder Paris trug. Vorbei mit Katalogshootings für Bademode in der Karibik, wo sie neonbunte billige Fummel anziehen musste, in denen nur Models gut aussahen, die aber den normalen Frauen suggerieren sollten, dass sie ihnen mindestens ebenso gut standen.

Auch ihre enge, kleine Wohnung gab es nicht mehr. Genauso wenig wie die Angst, in ein paar Jahren kein Geld mehr zu verdienen, weil sie dann zu alt und ihr Gesicht zu verbraucht war für den Job.

Jemand klopfte an die Tür ihrer Garderobe. »Bist du so weit?«

Sie warf ihrem Spiegelbild eine Kusshand zu und klemmte die kurze Gerte unter den Arm. Mehr brauchte sie nicht. Alles andere fand sie vor Ort.

»Madame Mimi …«

Er hielt ihr die Tür auf und senkte den Kopf. Außer einer schwarzen Lederhose trug er nichts. Seine Füße waren nackt, der muskulöse Oberkörper auch. Er glänzte von dem duftenden Öl, mit dem er sich immer vor diesen Abenden einrieb.

Sie streichelte seine Wange.

»Komm«, befahl sie ihm, und er lief hinter ihr her wie ein Hündchen. Manchmal legte sie ihm ein Halsband an und führte ihn an einer Leine, aber heute nicht. Sie wollte sich noch etwas aufheben für die zweite Hälfte des Abends. Für ihren zweiten Auftritt.

Madame Mimi war eine von vielen Attraktionen im Club Noir. Hierher kamen diejenigen, die sich daheim langweilten, sich nach Sadomaso sehnten oder einfach im geschützten Raum des Clubs neue Praktiken ausprobieren wollten. Hierher kam man, wenn man mehr wollte als nur ein bisschen Sex.

Walter war zunächst überhaupt nicht damit einverstanden gewesen, als Meike ihm verkündete, sie würde zukünftig als Domina arbeiten.

»Dann bist du eine Hure!«, hatte er ihr vorgeworfen.

»Ach, und wenn ich halbnackt über den Laufsteg renne, verkaufe ich meinen Körper nicht?«, war ihre hitzige Erwiderung gewesen. »Im Club kann ich wenigstens entscheiden, wer mich berühren darf. Niemand zerrt an mir herum, keiner kann mir etwas vorschreiben. Mein Nein überwiegt jedes ›Ich möchte es aber‹.«

Das hatte ihn nicht überzeugt. Er fand, sie warf damit ihre vielversprechende Karriere als Model weg.

Das änderte sich erst, als er erfuhr, wie viel Geld sie als Domina verdiente.

Sein Vater hatte ihm nämlich den Geldhahn zugedreht. Völlig überraschend war am Monatsanfang nicht mehr das dicke Geld auf dem Konto eingegangen, auf das er sich seit Jahren verlassen hatte. Aus Spiel wurde Ernst. Er musste arbeiten. Und es war gar nicht so leicht, als Fotograf Fuß zu fassen, wenn man plötzlich auf jeden Cent angewiesen war.

Nur darum hatte er ihr anfangs erlaubt, diesen Job anzunehmen. Ihrer Berufung zu folgen.

»Bist du noch da, mein Hündchen?«, fragte sie über die Schulter.

»Ja, Herrin.«

»Gut. Ich möchte, dass du dich gleich benimmst, haben wir uns verstanden?«

»Ja, Herrin.«

Später hatte Walter sie bei ihrer Arbeit begleitet. Er wollte sehen, ob es für sie wirklich so harmlos war, wie sie behauptete. Seither hatte er keine Einwände mehr gehabt.

»Was steht heute an?«, fragte sie.

»Herrin, wir haben erst eine kleine Präsentation deines Könnens, und anschließend hat jemand um eine Privataudienz gebeten.«

»Gut. Nun komm. Ich will nicht deinetwegen zu spät kommen.«

Obwohl er einen Schritt hinter ihr lief, schaffte ihr Sklave Thilo es, ihr die Türen aufzuhalten. Sie schritt durch die Gänge und stieg die Treppe hinauf zur Bühne.

Drei Abende pro Woche gab Meike eine Bühnenshow im Club Noir. Der Club war an diesen Abenden inzwischen besonders gut besucht, weil sich herumgesprochen hatte, dass eine außergewöhnlich gute Domina hier ihre Arbeit verrichtete.

Während sie auf die Bühne trat, den zögerlichen Applaus entgegennahm und derweil Thilo hinter ihrem Rücken in die Knie ging, lächelte Meike.

Wer hätte gedacht, dass in ihr eine Domina steckte? Sie hatte sich immer unterworfen, und das hatte *auch* Spaß gemacht. Sie hatte immer noch Spaß daran, daheim. Mit Walter. Aber hier draußen war sie Madame Mimi. Die schwärzeste Domina der Stadt.

Als sie sich umdrehte und mit der Gerte gegen den

Stiefelschaft klopfte, damit Thilo zu ihr kam, erhaschte sie aus dem Augenwinkel im Dunkel des Clubs ein Gesicht, das ihr bekannt vorkam.

Rebus, sieh an.

Ihr Meister war hier. Sie hoffte, dass er ihr die Gelegenheit gab, sich mit ihm zu messen. Inzwischen wusste sie, dass sie die Stärkere war.

* * *

Er erkannte sie erst auf den zweiten Blick. Das Make-up war dramatisch und dunkel, die Haare hatte sie schwarz gefärbt und trug sie zu einem strengen Dutt am Hinterkopf aufgesteckt. Ihre Kleidung – ein schwarzer Latexanzug, schwarze Stiefel und Handschuhe bis über die Ellbogen – war klug gewählt. Ihre schmale Taille entlockte ein paar Zuschauern ein anerkennendes Pfeifen, als sie mit einer Hand darüberstrich.

Das war Madame Mimi.

Die Domina, die er für Pia und sich gebucht hatte.

Er warf ihr einen Seitenblick zu. Pia saß auf der vorderen Kante ihres Stuhls und beobachtete fasziniert, was die Domina machte.

Von Anfang an hatte er ihr versichert, dass sie nichts tun musste, was sie nicht wollte. Wenn ihr die Domina nicht gefiel, sagten sie den Termin einfach ab und gingen nach Hause. So war es ausgemacht, und Rebus täte es nicht weh, das Ausfallhonorar für diese Nacht zu bezahlen, wenn er wusste, dass Pia sich damit wohler fühlte.

Jetzt wünschte er sich, sie würde einen Rückzieher machen.

Dass in Meike mehr schlummerte als eine devote Sklavin, hatte er nie geahnt. Irgendwie schien sie nach der Trennung von ihm einen anderen Weg eingeschlagen zu haben.

Ihm war's nur recht, denn sie wirkte richtig zufrieden mit ihrer Arbeit. Sie spielte mit dem Publikum, und sie trieb ihren Sklaven an seine Grenzen, das spürte jeder im Raum. Als er sich flach auf den Boden legte und sie sich auf seinen Hintern setzte, konnte Rebus ermessen, wie sehr es den Mann schmerzen musste, weil sein hartes Glied gegen den Boden gepresst wurde.

Pia beugte sich zu ihm herüber. »Das ist alles?«, flüsterte sie. »Mehr macht sie nicht?«

»Glaub mir, sie wird einiges mit dir machen, womit du nicht rechnest.«

Jeder Session ging normalerweise ein ausführliches Vorgespräch voraus. Das hatte er allerdings nicht mit Madame Mimi persönlich geführt, sondern mit ihrem Assistenten. Vermutlich war das derselbe Mann, der sich jetzt auf der Bühne wand. Er wurde zur Schau gestellt, und die öffentliche Erniedrigung schien ihm zu gefallen.

Es hätte auch die Möglichkeit gegeben, dass Rebus und Pia in die Bühnenshow von Madame Mimi eingebunden wurden. Manche Kunden wollten das, aber Rebus hatte es strikt abgelehnt. Er wollte Pia nicht überfordern.

Das war eine gute Entscheidung gewesen.

»Was macht sie jetzt mit ihm?«, fragte Pia leise.

Ihre Augen wirkten unnatürlich groß. Sie trug eine weiße Korsage, die ihre Brüste anhob, dazu eine ebenso weiße Hose und rote Stiefeletten. Die personifizierte

Unschuld, soweit sie unschuldig sein konnte. Sie trug kaum Make-up.

Den Tipp hatte Rebus ihr gegeben. »Es wird ohnehin verschmieren, also verzichte lieber darauf.«

»Sie wird ihn gleich mit dem Umschnalldildo nehmen.«

Madame Mimi ließ sich von einer Assistentin mit dem Dildo helfen. Ein riesiger schwarzer Gummipimmel, der aber eher das Ausmaß eines Gummiknüppels hatte.

Der Sklave kniete vor seiner Herrin, hatte gehorsam mit beiden Händen die Arschbacken gespreizt und ließ sich von ihr mit Gleitcreme einreiben. Weil er unter ihrer Berührung zusammenzuckte, versetzte sie ihm einen Hieb mit der Gerte. Er gab einen erstickten Laut von sich, und im Raum stöhnten einige Zuschauer auf.

Es waren nicht allzu viele Gäste da. Der Club war sehr exklusiv, der Eintrittspreis für die dreimal wöchentlich stattfindende Show der Madame Mimi ziemlich hoch. Trotzdem hatten sich rund dreißig Gäste versammelt. Rebus blickte in die Runde, als wollte er abschätzen, ob sie ebenso fasziniert von der Darbietung waren wie Pia.

Manche lehnten entspannt in ihren Sesseln, die Hand im Schritt oder an der Brust ihrer Partnerin. Eine Frau gab sich ganz schamlos und ließ sich von ihrem Freund unter den Rock gehen. Als sie Rebus' Blick bemerkte, drehte sie sich leicht in seine Richtung und schob den Rock höher.

Kein Höschen, schon klar. Er hatte verstanden, was sie ihm damit zeigen wollte.

Er wandte den Kopf ab.

»Gefällt dir das?«, fragte er Pia, und inständig hoffte er, dass sie keinen Gefallen daran finden würde.

Er wusste nicht, wie er Meike gegenübertreten sollte. Wie sie wohl reagierte, wenn sie sich nach so langer Zeit wiedersahen?

* * *

Nach der Show blieb noch etwas Zeit, ehe sie ihre Privataudienz bei Madame Mimi hatten. Pia genehmigte sich ein Glas Champagner, und an Rebus' Seite erkundete sie den Club. Die Dungeons. Sie sah Männer und Frauen mit Ledermasken, sie sah Peitschen und Paddles, sie sah vieles, was sie sich nie zuvor ausgemalt hatte.

Bei der Vorstellung, all diese Dinge mit Rebus auszuprobieren, wurde sie ganz feucht.

»Ich muss noch was mit dir besprechen.« Rebus umfasste ihren Arm und führte sie in einen kleinen Raum, in dem sie ungestört waren. »Es geht um Madame Mimi.«

»Sie ist toll, nicht wahr?« Pia wusste, dass sie jetzt glänzende Augen bekam. »Ich hab es mir nicht so … ästhetisch vorgestellt.«

»Du musst etwas über sie wissen.« Er zögerte, doch dann sprach er hastig weiter, als wollte er es unbedingt hinter sich bringen. »Ich kenne sie. Von früher. Wir waren eine Zeitlang zusammen. Das war, als ich dich kennengelernt habe. Im Februar.«

Pia war überrascht. »Du hattest was mit einer Domina?« Das passte so gar nicht zu ihm.

»Damals war sie so ziemlich die devoteste Sklavin, die mir bis zu dem Zeitpunkt untergekommen war.« Dann erzählte er ihr, dass Meike während ihrer ersten Begegnung oben in seinem Schlafzimmer ans Andreaskreuz gefesselt auf ihn gewartet habe.

Pia lauschte. Sie stellte sich vor, wie diese Frau bei ihm gewesen war, wie er mit ihr schlief und all die Sachen tat, die er jetzt mit ihr machte.

»Aber es ist vorbei. Seit ich dich kenne, ist es vorbei. Ich habe mich von ihr getrennt, und ich habe sie seitdem nicht wiedergesehen.«

»Na ja«, sagte sie leise. »Dann wird das wohl eine spannende Nacht.«

»Du willst es nicht canceln?« Er war ehrlich überrascht.

Pia trat einen Schritt auf ihn zu. Sie küsste ihn auf den Mund. »Warum sollte ich, Liebster? Du sagst, da war seither nichts. Wer bin ich denn, dass ich dir das nicht glaube?«

Als sie den kleinen Raum verließen, lief ihnen Madame Mimis Sklave über den Weg. »Sie wartet auf euch, kommt!« Er packte Pias Hand und zog sie einfach mit.

Selbst wenn sie Einwände gehabt hätte, war es dafür jetzt eindeutig zu spät.

Das Spiel begann, und die Regeln bestimmte nun nicht mehr sie.

»Ihr kommt zu spät!« Madame Mimi stand in der Mitte des Raums und schlug die Gerte ungeduldig gegen ihren Stiefelschaft.

»Entschuldigung.« Pia senkte den Kopf. »Das war wohl meine Schuld.«

Sie nahm es auf sich. Madame Mimi trat auf sie zu, hob mit zwei Fingern unter ihrem Kinn ihr Gesicht an und betrachtete sie forschend. Doch sie verspürte keinen Zorn mehr. Die Eifersucht, Rebus – das hatte sie längst hinter sich gelassen.

»Nun gut. Zieh dich aus.«

In Pia regte sich sofort Widerstand. »Ich hatte gedacht …«

Dies trug ihr einen ersten Klaps mit der Gerte ein. »Fürs Denken hab ich dich nicht herbestellt. Los, Rebus. Hilf ihr aus dem Korsett. Ich will ihre Brüste sehen.«

Rebus trat hinter Pia und löste die Schnüre des Korsetts. Er strich mit einem Finger über ihre nackte Schulter, doch sofort war Madame Mimi wieder bei ihnen.

»Ich hab dir gesagt, du sollst ihr helfen. Sie zu streicheln hab ich nicht erlaubt.«

Ihre Stimme klang hart. Nichts ließ darauf schließen, dass es sich nur um ein Spiel handelte. Sie winkte ihrem Sklaven, der daraufhin drei große violette Stumpenkerzen brachte.

»Pass auf«, herrschte sie ihn leise an.

Pia ließ sich von Rebus aus dem Korsett und der Hose helfen. Sie zog die Stiefel aus. Jetzt trug sie nur noch einen winzigen zarten Slip. Mehr nicht. Sie war versucht, die Arme vor der Brust zu verschränken, aber weil sie fürchtete, dann erneut die Gerte zu spüren zu bekommen, richtete sie sich auf und ließ die Arme locker herunterhängen.

»Gut so«, sagte Madame Mimi. Sie umrundete Pia und betrachtete sie. Mit dem Stiel der Gerte strich sie über Pias Kimme. »Hübscher Arsch. Und die Brüste, hm ... Die Brüste bringen mich auf eine Idee.« Sie lächelte maliziös.

Pia wurde eiskalt.

Madame Mimi schnippte mit dem Finger, und sofort war ihr Sklave neben ihr.

»Hol die Liege«, befahl sie. »Und kümmer dich um ihren Freund. Ich will nicht, dass er uns im Weg steht.«

»Natürlich, Herrin.«

Pia blieb stehen. Sie wartete auf die nächsten Befehle, während hinter ihrem Rücken hektische Betriebsamkeit ausbrach.

»Sieh mich an.« Madame Mimi stand dicht vor ihr, und Pia hob den Kopf. »Stehst du auf Schmerz, Pia?«

»Ich weiß nicht«, hauchte Pia. Dabei wusste sie es ganz genau. Mehr als einmal hatte sie sich von Rebus züchtigen lassen, bis ihr Verstand nicht mehr wusste, ob das noch Schmerz oder schon Lust war.

»Dann werden wir es heute herausfinden. Ich möchte dich jetzt bitten, dein Höschen auszuziehen.«

Sie gehorchte.

»Und jetzt darfst du dich umdrehen.«

Hinter ihr wartete eine Liege. Und dahinter, auf einem Hocker direkt an der Wand, saß Rebus. Madame Mimis Sklave hatte ihm die Augen verbunden. Sonst war er völlig frei. Er konnte jederzeit aufstehen und gehen, nur dass er eben blind war.

Sie erkannte sofort, wie perfide das war: Jeder Schmerzenslaut, der ihr entfahren würde, wäre für Rebus doppelt schlimm, weil er nicht wusste, was mit ihr geschah.

»Müssen wir dich fesseln, Pia?« Madame Mimi legte

die Hände auf Pias Schultern und schob sie zur Liege. »Oder wirst du brav sein?«

»Ich weiß nicht, ob ich das kann«, sagte sie ehrlich.

»Das gefällt mir. Du bist wenigstens ehrlich.« Sie schnippte wieder mit den Fingern. Diesmal brachte ihr Sklave die Seile. »Wir werden dich jetzt auf der Liege fixieren. Möchtest du, dass wir dir auch die Augen verbinden?«

Heftig schüttelte Pia den Kopf. Sie musste wissen, was vor sich ging. Sie ertrug die Vorstellung nicht, vollkommen ausgeliefert zu sein. Noch war das zu viel für sie. Die Unterwerfung war für sie ein allzu neues Terrain.

»Sklave? Bring die Augenbinde mit.«

»Nein«, jammerte Pia leise, aber zugleich spürte sie schon, wie Nässe ihr Höschen flutete. Sie blickte zu Rebus hinüber, der sich unruhig auf dem Hocker bewegte. Dann legte sich ein Stück schwarzer Stoff über ihre Augen.

»Es wird angenehmer, wenn du die Augen schließt.«

Sie atmete tief durch, und ein erwartungsvolles Prickeln breitete sich in ihrem Unterleib aus. Dann nickte sie, und das Tuch hob sich für den winzigen Moment, den sie brauchte, um die Augen zu schließen.

Madame Mimis Sklave knotete die Augenbinde an ihrem Hinterkopf fest. Dass er dabei ein paar Haare ausriss, schien ihn nicht zu kümmern.

»Gut.« Madame Mimis Stimme war jetzt ganz nah. Pia glaubte, ihren Atem zu spüren, der ihr über die Wange strich. »Und jetzt die Hände.«

Ihre Hände wurden einzeln nach unten geführt, und sie wehrte sich nicht. Die Seile waren weich. Der

Sklave bog ihre Hände so weit zueinander, bis sie sich unter der Liege fast berührten.

»Die Füße.«

»Ja, Herrin.« Schnell und mit erstaunlicher Effizienz arbeitete er ihr zu. Pias Beine wurden auseinandergeschoben; sie wusste nicht, ob es Madame Mimis Hände waren oder die ihres Sklaven.

»Sie darf das Höschen anbehalten.«

Insgeheim atmete Pia auf. Sie hatte befürchtet, dass ihr das auch schon jetzt genommen wurde. Darunter war sie rasiert. Sie hatte es zum ersten Mal gemacht, und es fühlte sich noch ungewohnt an. Sie war dem, was kam, schutzlos ausgeliefert, und dieses kleine bisschen Stoff verschaffte ihr zumindest die Illusion, sich einen letzten Rest von Kontrolle zu bewahren, auch wenn ihr allmählich klar wurde, dass Madame Mimi sie ihr in den nächsten Minuten vollständig entreißen würde.

»Bereit?« Das war wieder Madame Mimis Stimme, ganz dicht an ihrem Ohr. Ihr Atem hauchte sie heiß an.

Pia nickte stumm. Alles in ihr spannte sich an. Ihre Angst vermischte sich mit ihrer Lust zu einem verführerischen Cocktail, und sie wusste, das spürte die Domina. Pia war fest entschlossen, sich in ihre Hände zu begeben.

»Gut. Du weißt, dass er dich nicht sieht?«

Nicken.

Immer nur nicken. Vielleicht ging es dann schneller vorbei. Vielleicht ging es dann bald los, damit diese unerträgliche Spannung sich löste.

»Ich habe hier eine Kerze, Pia. Du hast vorhin die Kerzen gesehen, nicht wahr?«

»Ja, Herrin«, hauchte sie. Es kam ihr ganz leicht über die Lippen.

»Und diese eine Kerze … Oh!«

Pia schrie auf. Heiß tropfte etwas auf ihren Bauch. Heißer als heiß.

Kerzenwachs.

»Was ist los?« Rebus' Stimme. Er klang ehrlich besorgt, und Madame Mimi wies ihn scharf zurecht.

»Bleib sitzen! Finger weg von der Augenbinde! Sklave, hol Seile. Wenn er noch einmal muckt, fesselst du ihn auch.« An Pia gewandt fuhr sie fort: »Willst du das?«

Sie schüttelte den Kopf. »Nein, Herrin.«

»Dann schrei hier nicht so rum. Ich habe dir nicht erlaubt, deinem Schmerz Luft zu machen, verstanden?«

Sie nickte stumm und wappnete sich für die nächste Welle Schmerz, für die nächste Ladung Wachs auf ihrer Haut.

Doch auf diese Erfahrung konnte sie sich nicht vorbereiten. Sie war blind, an Händen und Füßen fixiert, die Beine ausgestreckt und gespreizt. Sie konnte sich nicht bewegen, und sie hörte Rebus' Atem. Sie wusste, er saß keine drei Meter von ihr weg und litt Höllenqualen, weil er ihr nicht helfen konnte.

Hatte er sich das so vorgestellt? Dass auch er der Domina ausgeliefert war?

Anscheinend …

Pia wartete. Ein winziger Tropfen traf sie im Bauchnabel. Ihr Körper wollte sich zusammenkrümmen, doch die Fesseln hielten sie davon ab. Noch ein Tropfen. Der Schmerz breitete sich aus. Er brannte eine Spur hinab zu ihrem Venushügel. Der Schmerz wurde intensiver, und Pia wusste nicht mehr, was heftiger war: dieses Ziehen in ihrem Innern oder die Spur aus Wachs, die Madame Mimi vom Bauchnabel bis hinab zu ihrer Scham zeichnete. Pia keuchte.

Sofort hörte die Domina auf und wartete. Ihre Hand strich beruhigend über ihre Hüften.

Und obwohl Pia es in dieser Umgebung nicht für möglich gehalten hätte, passierte es: Sie wurde ganz ruhig. Sie ergab sich in das, was Madame Mimi mit ihr machte. Sie wurde ganz weich.

Rebus war das manchmal auch schon mit ihr gelungen, wenn sie sich ganz auf ihn einließ. Doch hier war ihr alles fremd, und sie fürchtete sich vor dem Unbekannten, was da kommen mochte. Dass sie sich hier dem Schmerz entgegenwarf, war für sie wie ein kleines Wunder. Und im Grunde bewies es nur, wie gut Madame Mimi ihr Handwerk verstand.

»Können wir weitermachen?« Ihre Stimme war völlig neutral. »Bist du so weit, Pia?«

Sie schluckte. Ein Teil von ihr – gelenkt von Vernunft und uralten Instinkten, die dazu dienten, ihr Überleben zu sichern – wollte sich wehren. Aber ein anderer Teil war stärker.

»Ja«, flüsterte sie rau. Sie spürte, wie ihre Tränen die Augenbinde durchnässten.

Madame Mimi machte weiter. Sie vergoss das Wachs ganz langsam. Vom Schamhügel hinauf zu den Brüsten. Ihre Hand zeichnete Kreise aus Glut auf ihre linke Brust, und Pia ertrug den Schmerz. Sie wandte den Kopf in die Richtung, wo sie Rebus vermutete.

»Macht sie das nicht wunderbar?«, hörte sie Madame Mimi fragen, und wie durch einen Nebel hörte sie Rebus antworten. »Ja, sie ist wunderbar.«

Weiter ging es. Immer heftiger wurde der Schmerz, als dringe er unter ihre Haut. Zwischendurch machte Madame Mimi eine Pause; vermutlich ließ sie sich von ihrem Sklaven die nächste Kerze reichen.

Pia zappelte, und sofort bekam sie einen Klaps mit der Gerte. Dieser eine, schreiend krasse Schmerz war zu viel und wiederum genau richtig. In diesem Moment zerbrach das in ihr, was sie mit aller Macht aufrechtzuerhalten suchte. Es war kein Orgasmus, der sie erfasste, sondern etwas anderes. Ein Gefühl der Größe, obwohl sie sich ganz klein fühlte. Sie war jetzt ganz weit weg, und jeder Schmerz hob sie weiter hinauf in eine Sphäre, in die ihr niemand folgen konnte, der nicht vom Schmerz kostete.

»Pia«, flüsterte Madame Mimi. »Du spürst es jetzt, nicht wahr?«

Sie nickte.

»Dann lass los. Oder soll ich dich …?«

Wieder nickte Pia, ohne zu wissen, was genau sie erwartete. Würde Madame Mimi ihre Möse mit heißem Wachs übergießen?

Nein. Sie schob das Höschen beiseite. Ihre Finger waren kühl, als sie das erste Mal Pias Spalte erkundeten.

»So nass«, flüsterte Madame Mimi. »So ein braves nasses Mädchen.«

Pia drückte das Kreuz durch. Sie kam der Hand ihrer Herrin entgegen. Rebus war vergessen. Für sie gab es nur noch diese Hand und diese Stimme, die ihr zuflüsterte, wie wunderbar sie war, wie stolz ihre Herrin auf sie war.

Es war ganz leicht. Lust und Schmerz verschmolzen im wahrsten Sinne des Wortes, und als sie kam, entrang sich ihr lediglich ein leises Seufzen. Sie drehte wieder den Kopf dorthin, wo sie Rebus vermutete, und sie wusste, dass es gut war, wie es war.

Mit ihm war alles gut.

Sie war heil.

Als sie aufwachte, waren sie allein in dem Raum. Madame Mimi und ihr Sklave waren verschwunden, ebenso der Panzer aus erstarrtem Wachs, die Fesseln und die Augenbinde. Nur Rebus hockte neben der Liege, auf der sie ruhte, den Kopf auf ein Kissen gebettet, der Körper sorgfältig mit einer Wolldecke zugedeckt. Trotzdem fror sie.

»Alles ist gut«, sagte er leise. »Hörst du?«

Sie nickte leicht.

»Komm, wir gehen heim.«

Er reichte ihr seine Hand. Ihre Sachen lagen auf einem Hocker, und Rebus half ihr beim Anziehen.

»War es das wert?«, fragte sie.

»War es das für dich?«

Sie nickte. Mehr als das – für sie war es eine Offenbarung gewesen.

»Dann war es das auf jeden Fall wert.« Er küsste sie sanft auf den Mund.